James Clear

UN RIEN PEUT TOUT CHANGER !

Micro-actions, méga-impact…

De minuscules changements vont transformer votre vie

édition collector

LAROUSSE

Traduction de l'anglais (États-Unis) : Emmanuelle Hautbois
et Danielle Lafarge

Publié pour la première fois en 2018 sous le titre *Atomic Habits*
par Avery, une division de Penguin Random House LLC.

Introduction

Mon histoire

Le dernier jour de ma deuxième année de lycée, je reçus un coup de batte de base-ball au visage. La batte échappa des mains de mon camarade alors qu'il prenait son élan pour taper dans la balle de toutes ses forces. Elle vint me frapper pile entre les deux yeux. Je ne garde aucun souvenir de l'impact.

La batte me percuta avec une force telle que j'eus le nez écrasé. La collision propulsa les tissus cérébraux mous contre ma boîte crânienne. Je sentis l'onde de choc traverser ma tête. En une fraction de seconde, j'avais le nez cassé, de multiples fractures du crâne et les deux orbites en miettes.

Quand je repris connaissance, les gens me dévisageaient et se précipitaient à mon secours. Je baissai les yeux et remarquai des taches rouges sur mes vêtements. L'un de mes camarades de classe retira son maillot pour me le tendre. Je l'utilisai pour stopper l'hémorragie s'écoulant de mon nez cassé. Choqué et désorienté, je ne réalisai absolument pas la gravité de mes blessures.

Mon professeur passa son bras autour de mes épaules pour m'accompagner jusqu'à l'infirmerie. Le chemin me parut interminable : il fallut traverser le terrain, descendre la colline pour enfin rejoindre l'école. Chacun se donnait le tour pour me maintenir debout. Nous avancions lentement. Personne ne réalisait que chaque minute comptait.

Lorsque nous fûmes enfin arrivés, l'infirmière entreprit de m'interroger.

– En quelle année sommes-nous ?

– 1998, répondis-je, alors que nous étions en 2002.

– Qui est le président des États-Unis ?

– Bill Clinton, ajoutai-je.

Eh non, c'était George W. Bush…

– Comment s'appelle ta mère ?

– Euh…

Là, je bloquai. Dix secondes plus tard… je répondis nonchalamment « Patricia », comme s'il était normal qu'il m'ait fallu dix secondes pour me souvenir du prénom de ma mère…

C'est la dernière question dont je me souvienne. Mon organisme était incapable de supporter l'œdème qui se formait dans mon cerveau et je perdis connaissance avant l'arrivée de l'ambulance. Quelques minutes plus tard, on me transporta à l'hôpital.

Peu de temps après mon arrivée, mes organes vitaux cessèrent de fonctionner les uns après les autres. D'abord, même les fonctions de base, comme la déglutition et la respiration étaient difficiles à maintenir. Puis, j'eus ma première crise de convulsions de la journée… avant de cesser de respirer. Les médecins se dépêchèrent de me placer sous oxygène, mais ils durent se rendre à l'évidence : l'hôpital local n'était pas à même de gérer la situation. Un hélicoptère fut affrété pour me transporter vers un grand centre hospitalier, à Cincinnati.

Je fus poussé depuis la salle d'urgence vers l'héliport, de l'autre côté de la rue. La civière tressautait sur le trottoir cahoteux. Une infirmière poussait mon lit tandis qu'une autre me maintenait sous assistance respiratoire. Ma mère, qui était arrivée à l'hôpital quelques instants auparavant, monta dans l'hélicoptère à côté de moi, me tenant la main. Je restai inconscient et incapable de respirer sans assistance pendant la totalité du vol.

Mon père rentra à la maison pour s'occuper de mon frère et ma sœur et leur annoncer la mauvaise nouvelle. Il retint ses larmes en expliquant à ma sœur qu'il n'assisterait pas à sa cérémonie de remise des diplômes qui devait avoir lieu ce soir-là. Après avoir confié mon frère et ma sœur à la famille et à des amis, il prit le volant pour retrouver ma mère à Cincinnati.

Lorsque l'hélicoptère atterrit sur le toit de l'hôpital, une équipe d'une vingtaine de médecins et d'infirmiers se précipita sur l'héliport et me transporta jusqu'à l'unité de traumatologie. À ce moment-là, l'œdème cérébral était devenu si important que j'eus de multiples convulsions post-traumatiques. Mes fractures avaient besoin d'être réduites, mais je n'étais pas en état de subir une intervention chirurgicale. Après une autre crise de convulsions, la troisième de la journée, je fus plongé dans le coma artificiel, sous ventilation assistée.

Mes parents connaissaient bien cet hôpital. Dix ans plus tôt, ils étaient entrés dans le même bâtiment, au rez-de-chaussée, les examens ayant révélé que ma sœur souffrait d'une leucémie. À l'époque, elle avait 3 ans. J'en avais 5 et mon frère n'avait que 6 mois. Après deux ans et demi de chimiothérapie, de ponctions lombaires et de biopsies de moelle osseuse, ma petite sœur quitta finalement l'hôpital, heureuse, en bonne santé et libérée de ce fichu cancer. Après dix années de vie paisible, mes parents se retrouvaient au même endroit, mais cette fois-ci, pour un autre de leurs enfants…

Alors que je sombrais dans le coma, l'hôpital envoya un prêtre et une assistante sociale réconforter mes parents. C'était le même prêtre qui les avait rencontrés une décennie plus tôt, le soir où ils avaient appris que ma sœur avait un cancer.

À la tombée de la nuit, des machines me maintenaient en vie. La nuit fut agitée pour mes parents, qui dormaient sur un matelas d'hôpital. Ils s'effondraient de fatigue, puis se réveillaient en sursaut, pétris d'inquiétude. Ma mère me dira plus tard : « Ce fut l'une des pires nuits de ma vie. »

Mon retour à la vie

Heureusement, le lendemain matin, je pouvais à nouveau respirer sans assistance, si bien que les médecins me sortirent du coma. Lorsque je repris connaissance, j'avais perdu le sens olfactif. En guise de test, une infirmière me demanda de me moucher et de sentir une brique de jus de pomme. Mon odorat était revenu, mais, à la surprise générale, le fait de me moucher avait propulsé de l'air à travers les fractures de mon orbite gauche et j'avais un œil littéralement exorbité. Le globe oculaire débordait de sa cavité, à peine retenu par la paupière et le nerf optique.

L'ophtalmologiste précisa que mon œil se remettrait progressivement en place à mesure que l'air s'évacuerait, mais qu'il était difficile de dire combien de temps cela prendrait. Je devais subir une intervention chirurgicale une semaine plus tard, ce qui me laissait un peu plus de temps pour me rétablir. J'avais une tête de boxeur défiguré après un match difficile, mais je fus autorisé à quitter l'hôpital. Je rentrai à la maison avec le nez cassé, une demi-douzaine de fractures au visage et l'œil gauche protubérant.

Les mois suivants furent difficiles. J'avais l'impression que tout ce qui remplissait ma vie était en pause. Je vis double pendant des semaines ; ma vision était floue. Cela prit plus d'un mois, mais mon globe oculaire retrouva finalement sa place. Entre les convulsions et mes problèmes de vision, il me fallut huit mois avant de pouvoir reprendre le volant. Pendant les séances de kiné, je pratiquais des schémas moteurs de base, comme marcher en ligne droite. J'étais déterminé à m'en sortir, mais plus d'une fois je me suis senti déprimé et dépassé…

Je pris douloureusement conscience du long chemin qui m'attendait lorsque je retournai sur le terrain de base-ball, un an plus tard. Le base-ball avait toujours occupé une place importante dans ma vie. Mon père avait participé à la ligue mineure de base-ball avec les Cardinals de Saint-Louis et je rêvais de devenir joueur professionnel. Après des mois de rééducation, je désirais avant tout retourner sur le terrain.

La reprise ne fut pas une partie de plaisir. Lorsque la saison débuta, j'étais le seul junior exclu de l'équipe de base-ball du circuit. On me rétrograda pour m'intégrer à l'équipe des deuxièmes années du circuit junior. Je jouais depuis l'âge de 4 ans et, pour quelqu'un qui avait consacré tant de temps et d'efforts à ce sport, se faire rétrograder était plutôt humiliant. Je me souviens parfaitement de ce jour comme si c'était hier. Je m'assis dans ma voiture et je pleurai en faisant défiler les canaux de la radio, cherchant désespérément une chanson qui me remonterait le moral.

Après un an de tergiversations, je réussis à obtenir le statut de joueur senior, mais j'étais rarement sur le terrain. Au total, je jouai onze manches de base-ball avec l'équipe du lycée, soit à peine plus d'un match.

Malgré ma médiocre carrière au lycée, je pensais que j'avais encore toutes mes chances pour devenir un grand joueur. Et je savais que si les choses pouvaient s'améliorer, cela dépendrait uniquement de moi. Le tournant décisif se présenta deux ans après ma blessure, au début de mes études à l'université de Denison. Ce fut un nouveau départ et c'est là que je découvris le pouvoir surprenant des petites habitudes.

Comment j'ai compris le pouvoir des habitudes

M'inscrire à l'université de Denison fut l'une des meilleures décisions de ma vie. Je réussis à intégrer l'équipe de baseball et, même si j'étais au bas de la liste en tant que jeune recrue, j'étais ravi. Malgré mes années de lycée chaotiques, j'avais réussi à devenir athlète universitaire.

Même si je n'allais pas jouer les matchs de sitôt, je me concentrais sur une tâche : mettre de l'ordre dans ma vie. Tandis que mes camarades se couchaient tard et jouaient à des jeux vidéo, je mis en place de bonnes habitudes de sommeil et me couchai tôt tous les soirs. Dans le joyeux bazar d'une résidence universitaire, je tenais à garder ma chambre propre et bien rangée. Ces améliorations étaient mineures, mais elles me donnaient un sentiment de contrôle sur ma vie. Je reprenais peu à peu confiance en moi, ce qui transparaissait notamment dans mes résultats parce que j'adoptais de bonnes habitudes de travail.

Une habitude est une activité routinière ou un comportement exécuté régulièrement et, la plupart du temps, automatiquement. Au fil des semestres, j'accumulais des habitudes simples, mais régulières, qui aboutirent à des résultats qui me seraient parus inimaginables au début de mes études. Par exemple, pour la première fois de ma vie, je pris l'habitude de soulever des poids plusieurs fois par semaine. Au cours des années qui suivirent, ma carrure se développa. Pour une taille de 1,92 mètre, je suis passé d'un poids plume de 77 kilos à une masse de muscles de 90 kilos.

Au début de la deuxième saison, j'obtins le poste de lanceur. Pendant mon année en équipe junior, je fus élu capitaine de l'équipe et, à la fin de la saison, je fus sélectionné pour intégrer l'équipe All-Conference. Mais ce n'est que pendant ma saison en équipe senior que mes habitudes de sommeil, d'études et de musculation commencèrent véritablement à porter leurs fruits.

Six ans après avoir été frappé au visage par une batte de base-ball, transporté à l'hôpital et plongé dans le coma, je fus sélectionné pour devenir athlète de haut niveau par l'université et j'intégrai l'équipe Academic All-America d'ESPN – un privilège accordé à trente-trois joueurs seulement à travers le pays. À la fin de mes études, je figurais dans le livre de l'école dans huit catégories. La même année, je reçus la plus haute distinction académique de l'université, la médaille du Président.

J'espère que vous me pardonnerez si l'énoncé de ce palmarès semble prétentieux. Pour être honnête, ma carrière d'athlète n'avait rien de légendaire ou d'historique. Je ne devins jamais joueur professionnel. Cependant, avec le recul, je pense avoir accompli une chose tout aussi rare : j'ai réalisé mon potentiel. Et je crois que les concepts exposés dans ce livre vous aideront également à réaliser le vôtre.

Nous sommes tous confrontés à des difficultés dans la vie. Cette blessure fait partie de moi et cette expérience m'a appris une leçon fondamentale : des changements qui, au départ, paraissent minimes et dérisoires aboutiront à des résultats remarquables si vous êtes prêt à les appliquer durablement. Nous vivons tous des échecs, mais, à long terme, notre qualité de vie dépend souvent de la qualité de nos habitudes. Avec les mêmes habitudes, vous obtiendrez les mêmes résultats. Mais avec de meilleures habitudes, tout est possible !

Peut-être existe-t-il des gens qui peuvent obtenir un succès incroyable du jour au lendemain. Je n'en connais pas et je n'en fais sûrement pas partie. Il n'y a eu aucun moment décisif dans mon parcours ; du coma médicalement provoqué à l'Academic All-America, j'ai connu beaucoup d'étapes clés. Ce fut une évolution progressive, une longue série de petites victoires et de petites avancées. La seule façon pour moi de progresser, la seule possibilité qui s'offrait à moi, c'était de commencer modestement. Et j'ai utilisé cette même stratégie quelques années plus tard, lorsque j'ai lancé ma propre entreprise et commencé mes recherches pour ce livre.

Comment et pourquoi j'ai écrit ce livre

En novembre 2012, j'ai commencé à publier des articles sur mon site, jamesclear.com. Pendant des années, je prenais des notes sur mes expériences personnelles concernant les habitudes et j'étais enfin prêt à en faire profiter mes lecteurs. Au début, je publiais un article tous les lundis et jeudis. En quelques mois, cette simple habitude d'écriture m'a permis d'atteindre mille abonnés. Fin 2013, ils étaient plus de trente mille.

En 2014, j'avais cent mille abonnés, ce qui plaçait ma newsletter parmi celles ayant connu l'une des croissances les plus fulgurantes de l'Internet. Je me sentais comme un imposteur parce que je n'avais commencé à écrire que deux ans plus tôt. Mais, à l'évidence, j'étais devenu un expert en matière d'habitudes, statut qui me satisfaisait plutôt, mais pour lequel je ressentais un certain malaise. Je ne m'étais jamais considéré comme un expert en la matière, mais plutôt comme quelqu'un qui expérimentait au profit de ses lecteurs.

En 2015, j'ai atteint deux cent mille abonnés et signé un contrat avec Penguin Random House pour me lancer dans l'écriture du livre que vous avez entre les mains. Au fur et à mesure que mon public grandissait, mes opportunités commerciales grandissaient. On me demandait de plus en plus souvent de collaborer avec de grandes entreprises sur l'art d'acquérir de bonnes habitudes, sur le changement de comportement et sur l'amélioration permanente. Je me suis même retrouvé à prononcer des discours lors de conférences aux États-Unis et en Europe.

Depuis 2016, mes articles paraissent régulièrement dans des magazines de renom, comme *Time*, *Entrepreneur* et *Forbes*. Étonnamment. Mes publications ont été lues par plus de huit millions de personnes cette année-là. Les entraîneurs de la NFL, de la NBA et de la MLB s'intéressent à mon travail et en font profiter leurs équipes.

Au début de l'année 2017, j'ai lancé Habits Academy, qui est devenue la principale plate-forme de formation pour les organisations et les personnes souhaitant adopter de meilleures habitudes de vie et de travail[1]. Des entreprises du classement Fortune 500 et des start-up en pleine croissance ont recruté leurs dirigeants et leur personnel et les ont formés grâce à cette plate-forme. Au total, plus de dix

1. Si vous souhaitez en savoir plus, consultez le site habitsacademy.com.

mille dirigeants, responsables, entraîneurs et enseignants ont obtenu leur diplôme de la Habits Academy. Notre collaboration m'a énormément appris sur le fonctionnement des habitudes dans le monde réel.

Au moment où j'apporte la touche finale à ce livre, en 2018, jamesclear.com reçoit des millions de visiteurs par mois et près de cinq cent mille personnes sont abonnées à ma newsletter hebdomadaire, un chiffre qui dépasse à tel point mes attentes initiales que je ne sais pas trop qu'en penser.

En quoi ce livre pourra-t-il vous aider ?

L'entrepreneur et investisseur Naval Ravikant a déclaré : « Pour écrire un bon livre, vous devez d'abord vivre ce livre. » J'ai testé et approuvé toutes les astuces et idées que je vous propose ici. J'ai dû instaurer de petites habitudes pour me remettre de mes blessures, pour m'améliorer à la salle de sport, pour jouer à un haut niveau sur le terrain, pour devenir écrivain, pour bâtir une entreprise florissante et tout simplement pour devenir un adulte responsable. De petites habitudes m'ont aidé à exploiter pleinement mon potentiel. J'imagine que si vous avez acheté ce livre, c'est que vous aussi, vous souhaitez vous épanouir.

Dans les pages qui suivent, je vous proposerai un plan détaillé pour créer de meilleures habitudes, pas pendant quelques jours ou semaines, mais pendant toute votre vie. Bien que tout ce que j'ai écrit ait été scientifiquement démontré, ce livre n'est pas un travail de recherche universitaire ; c'est un mode d'emploi. Vous découvrirez que la sagesse et les conseils pratiques sont au cœur de mes explications pour vous aider à créer et à modifier vos habitudes de manière facile à comprendre et simple à appliquer.

Les domaines sur lesquels je m'appuie, la biologie, les neurosciences, la philosophie, la psychologie, etc., existent depuis de nombreuses années. Je vous propose une synthèse des meilleures idées découvertes par les savants il y a longtemps, ainsi que quelques trouvailles parmi les plus convaincantes faites récemment par les scientifiques. J'espère que ma contribution vous aidera à trouver les idées qui vous parlent et à les associer de manière efficace. Tous les éléments de sagesse que vous trouverez dans ce livre sont attribuables aux nombreux experts qui m'ont précédé. Tous les éléments qui vous semblent un peu stupides, considérez qu'il s'agit d'erreurs liées à mon cheminement.

Ce livre repose sur mon modèle d'habitudes en quatre étapes (déclencheur, envie, réponse et récompense) ainsi que sur les quatre lois du changement de comportement qui découlent de ces étapes. Les lecteurs ayant une formation en psychologie reconnaîtront peut-être certains de ces termes dans le conditionnement opérant, qui avait été proposé pour la première fois dans les années 1930 par B. F. Skinner sous la forme d'un processus « stimulus, réponse, récompense » et qui a été popularisé plus récemment sous le nom de « déclencheur, routine, récompense » dans *Le Pouvoir des habitudes* de Charles Duhigg.

Les scientifiques spécialisés dans le comportement, comme B. F. Skinner, ont compris que si vous appliquiez la récompense ou la punition appropriée, vous pourriez amener les gens à adopter certains comportements. Mais si le modèle de B. F. Skinner explique très bien comment les stimuli externes influencent nos habitudes, il manque une bonne explication sur la manière dont nos pensées, nos sentiments et nos croyances influencent notre comportement. Les états internes, nos humeurs et nos émotions, jouent également un rôle. Au cours des dernières décennies, les scientifiques ont entrepris de déterminer le lien entre nos pensées, nos émotions et notre comportement. J'aborderai également ces travaux dans mon livre.

Je propose donc une réflexion basée sur un modèle intégré des sciences cognitives et comportementales. Je crois que c'est l'un des premiers modèles de comportement humain à rendre compte avec précision de l'influence des stimuli externes et des émotions internes sur nos habitudes. Bien que certains termes soient familiers, je suis convaincu que les explications ainsi que les applications des quatre lois du changement de comportement vous offriront une nouvelle façon d'envisager vos habitudes.

Le comportement humain est en constante évolution : d'une situation à l'autre, d'un instant à l'autre. Ce livre traite de ce qui est immuable : les fondamentaux du comportement humain, les principes indéfectibles sur lesquels vous pouvez vous appuyer année après année, les idées sur lesquelles vous pouvez bâtir une entreprise, fonder une famille, construire une vie.

Il n'existe pas UNE bonne façon de créer de meilleures habitudes, mais ce livre décrit la meilleure façon que je connaisse : une approche qui sera efficace quel que soit votre point de départ et quelle que soit votre destination. Les stratégies que je décris seront utiles à quiconque recherche un système progressif d'amélioration, que vos objectifs soient axés sur la santé, l'argent, la productivité, les relations ou l'ensemble de tout cela. Ce livre sera votre guide dans votre quotidien.

Les fondamentaux

Pourquoi de petits changements ont un impact énorme

1

Le pouvoir surprenant des petites habitudes

Le destin de la British Cycling, instance dirigeante du cyclisme professionnel en Grande-Bretagne, bascula un beau jour de 2003. L'organisation avait récemment engagé Dave Brailsford au poste de directeur de la performance. Cela faisait près d'un siècle que les cyclistes professionnels britanniques brillaient par leur médiocrité. Depuis 1908, ils n'avaient remporté qu'une seule médaille d'or aux jeux Olympiques et leurs résultats n'étaient guère plus brillants dans la plus prestigieuse des courses cyclistes, le Tour de France. En cent dix ans, aucun cycliste britannique n'était monté sur la plus haute marche du podium.

D'ailleurs, les performances des coureurs britanniques étaient si déplorables que l'une des plus grandes marques européennes avait tout bonnement refusé de vendre des vélos à l'équipe, de peur que cela nuise à son image de marque si les autres professionnels voyaient que les Britanniques utilisaient son équipement.

Dave Brailsford avait été recruté pour apporter un nouveau souffle au cyclisme britannique. Ce qui le différenciait des précédents entraîneurs, c'était son engagement sans faille dans une stratégie qu'il qualifiait de « cumul de gains marginaux », philosophie qui consistait à rechercher une petite marge d'amélioration dans tout ce que vous faites. « On part d'un postulat simple : si on envisage la compétition cycliste en la décomposant par élément, si on améliore chaque élément de 1 %, on obtiendra une augmentation globale considérable des performances », expliquait-il.

Dave Brailsford et ses entraîneurs commencèrent par apporter de petits ajustements qu'on peut légitimement attendre d'une équipe de cyclisme professionnelle. Ils modifièrent les selles pour les rendre plus confortables et frottèrent les pneus avec de l'alcool pour leur donner une meilleure adhérence. Ils firent porter aux coureurs des surshorts chauffés électriquement afin de maintenir une température musculaire idéale et employèrent des capteurs de *biofeedback* (rétroaction biologique) pour surveiller la réaction de l'organisme de chaque athlète à un entraînement particulier. L'équipe testa divers tissus dans une soufflerie et fit enfiler aux coureurs de plein air des combinaisons de course intérieure, car plus légères et plus aérodynamiques.

Et ce n'est pas tout. Dave Brailsford et son équipe décelèrent d'autres améliorations de 1 % dans des domaines inattendus qui avaient été négligés jusque-là. Ils testèrent différents types de gels de massage accélérant la récupération musculaire. Ils engagèrent un chirurgien pour enseigner à chaque coureur la meilleure façon de se laver les mains afin de réduire les risques qu'ils s'enrhument. Ils déterminèrent le type d'oreiller et de matelas qui garantissait la meilleure nuit de sommeil à chaque cycliste. Ils peignirent l'intérieur du camion de l'équipe en blanc, ce qui leur permit de débusquer les moindres particules de poussière qui, si elles passaient inaperçues, risquaient de nuire aux performances des vélos parfaitement réglés. En cumulant ces améliorations et d'autres, les résultats ne se firent pas attendre !

En 2008, cinq ans à peine après la nomination de Brailsford, l'équipe britannique domina les épreuves de cyclisme sur route et sur piste aux jeux Olympiques de Beijing, où, à la surprise générale, elle rafla 60 % des médailles d'or. Quatre ans plus tard, en 2012, aux jeux Olympiques de Londres, les Britanniques relevèrent encore le niveau en battant neuf records olympiques et sept records du monde.

La même année, Bradley Wiggins fut le premier cycliste britannique à remporter le Tour de France. L'année suivante, son coéquipier Chris Froome arriva vainqueur. Il renouvela cet exploit en 2015, 2016 et 2017, offrant à l'équipe britannique cinq victoires sur le Tour de France en six ans.

Au cours des dix années écoulées, de 2007 à 2017, les cyclistes britanniques remportèrent cent soixante-dix-huit championnats du monde et soixante-six médailles d'or aux jeux Olympiques ou Paralympiques, ainsi que cinq victoires sur le Tour de France, ce qui est considéré comme un véritable tour de force dans l'histoire du cyclisme[1].

Comment est-ce possible ? Comment une équipe qui ne faisait pas partie du peloton de tête est-elle parvenue à transformer ses athlètes en champions du monde grâce à d'infimes changements qui n'apportent, au mieux, qu'une différence minime ? Pourquoi l'accumulation de petites améliorations permet-elle d'obtenir des résultats aussi remarquables et comment pouvez-vous reproduire cette méthode dans votre vie ?

---

1. Au moment où ce livre allait paraître, des révélations ont été faites sur l'équipe cycliste britannique. Vous pouvez consulter mes réflexions à ce sujet sur la page : atomichabits.com/cycling.

Pourquoi de petites habitudes exercent-elles un impact énorme ?

Il est si facile de surestimer l'importance d'un moment déterminant et de sous-estimer l'utilité d'apporter de petites améliorations au quotidien. Trop souvent, nous nous persuadons qu'un grand succès exige des efforts considérables. Que ce soit pour perdre du poids, créer une entreprise, écrire un livre, gagner un championnat ou atteindre tout autre objectif, nous nous mettons la pression pour réaliser des exploits dont tout le monde parlera.

Bien entendu, une amélioration de 1 % n'est pas particulièrement notable. Parfois, elle n'est même pas perceptible,

1 % D'AMÉLIORATION PAR JOUR

1 % d'aggravation par jour pendant un an. $0{,}99^{365} = 00{,}03$
1 % de pas en avant par jour pendant un an. $1{,}01^{365} = 37{,}78$

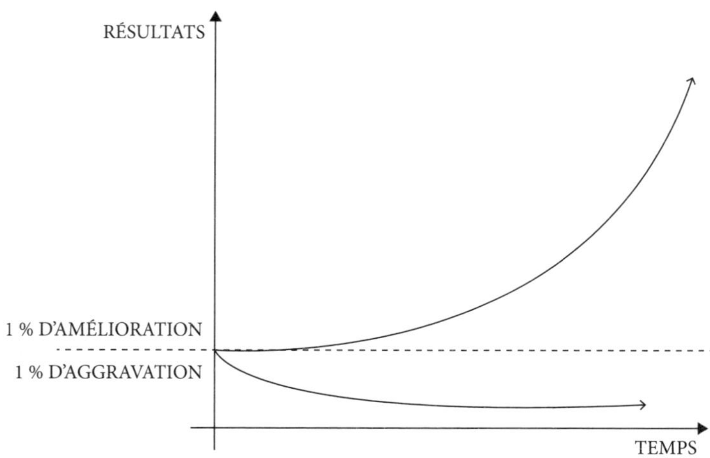

FIGURE 1 : L'impact des petites habitudes au fil du temps. Par exemple, même si vous ne vous améliorez que de 1 % chaque jour, vous obtiendrez des résultats 37 fois meilleurs au bout d'un an.

mais elle peut exercer un impact considérable à long terme. Voici comment ça fonctionne : si vous pouvez vous améliorer de 1 % chaque jour pendant un an, vous obtiendrez trente-sept fois plus à la fin. À l'inverse, si votre situation empire de 1 % chaque jour pendant un an, vous tomberez presque à zéro. L'accumulation de petites victoires ou de défaites mineures aboutit à un tout beaucoup plus important.

Les habitudes sont les « intérêts composés » de l'amélioration de soi. De la même manière que l'argent fructifie par le biais des intérêts composés, l'impact de vos habitudes est démultiplié lorsque vous les répétez. Même si la différence paraît infime d'un jour sur l'autre, l'influence qu'elles exercent au fil des mois et des années peut être énorme. Ce n'est que lorsque l'on regarde en arrière, au bout de deux, cinq voire dix ans, que l'on se rend véritablement compte de la valeur des bonnes habitudes et du coût des mauvaises.

Ce concept peut paraître assez difficile à apprécier dans la vie quotidienne. Nous refusons souvent de procéder à de petits changements, car ils nous semblent futiles sur le moment. Vous ne deviendrez pas instantanément millionnaire en économisant un peu d'argent sur un simple achat. Vous ne deviendrez pas un athlète après seulement trois séances à la salle de sport. Un cours de chinois tous les soirs ne fait pas de vous un expert dans cette langue. Nous appliquons quelques changements, mais nous trouvons que les résultats n'arrivent pas assez rapidement et nous ne tardons pas à reprendre nos bonnes vieilles habitudes.

Malheureusement, la lenteur du processus de transformation facilite la prise de mauvaises habitudes. Si vous mangez un repas déséquilibré aujourd'hui, la balance ne bougera pas beaucoup. Si vous travaillez tard ce soir et oubliez votre famille, elle vous pardonnera. Si vous procrastinez et remettez votre projet à demain, vous pourrez toujours le terminer plus tard. Il est facile de repousser le moment de s'y mettre.

Mais lorsqu'on cumule des erreurs de 1 %, jour après jour, en répétant de mauvaises décisions, en multipliant d'infimes erreurs et en se justifiant par de piètres excuses, toutes ces mauvaises décisions finissent par avoir un impact négatif. C'est l'accumulation de nombreuses erreurs (une aggravation de 1 % çà et là) qui finit par créer un problème.

La répercussion du changement d'habitudes est similaire à l'impact de la correction de quelques degrés de la trajectoire d'un avion. Imaginez que vous preniez l'avion de Los Angeles à New York. Si un pilote décollant de LAX règle un cap d'à peine 3,5 degrés plus au sud, vous atterrissez à Washington au lieu de New York. Un changement aussi minime est à peine perceptible au décollage (le nez de l'avion ne bouge que de quelques mètres) mais, à l'échelle du territoire des États-Unis, vous vous retrouvez à des centaines de kilomètres du lieu d'atterrissage initialement prévu[2].

De même, un léger changement dans vos habitudes quotidiennes peut changer votre destinée. Faire un choix qui soit meilleur de 1 % ou pire de 1 % semble insignifiant sur le moment, mais, au fil des moments qui composent une vie, ces choix déterminent la différence entre qui vous êtes et qui vous pourriez être. Le succès est le fruit d'habitudes quotidiennes, et non de transformations uniques.

---

2. Je me suis amusé à faire quelques petits calculs : Washington se trouve à environ 360 kilomètres de New York. En supposant que vous embarquiez à bord d'un Boeing 747 ou d'un Airbus A380, si vous corrigez le cap de 3,5 degrés à votre départ de Los Angeles, le nez de l'avion bouge probablement de 2 mètres à 2,30 mètres. Un changement infime de direction peut conduire à un changement radical de destination.

Cela dit, peu importe votre succès ou votre échec actuel. Ce qui compte, c'est de savoir si vos habitudes vous mettent sur la voie du succès. Préoccupez-vous davantage du chemin que vous empruntez que des résultats que vous avez obtenus jusqu'ici. Si vous êtes millionnaire, mais si vous dépensez plus que vous ne gagnez chaque mois, vous n'êtes pas sur la bonne voie. Si vos habitudes de consommation ne changent pas, cela risque de mal se terminer. À l'inverse, si vous êtes fauché(e) comme les blés, mais que vous épargnez un peu tous les mois, vous êtes sur la voie de l'autonomie financière, même si vous avancez plus lentement que vous ne le souhaiteriez.

Vos résultats sont des indicateurs tardifs de vos habitudes. Votre valeur nette est un indicateur tardif de vos habitudes financières. Votre poids est un indicateur tardif de vos habitudes alimentaires. Vos connaissances constituent des indicateurs tardifs de vos habitudes d'apprentissage. Le désordre de votre lieu de vie est un indicateur tardif de vos habitudes de rangement. Vous obtenez ce que vous répétez au quotidien.

Si vous voulez anticiper l'endroit où vous aboutirez, il vous suffit de suivre la courbe des petites améliorations ou régressions pour voir ce qu'auront généré vos choix quotidiens d'ici dix ou vingt ans. Dépensez-vous moins que ce que vous gagnez chaque mois ? Allez-vous à la salle de sport chaque semaine ? Lisez-vous des livres et apprenez-vous des choses utiles chaque jour ? Fixez-vous de petites règles comme celles-ci pour définir votre futur moi.

Le temps amplifie la marge entre la réussite et l'échec. Il multiplie ce que vous y injectez. Les bonnes habitudes font du temps votre allié. Les mauvaises en font votre ennemi.

Les habitudes sont à double tranchant. De mauvaises habitudes peuvent vous ralentir tout aussi facilement que de bonnes habitudes peuvent vous aider à progresser, d'où l'importance de bien comprendre leur processus. Pour éviter les mauvaises surprises, vous devez comprendre le fonctionnement des habitudes et savoir les mettre en place selon vos besoins.

VOS HABITUDES PEUVENT SE LIGUER CONTRE VOUS OU JOUER EN VOTRE FAVEUR

Construction positive	Construction négative
Le rendement. Accomplir une tâche supplémentaire quotidiennement est une petite victoire, mais cela représente beaucoup sur l'ensemble d'une carrière. L'automatisation d'une ancienne tâche ou la maîtrise d'une nouvelle compétence peut exercer un impact encore plus grand. Plus vous pouvez gérer de tâches sans réfléchir, plus votre cerveau est libre de se concentrer sur d'autres domaines.	**Le stress.** L'énervement de se retrouver coincé dans un embouteillage. Le poids des responsabilités parentales. L'inquiétude de réussir à joindre les deux bouts. Une pression artérielle légèrement trop élevée. En soi, ces causes courantes de stress sont gérables. Mais quand elles persistent durant des années et s'accumulent, elles engendrent de graves problèmes de santé.
La connaissance. Maîtriser une nouvelle notion ne fera pas de vous un génie, mais si vous vous fixez pour objectif de continuer à apprendre tout au long de la vie, cela pourrait tout changer. De plus, chaque livre que vous lisez vous enseigne non seulement de nouvelles connaissances, mais offre également de nouvelles perspectives à votre réflexion. Comme le dit Warren Buffett : « C'est ainsi que fonctionne la connaissance. Elle s'accumule, comme un intérêt composé. »	**Les pensées négatives.** Plus vous vous considérez comme une personne sans valeur, stupide ou laide, plus vous vous conditionnez pour interpréter la vie de cette façon. Vous êtes pris(e) au piège d'une spirale infernale. Le même principe s'applique à la façon dont vous pensez aux autres. Si vous prenez l'habitude de considérer que les gens sont en colère, injustes ou égoïstes, vous verrez ce genre de personnes partout.

Construction positive	Construction négative
Les relations. Vous récoltez ce que vous semez. Plus vous aidez les autres, plus les autres veulent vous aider. Être un peu plus gentil(le) dans vos relations aux autres peut vous permettre de construire un réseau solide de relations au fil du temps.	**L'indignation.** Les émeutes, les manifestations et les mouvements de masse sont rarement le résultat d'un événement isolé. Généralement, une longue série de petites agressions et d'irritations quotidiennes se multiplient lentement jusqu'à ce qu'un événement fasse pencher la balance et que l'indignation se propage comme une traînée de poudre.

Qu'est-ce que le progrès réellement ?

Imaginez qu'un glaçon est posé sur la table devant vous. La pièce est froide et vous pouvez voir votre souffle. Il fait actuellement – 3,8 °C. La pièce se réchauffe très lentement.

– 3 °C.

– 2,5.

– 2.

Le glaçon est toujours posé sur la table devant vous. Il n'a pas fondu.

– 1,5.

– 1.

– 0,5.

Toujours rien… Le glaçon ne fond pas…

À 0 °C, le glaçon commence à fondre. Un incrément d'un demi-degré, apparemment identique à ceux qui l'ont précédé, provoque un énorme changement.

Les instants décisifs résultent souvent de nombreuses actions antérieures, qui permettent de créer le potentiel nécessaire pour déclencher un changement majeur. Ce modèle se retrouve dans tous les domaines. Le cancer passe 80 % de sa vie indétectable, puis s'empare de l'organisme en quelques mois. Le bambou est à peine visible pendant les cinq premières années de sa vie, car il construit de vastes systèmes racinaires sous terre avant de surgir du sol et d'atteindre 27 mètres de haut en six semaines.

De même, les habitudes semblent souvent ne faire aucune différence jusqu'à ce que vous franchissiez un seuil critique et débloquiez un nouveau niveau de performance. Au début et au milieu d'une quête, on traverse souvent une vallée de Déception. Vous vous attendez à faire des progrès réguliers et il est frustrant de constater l'inefficacité des changements au cours des premiers jours, des premières semaines, voire des premiers mois. Vous avez l'impression de stagner. C'est la caractéristique de tout processus de construction : les résultats les plus importants ne sont pas immédiatement visibles.

C'est l'une des principales raisons pour lesquelles il est si difficile de mettre en place des habitudes durables. On procède à de petits changements, on ne voit pas de résultats tangibles et on décide de s'arrêter. Vous vous dites : « Je cours tous les jours depuis un mois et je ne vois aucun changement dans mon corps... Pourquoi ? » Dès que ce type de pensée prend le dessus, on laisse facilement tomber les bonnes habitudes. Vous devez vous engager à appliquer ces habitudes suffisamment longtemps pour franchir cette étape que j'appelle le plateau du Potentiel latent.

Si vous avez du mal à mettre en place une bonne habitude ou à en perdre une mauvaise, ce n'est pas parce que vous avez perdu votre capacité à vous améliorer. C'est bien souvent parce que vous n'avez pas encore franchi le plateau du Potentiel latent. Se plaindre de ne pas réussir malgré un travail acharné, c'est comme se plaindre d'un glaçon qui ne fond pas lorsqu'on fait augmenter la température de – 3,5 à – 0,5 °C. Votre travail n'a pas été inutile, il est simplement stocké en réserve. Toute l'action se passe à 0 °C.

Lorsque vous franchirez enfin le plateau du Potentiel latent, les gens diront que vous avez réussi du jour au lendemain. Le monde extérieur ne voit que l'événement le plus marquant sans imaginer tout ce qui l'a précédé. Mais vous savez que c'est le travail que vous avez accompli il y a longtemps, quand vous pensiez que vous n'avanciez pas, qui vous offre aujourd'hui cette réussite.

C'est l'équivalent humain de la pression géologique. Deux plaques tectoniques peuvent s'affronter pendant des millions d'années, la tension augmentant lentement. Puis, un jour, elles se frottent encore, comme elles le font depuis des lustres, mais cette fois la tension est trop grande. Un tremblement de terre a lieu. Le changement peut prendre des années avant de se manifester brusquement.

La maîtrise demande de la patience. Les San Antonio Spurs, l'une des équipes les plus titrées de l'histoire de la NBA, ont affiché une citation du réformateur social Jacob Riis dans leurs vestiaires : « Quand rien ne semble fonctionner, je vais observer un tailleur de pierres abattant sa masse sur un rocher une bonne centaine de fois sans lui infliger la moindre fissure apparente. Mais au cent unième coup, le rocher se fendra en deux, et je sais que ce n'est pas seulement le dernier coup qui a fendu le rocher, mais les cent qui l'ont précédé. »

Toutes les grandes réussites ont des débuts modestes. La graine semée par chaque habitude est une décision unique et infime. Mais à mesure que cette décision se répète, l'habitude germe et se renforce. Les racines s'enfoncent profondément et les branches poussent. Perdre une mauvaise habitude revient à déraciner un chêne solidement ancré en nous. Et créer une bonne habitude revient à cultiver une fleur délicate un jour après l'autre.

Mais comment savoir si nous conservons une habitude assez longtemps pour atteindre le plateau du Potentiel latent et franchir ce palier ? Qu'est-ce qui pousse certaines personnes à adopter de mauvaises habitudes et permet à d'autres de profiter des effets combinés des bonnes habitudes ?

LE PLATEAU DU POTENTIEL LATENT

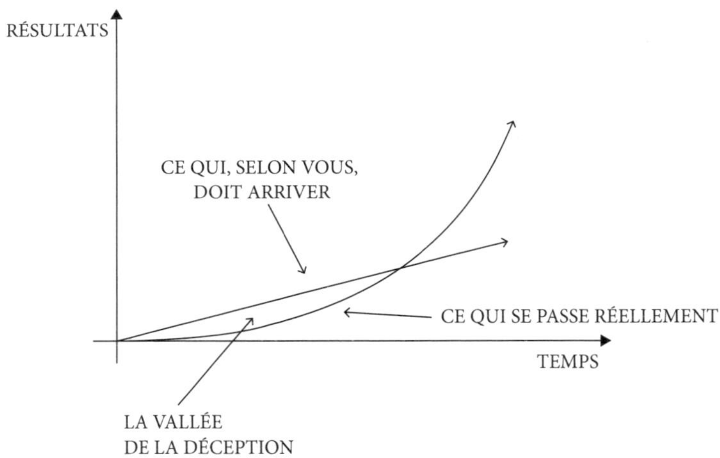

FIGURE 2 : Nous nous attendons souvent à des progrès réguliers. Tout au moins, nous espérons progresser rapidement. En réalité, les résultats de nos efforts se font souvent attendre. Ce n'est que des mois ou des années plus tard que nous réalisons la véritable valeur du travail que nous avons effectué précédemment. On peut alors traverser la vallée de la Déception où l'on se sent découragé(e) après avoir passé des semaines ou des mois à travailler sans avoir obtenu de résultats. Mais ce travail n'a pas été vain. Il est simplement stocké en réserve. Ce n'est que bien plus tard que l'on pourra récolter les fruits de tous les efforts déployés.

Oubliez les objectifs, concentrez-vous plutôt sur les moyens

Selon la sagesse populaire, le meilleur moyen de parvenir au but que nous nous sommes fixé dans la vie (être en meilleure forme, bâtir une entreprise prospère, se détendre davantage et s'inquiéter moins, passer plus de temps en compagnie de ses amis et de sa famille), c'est de se fixer des objectifs concrets et réalistes.

Pendant de nombreuses années, c'est aussi ainsi que j'ai abordé mes habitudes. Chacune était un objectif à atteindre. Je fixais des objectifs pour les notes que je voulais obtenir à l'école, pour les poids que je voulais soulever à la salle de sport, pour les bénéfices que je voulais gagner en affaires. J'ai réussi à en atteindre quelques-uns, mais j'ai échoué à beaucoup d'entre eux. Finalement, j'ai réalisé que mes résultats avaient très peu de liens avec les objectifs que je m'étais fixés, mais beaucoup avec les moyens que je mettais en place.

Quelle est la différence entre les moyens et les objectifs ? J'ai pu faire cette distinction pour la première fois grâce à Scott Adams, le dessinateur de la bande dessinée *Dilbert*. Les objectifs sont les résultats que vous souhaitez atteindre. Les moyens sont les processus qui mènent à ces résultats.

- Si vous êtes un entraîneur, votre objectif est de remporter un championnat. Vos moyens sont la façon dont vous recrutez les joueurs, gérez vos assistants et menez vos entraînements.
- Si vous êtes un entrepreneur, votre objectif est de créer une entreprise générant des millions de dollars. Vos moyens vous permettent de tester des idées de produits, de recruter des employés et de mener des campagnes de marketing.

- Si vous êtes musicien, votre objectif est de jouer un nouveau morceau. Vos moyens sont la fréquence à laquelle vous pratiquez, la méthode avec laquelle vous déchiffrez et vous attaquez aux mesures difficiles et la façon dont vous recevez les instructions de votre professeur.

Passons maintenant à la question intéressante : si vous ignoriez complètement vos objectifs et ne vous concentriez que sur vos moyens, réussiriez-vous toujours ? Par exemple, si vous étiez un entraîneur de basket, si vous ignoriez votre objectif de gagner un championnat et si vous vous concentriez uniquement sur ce que votre équipe fait chaque jour à l'entraînement, obtiendriez-vous toujours des résultats ?

Je pense que oui.

Dans tous les sports, l'objectif est d'obtenir le meilleur score, mais il serait ridicule de passer tout le match à regarder le tableau de scores. La seule façon de gagner réellement est de s'améliorer chaque jour. Comme le disait Bill Walsh, triple vainqueur du Super Bowl : « Le score se fait tout seul. » Il en va de même pour les autres domaines de la vie. Si vous voulez de meilleurs résultats, alors oubliez de vous fixer des objectifs. Concentrez-vous plutôt sur les moyens.

Les objectifs sont-ils complètement inutiles ? Bien sûr que non. Les objectifs sont parfaits pour définir un cap, mais les moyens sont les meilleurs outils pour progresser. Les problèmes arrivent quand vous passez trop de temps à réfléchir à vos objectifs et pas assez à mettre en place vos moyens.

Problème n° 1 : Les gagnants et les perdants ont les mêmes objectifs.

L'établissement d'objectifs est malheureusement fortement dévoyé par la notion de biais du survivant. Nous nous concentrons sur les personnes qui finissent par gagner, les survivants, et supposons à tort que des objectifs ambitieux ont conduit à leur succès, tout en ignorant les personnes qui avaient les mêmes objectifs, mais qui n'ont pas réussi.

Tous les athlètes olympiques veulent gagner la très convoitée médaille d'or. Et si les personnes qui réussissent et celles qui échouent partagent les mêmes objectifs, l'objectif ne peut pas être ce qui différencie les gagnants des perdants. Ce n'est que lorsqu'on met en place un système de petites améliorations continues qu'on obtient un résultat différent.

Problème n° 2 : Atteindre un objectif n'est qu'un changement momentané.

Imaginez que votre chambre soit en désordre et que vous vous fixiez pour objectif de la nettoyer. Si vous mobilisez l'énergie pour ranger vos affaires, vous aurez une chambre propre, pour un temps. Mais si vous conservez les mêmes mauvaises habitudes que vous aviez auparavant et qui ont conduit au désordre de votre chambre, vous trouverez rapidement un nouveau tas de fouillis en attendant un regain d'énergie pour vous remettre à ranger. Vous êtes condamné(e) à retrouver le même désordre tant que vous ne changez pas de moyens. Vous avez traité un symptôme sans régler la cause.

Atteindre un objectif ne change votre vie que momentanément. C'est le côté paradoxal de l'amélioration. Nous pensons que nous devons changer nos résultats, mais les résultats ne sont pas le problème. Ce que nous devons vraiment changer, ce sont les moyens qui produisent ces résultats. Lorsque vous résolvez des problèmes au niveau des résultats, vous ne les résolvez que temporairement. Afin de vous améliorer pour de bon, vous devez résoudre les problèmes au niveau des moyens. Traitez les causes ; les conséquences se résoudront d'elles-mêmes.

Problème n° 3 : Les objectifs sont des obstacles à votre bien-être.

L'hypothèse implicite derrière tout objectif est la suivante : « Une fois que j'aurai atteint mon objectif, je serai heureux(se). » Le problème de l'idée reçue selon laquelle le bonheur est un objectif à atteindre, c'est que vous êtes toujours en train de reporter le bonheur à la prochaine étape. Je suis tombé des milliers de fois dans ce piège. Pendant des années, le bonheur a toujours été l'objectif de mon avenir. Je m'étais promis que lorsque j'aurais pris 10 kilos de muscles ou lorsque mon entreprise aurait été citée dans le *New York Times*, je pourrais enfin prendre du bon temps.

Il faut savoir que les objectifs créent un conflit « soit/soit » : soit vous atteignez votre objectif et vous réussissez, soit vous échouez et vous êtes déçu(e). Vous vous enfermez dans une vision étroite du bonheur. C'est une erreur… Il est peu probable que votre chemin de vie corresponde exactement au voyage que vous aviez en tête au moment du départ. Cela n'a aucun sens de limiter votre satisfaction à un seul scénario lorsque plusieurs chemins mènent au succès.

L'antidote : adoptez une approche axée sur les moyens. Lorsque vous appréciez plus le processus que le résultat, vous n'avez pas à attendre pour vous donner la permission d'être heureux(se). Vous pouvez être satisfait(e) chaque fois que le moyen que vous utilisez fonctionne. Et un moyen peut fructifier sous de nombreuses formes, pas seulement celle que vous envisagiez en premier lieu.

Problème n° 4 : Tout miser sur les objectifs est incompatible avec une progression sur le long terme.

Pour finir, un état d'esprit axé sur les objectifs peut créer un effet « yo-yo ». Beaucoup de coureurs déploient des efforts considérables pendant des mois, mais dès qu'ils ont franchi la ligne d'arrivée, ils cessent de s'entraîner. La course n'est plus là pour les motiver. Lorsque tout votre travail acharné est axé sur un objectif particulier, que reste-t-il pour vous faire avancer une fois que vous l'avez atteint ? Rien. C'est ainsi que beaucoup d'entre nous reprennent leurs vieilles habitudes après avoir atteint un objectif.

On fixe des objectifs pour gagner un match. Le but de la mise en place de moyens est de continuer à jouer. Sur le long terme, il faut donc adopter une approche sans objectif. Il ne s'agit pas de réaliser une prouesse unique. Il s'agit d'un cycle de perfectionnement sans fin et d'amélioration continue. En fin de compte, c'est votre engagement dans le processus qui déterminera votre progression.

Un système fait de petites habitudes

Si vous avez du mal à changer vos habitudes, le problème ne vient pas de vous, mais du système et des moyens que vous utilisez. Les mauvaises habitudes se répètent encore et encore, non pas parce que vous ne voulez pas changer, mais parce que vous employez le mauvais système pour changer. Vous n'atteignez pas le niveau de vos objectifs. Vous restez au niveau de vos moyens.

L'un des thèmes fondamentaux de ce livre est de se concentrer sur le système global plutôt que sur un seul objectif. Vous avez probablement compris qu'une petite habitude correspond à un changement minime, à un gain marginal, à une amélioration de 1 %. Mais les petites habitudes ne sont pas simplement des manies, si dérisoires soient-elles. Elles font partie d'un système plus vaste. Ce sont les éléments constitutifs de résultats spectaculaires.

Les habitudes sont le ciment de notre vie. Chacune contribue à bâtir votre amélioration globale. Au début, ces routines minuscules semblent insignifiantes, mais elles se renforcent rapidement mutuellement et alimentent des gains plus importants qui se multiplient à un point qui dépasse de loin le coût de l'investissement initial. Elles sont à la fois petites et puissantes. C'est une pratique ou une routine régulière qui n'est pas seulement facile à mettre en œuvre, mais qui est aussi la source d'un pouvoir incroyable.

Résumé du chapitre

- Les habitudes sont l'intérêt composé de l'amélioration de soi. Obtenir 1 % d'amélioration chaque jour finit par compter énormément sur le long terme.
- Les habitudes sont une arme à double tranchant. Elles peuvent fonctionner pour vous ou contre vous ; il est donc essentiel d'en comprendre chaque composante.
- De petits changements semblent ne faire aucune différence jusqu'à ce que vous franchissiez un seuil critique. Les résultats les plus importants de tout processus de construction se font souvent attendre. Vous devez être patient(e).
- Une petite habitude fait partie d'un système plus vaste. Leur répétition est constitutive de résultats spectaculaires.
- Si vous souhaitez obtenir de meilleurs résultats, cessez de vous fixer des objectifs. Concentrez-vous plutôt sur vos moyens.
- Vous ne vous élevez pas à la hauteur de vos objectifs. Vous restez à la hauteur de vos moyens.

2

Comment vos habitudes façonnent votre identité (et inversement)

Pourquoi est-il si facile de répéter de mauvaises habitudes et si difficile d'en créer de bonnes ? Peu de choses peuvent avoir un impact plus puissant sur votre vie que l'amélioration de vos habitudes quotidiennes. Et pourtant, il est probable que vous répétiez les mêmes rituels et refassiez la même chose l'année prochaine, au lieu de vous améliorer.

Il est souvent difficile de conserver de bonnes habitudes pendant plusieurs jours, même en déployant des efforts sincères et en ayant des regains de motivation. Les habitudes, telles que l'exercice physique, la méditation, la tenue d'un journal ou la cuisine, paraissent raisonnables pendant un jour ou deux, puis elles tournent vite à la corvée.

Mais, une fois bien établies, les habitudes sont tenaces, surtout les mauvaises. Malgré nos bonnes intentions, les habitudes qui sont mauvaises pour la santé, comme grignoter entre les repas, passer trop de temps devant la télévision, procrastiner ou fumer, ont la vie dure.

Il est si difficile de s'en débarrasser pour deux raisons : (1) nous essayons de changer la mauvaise chose et (2) nous essayons de changer nos habitudes de la mauvaise façon. Dans ce chapitre, je vais aborder le premier point. Dans les chapitres suivants, je répondrai au second.

La première erreur que nous commettons est d'essayer de changer la mauvaise chose. Considérons qu'il existe trois niveaux de changement comparables aux différentes couches d'un mille-feuille.

Les trois étapes du changement de comportement

La première couche influe sur vos résultats : perdre du poids, publier un livre, gagner un championnat. La plupart des objectifs que vous définissez sont associés à ce niveau.

La deuxième strate influe sur le processus par un changement de vos habitudes et de vos moyens : instaurer une pratique hebdomadaire de sport, ranger votre bureau pour mieux travailler, pratiquer la méditation. La plupart des habitudes que vous développez sont associées à ce niveau.

LES TROIS ÉTAPES DU CHANGEMENT DE COMPORTEMENT

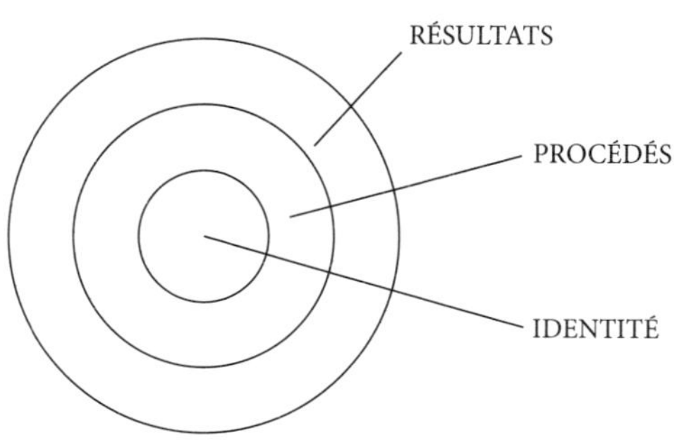

FIGURE 3 : Le changement de comportement se décompose en trois étapes : un changement dans vos résultats, un changement dans vos procédés et un changement dans votre identité.

La troisième étape, la plus importante, modifie votre identité. Ce niveau concerne le changement de vos croyances : votre vision du monde, l'image que vous avez de vous-même, vos jugements sur vous-même et sur les autres. La plupart des croyances, suppositions et préjugés que vous entretenez sont associés à ce niveau.

Les résultats se rapportent à ce que vous obtenez. Les processus se rapportent à vos actions. Votre identité est une illustration de vos croyances. Pour ce qui est de créer des habitudes durables (par exemple un système d'améliorations de 1 %), le problème n'est pas qu'un niveau soit « meilleur » ou « pire »

HABITUDES BASÉES SUR LES RÉSULTATS

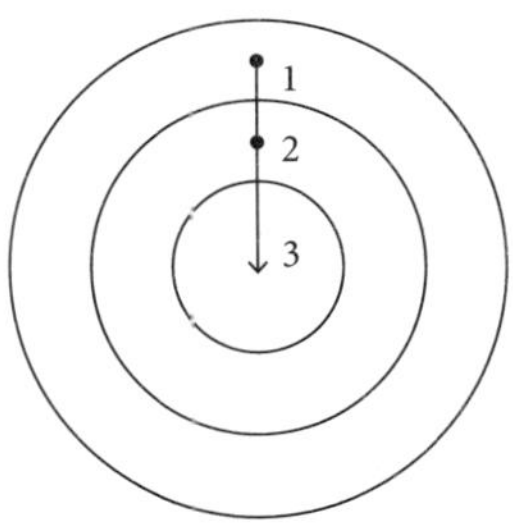

HABITUDES BASÉES SUR L'IDENTITÉ

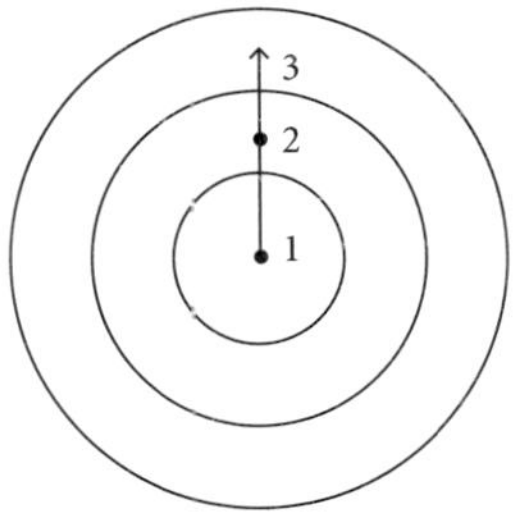

FIGURE 4 : Avec les habitudes axées sur les résultats, l'accent est mis sur ce que vous voulez réaliser. Avec des habitudes identitaires, l'accent est mis sur ce que vous souhaitez devenir.

qu'un autre. Tous les niveaux de changement sont utiles à leur manière. Le problème est lié au sens du changement.

Beaucoup de gens entament le processus de changement d'habitudes en se concentrant sur ce qu'ils veulent réaliser. Cela les conduit à prendre des habitudes basées sur des résultats. L'alternative à cette approche consiste à créer des habitudes identitaires. Ainsi, nous commençons par nous concentrer sur ce que nous souhaitons devenir.

Imaginez deux personnes qui résistent à l'envie de fumer. Lorsqu'on leur propose une cigarette, la première personne dit : « Non merci. J'essaie d'arrêter de fumer. » Cela semble être une réponse raisonnable, mais cette personne croit toujours être un fumeur qui tente de s'arrêter. Elle espère que son comportement changera même si elle conserve les mêmes croyances.

La deuxième personne refuse en disant : « Non merci. Je ne fume pas. » C'est légèrement différent, mais cette déclaration indique un changement d'identité propre. Fumer faisait partie de sa vie passée, pas de sa vie actuelle. Elle ne s'identifie plus à un fumeur.

La plupart d'entre nous n'imaginent pas qu'un changement d'identité puisse nous aider à nous améliorer. Nous adoptons un raisonnement simple : « Je veux devenir mince (résultat) ; si je suis correctement ce régime, je vais maigrir (processus). » Nous fixons des objectifs et déterminons des mesures à prendre pour atteindre ces objectifs sans tenir compte de la confiance que nous plaçons dans nos actions. Nous ne changeons pas d'optique, mais nous ne réalisons pas que notre ancienne identité peut totalement saboter nos plans.

Derrière chaque système d'actions se cache un système de croyances. Un système démocratique est fondé sur des croyances telles que la liberté, le régime de la majorité et l'égalité sociale. Un système dictatorial repose sur un ensemble de croyances très différent, comme l'autorité absolue et l'obéissance stricte. Vous pouvez imaginer de nombreuses façons d'inciter plus de gens à voter dans une démocratie, mais un tel changement de comportement ne se concrétiserait jamais dans une dictature. Le vote est un comportement impossible dans certains systèmes de croyances.

Il en va de même pour les individus, les organisations ou les sociétés. Il existe des ensembles de croyances et d'hypothèses qui façonnent le système, tout comme il y a une identité derrière les habitudes.

Un comportement qui ne vous correspond pas ne durera pas. Vous aimeriez avoir plus d'argent, mais si votre identité propre vous pousse à consommer plutôt qu'à créer, vous continuerez de dépenser au lieu de gagner votre vie. Vous souhaiteriez être en meilleure santé, mais si vous continuez à privilégier le confort à la réussite, vous serez plus volontiers dans votre canapé qu'à la salle de sport. Il est difficile de changer vos habitudes si vous ne changez jamais les croyances sous-jacentes qui ont conduit à votre comportement passé. Vous avez fixé un nouvel objectif et défini un nouveau plan, mais vous n'avez pas changé qui vous êtes.

L'histoire de Brian Clark, un entrepreneur de Boulder, dans le Colorado, en est un parfait exemple. « Aussi loin que je me souvienne, je me suis toujours rongé les ongles, raconte Brian. Au début, c'était nerveux, quand j'étais jeune, puis c'est devenu une habitude. Un jour, j'ai décidé d'arrêter de me ronger les ongles pour qu'ils poussent un peu. Par la seule volonté consciente, j'y suis parvenu. »

Ensuite, Brian a fait quelque chose d'étonnant.

« J'ai demandé à ma femme de me prendre un rendez-vous pour ma toute première manucure, m'a-t-il dit. Je pensais que si je commençais à payer pour entretenir mes ongles, je ne les rongerais plus. Et cela a fonctionné, mais pas pour des raisons pécuniaires. La manucure a rendu mes doigts vraiment beaux pour la première fois. Elle a même ajouté que, mis à part le fait qu'ils avaient été rongés, j'avais de beaux ongles en très bonne santé. Tout à coup, j'étais fier de mes ongles. À vrai dire, je n'imaginais pas du tout pouvoir être fier de mes ongles un jour… Cette expérience a changé ma vie. Je ne me suis plus jamais rongé les ongles depuis lors, je n'y pense même plus. Je suis simplement fier d'en prendre soin correctement. »

La forme absolue de motivation intérieure est le moment où une habitude devient une partie de votre identité. C'est une chose de Vouloir être un type de personne, c'en est une autre d'Être ce type de personne.

Plus vous êtes fier d'un aspect particulier de votre identité, plus vous serez motivé pour conserver les habitudes qui y sont associées. Si vous êtes fier de vos cheveux, vous adopterez toutes sortes d'habitudes pour en prendre soin et les entretenir. Si vous êtes fier de la taille de votre biceps, vous ne raterez jamais une séance de musculation. Si vous êtes fier des écharpes que vous tricotez, vous passerez des heures à tricoter chaque semaine. Lorsque votre fierté est impliquée, vous vous battez corps et âme pour entretenir vos habitudes.

Le véritable changement de comportement repose sur le changement d'identité. Vous pouvez prendre une habitude parce que vous êtes motivé(e), mais vous y resterez fidèle uniquement si elle fait partie de votre identité. N'importe qui peut se convaincre d'aller à la salle de sport ou de manger sainement, mais si vous n'y croyez pas, vous aurez des difficultés à appliquer ces changements à long terme. Les améliorations restent temporaires tant qu'elles ne font pas partie de votre identité.

- L'objectif n'est pas de lire un livre, mais de devenir lecteur.
- L'objectif n'est pas de courir un marathon, mais de devenir coureur.
- L'objectif n'est pas d'apprendre à jouer d'un instrument, mais de devenir musicien.

Vos comportements sont généralement le reflet de votre identité. Ce que vous faites est une indication du type de personne que vous croyez être consciemment ou non[3]. Des recherches ont révélé qu'une personne qui croit en un aspect particulier de son identité est plus susceptible d'adopter un comportement conforme à cette conviction. Par exemple, les personnes qui s'identifient comme des « électeurs » sont plus susceptibles de voter que celles qui affirment simplement que « voter » est une action qu'elles souhaitent accomplir. De même, la personne qui intègre le sport à son identité propre n'a pas besoin de se convaincre de s'entraîner. Il est facile de bien se comporter. Après tout, lorsque votre comportement et votre identité sont en parfaite symbiose, vous

3. Les termes inconscient, non conscient et subconscient peuvent tous être utilisés pour décrire l'absence de conscience ou de pensée. Même dans les milieux universitaires, ces mots sont souvent utilisés de manière interchangeable sans trop de pinaillage (pour une fois). J'ai choisi d'employer le terme « inconscient », car son sens est suffisamment large pour englober à la fois les processus de l'esprit auxquels nous ne pourrions jamais avoir accès consciemment et les moments où nous ne faisons tout simplement pas attention à ce qui nous entoure. Il englobe tout ce à quoi l'on ne pense pas consciemment.

ne cherchez plus à changer de comportement. Vous agissez simplement comme le type de personne que vous croyez déjà être.

Comme tous les aspects applicables à la formation des habitudes, il s'agit également d'une arme à double tranchant. Quand vous agissez dans votre intérêt, le changement d'identité peut être un puissant moteur d'amélioration. À l'inverse, quand vous agissez contre vos intérêts, le changement d'identité peut être une malédiction. Une fois que vous avez adopté une identité, vous pouvez facilement laisser votre allégeance envers elle influer sur votre capacité à changer. Beaucoup d'entre nous traversent la vie dans un sommeil cognitif, en suivant aveuglément les normes liées à leur identité.

- « J'ai un mal fou à me repérer. »
- « Je ne suis pas du matin. »
- « J'oublie toujours le nom des gens. »
- « Je suis toujours en retard. »
- « J'ai du mal avec la technologie. »
- « Je suis nul(le) en maths. »

... et mille autres variantes...

Lorsque vous vous répétez ces phrases pendant des années, il est facile de tomber dans des clichés et de les accepter comme des faits. Au fil du temps, vous commencez à résister à certaines actions, car « ça ne correspond pas à qui je suis ». Une pression interne vous conditionne pour maintenir votre image de soi et pour adopter un comportement conforme à vos convictions. Vous trouvez tous les moyens possibles et imaginables pour éviter de vous contredire.

Plus une pensée ou une action est étroitement liée à votre identité, plus il est difficile de la changer. Il peut être pratique de croire ce que votre culture croit (identité de groupe) ou de faire ce qui préserve votre image de soi (identité personnelle), même si c'est faux. Le principal obstacle au changement positif à tous les niveaux (individu, équipe, société) est le conflit d'identité. Prendre de bonnes habitudes peut sembler tout à fait rationnel ; mais si elles entrent en conflit avec votre identité, vous ne pourrez pas les mettre en action.

Vous pouvez avoir des difficultés à mettre en application vos habitudes au quotidien parce que vous êtes trop occupé, trop fatigué, trop débordé ou pour des centaines d'autres raisons. Néanmoins, sur le long terme, la vraie raison pour laquelle vous ne respectez pas vos habitudes, c'est que l'image que vous avez de vous-même vous gêne. Vous ne devez donc pas trop vous attacher à une unique version de votre identité. Le progrès nécessite le désapprentissage. Pour devenir la meilleure version de vous-même, vous devez modifier en permanence vos convictions et améliorer et développer votre identité.

Cela nous amène à une question importante : ces croyances et cette vision du monde qui jouent un rôle si important dans votre comportement, d'où proviennent-elles ? Comment votre identité s'est-elle façonnée ? Et comment mettre en avant de nouveaux aspects de votre identité qui vous servent et supplantent progressivement les éléments qui vous gênent ?

Le processus en deux étapes pour changer votre identité

Votre identité émerge de vos habitudes. Les croyances ne sont pas innées. Toutes les croyances, y compris celles qui vous concernent, sont acquises et conditionnées par votre expérience[4].

Plus précisément, vos habitudes sont la manière dont vous personnifiez votre identité. Chaque jour, en faisant votre lit, vous incarnez l'identité d'une personne organisée. Chaque jour, quand vous écrivez, vous incarnez l'identité d'une personne créative. En vous entraînant chaque jour, vous incarnez l'identité d'une personne sportive.

Plus vous répétez un comportement, plus vous renforcez l'identité associée à ce comportement. En fait, le mot identité est dérivé des mots latins *essentitas*, qui signifie « être », et *identidem*, qui signifie « plusieurs fois ». Votre identité est littéralement votre « être répété ».

Quelle que soit votre identité actuelle, vous n'y croyez que parce que vous en avez la preuve. En allant à l'église tous les dimanches pendant vingt ans, vous avez la preuve que vous pratiquez votre religion. En étudiant la biologie pendant une heure tous les soirs, vous avez la preuve que vous êtes studieux. En allant à la salle de sport même quand il neige, vous avez la preuve que vous vous engagez à faire de l'exercice. Plus vous avez de preuves d'une croyance, plus vous y croyez avec conviction.

Au début de ma vie, je ne me considérais pas comme un auteur. Si vous posiez la question à l'un de mes professeurs de lycée ou d'université, il vous dirait au mieux que j'étais un rédacteur moyen : c'est loin d'être une référence.

4. Certes, certains aspects de votre identité ont tendance à ne pas évoluer au fil du temps – par exemple, le fait de vous identifier comme une personne de grande taille ou de petite taille. Mais même pour des qualités et caractéristiques plus établies, le fait que vous les voyiez sous un jour positif ou négatif est déterminé par vos expériences tout au long de votre vie.

Quand j'ai commencé ma carrière d'auteur, je publiais un article tous les lundis et jeudis durant les premières années. Plus j'écrivais, plus mon identité d'auteur grandissait. Je n'ai pas commencé en étant auteur, je suis devenu auteur par habitude.

Bien entendu, vos habitudes ne sont pas les seules actions qui influent sur votre identité, mais du fait de leur fréquence, ce sont généralement les éléments les plus importants dans votre identité. Chaque expérience de la vie modifie votre image de soi, mais il est peu probable que vous vous considériez comme un joueur de football parce que vous avez frappé une balle une fois ou un artiste parce que vous avez griffonné un dessin. Toutefois, lorsque vous répétez ces actions, les preuves s'accumulent et votre image de soi commence à changer. L'impact des expériences uniques tend à s'estomper tandis que l'impact des habitudes se renforce avec le temps ; cela signifie que vos habitudes apportent l'essentiel des éléments qui façonnent votre identité. Ainsi, le processus de construction d'habitudes est en réalité le processus qui permet de devenir soi-même.

C'est une évolution progressive. Nous ne changeons pas en claquant des doigts et en décidant d'être une personne entièrement nouvelle. Nous changeons petit à petit, jour après jour, habitude par habitude. Nous subissons continuellement des micro-évolutions de notre « moi ».

Chaque habitude est comme une suggestion : « Hé, c'est peut-être qui je suis. » Si vous terminez un livre, vous êtes peut-être le genre de personne qui aime lire. Si vous allez à la salle de sport, vous êtes peut-être le genre de personne qui aime faire de l'exercice. Si vous pratiquez la guitare, vous êtes peut-être le genre de personne qui aime la musique.

Chaque action que vous entreprenez est un pas vers le type de personne que vous souhaitez devenir. Aucune occasion unique ne peut transformer vos convictions, mais au fur et à mesure que les expériences s'accumulent, les preuves de votre nouvelle identité évoluent également. C'est l'une des raisons pour lesquelles un changement considérable n'est pas systématiquement un changement radical. Chaque petite habitude peut tout changer et vous apporter une nouvelle identité. C'est le paradoxe de l'accomplissement de petites améliorations.

En réunissant tous ces éléments, vous verrez que les habitudes sont le meilleur moyen de changer votre identité : pour changer qui vous êtes, vous devez changer ce que vous faites.

- Chaque fois que vous écrivez une page, vous êtes écrivain.
- Chaque fois que vous jouez du violon, vous êtes musicien.
- Chaque fois que vous commencez une séance d'entraînement, vous êtes sportif.
- Chaque fois que vous encouragez un collaborateur, vous êtes un leader.

Chaque habitude donne non seulement des résultats, mais vous enseigne également quelque chose de beaucoup plus important : vous faire confiance. Vous commencez à croire que vous pouvez réellement accomplir ces choses. Lorsque les occasions s'accumulent et que les résultats commencent à changer, l'histoire que vous vous racontez commence elle aussi à changer.

Bien sûr, cela fonctionne aussi dans le sens inverse. Chaque fois que vous choisissez de prendre une mauvaise habitude, vous faites un pas vers l'identité qui en découle.

La bonne nouvelle, c'est que vous n'avez pas besoin d'être parfait. Dans toute élection, il y aura des votes pour les deux camps. Vous n'avez pas besoin d'un vote unanime pour gagner une élection ; vous avez juste besoin d'une majorité. Peu importe s'il vous arrive parfois de voter pour un mauvais comportement ou une habitude improductive. Votre objectif est simplement de gagner la majorité du temps.

Une nouvelle identité exige de nouvelles habitudes. Si vous continuez d'appliquer les mêmes habitudes que par le passé, vous obtiendrez les résultats que vous avez toujours obtenus. Si rien ne change, rien ne changera.

C'est un processus simple en deux étapes :

1. Décidez du type de personne que vous souhaitez devenir.
2. Prouvez-vous que vous souhaitez devenir ce type de personne en gagnant de petites victoires.

Pour commencer, décidez qui vous voulez être. Cela vaut à tous les niveaux – en tant qu'individu, en tant qu'équipe, en tant que communauté, en tant que nation. Que voulez-vous défendre ? Quels sont vos principes et valeurs ? Qui souhaitez-vous devenir ?

Ce sont de grandes questions, et beaucoup d'entre nous ne savent pas par où commencer – mais nous savons quel type de résultats nous souhaitons obtenir : des abdos en béton, moins d'anxiété, ou doubler notre salaire. Basez-vous sur cet objectif et concentrez-vous sur le type de personne qui pourrait obtenir ces résultats. Demandez-vous : « Quel type de personne pourrait obtenir le résultat que je souhaite atteindre ? » Quel type de personne pourrait perdre 20 kilos ? Quel type de personne pourrait apprendre une nouvelle langue ou diriger une start-up florissante ?

Par exemple, « Quel type de personne pourrait écrire un livre ? ». Probablement une personne cohérente et fiable. Désormais, votre objectif est de passer de l'écriture d'un livre (vous baser sur les résultats) à un type de personne cohérente et fiable (vous baser sur l'identité).

Ce processus peut conduire à diverses croyances :

- « Je suis le genre de professeur qui défend ses élèves. »
- « Je suis le genre de médecin qui donne à chaque patient le temps et l'empathie dont il a besoin. »
- « Je suis le genre de responsable qui défend ses employés. »

Une fois que vous avez une idée du type de personne que vous souhaitez être, vous pouvez commencer à mettre en application de petites actions pour atteindre l'objectif d'identité que vous vous êtes fixé. J'ai une amie qui a perdu plus de 45 kilos en se demandant : « Qu'est-ce qu'une personne en bonne santé ferait ? » Toute la journée, elle se répétait cette question comme mantra. Une personne en bonne santé marcherait ou elle prendrait un taxi ? Elle commanderait un sandwich ou une salade ? Elle s'est dit que si elle agissait assez longtemps comme une personne en bonne santé, elle finirait par le devenir. Elle avait raison.

Le concept des habitudes basées sur l'identité est notre première introduction à un autre thème clé de ce livre : les boucles de rétroaction. Vos habitudes façonnent votre identité et votre identité façonne vos habitudes. Le processus fonctionne dans les deux sens. La formation de toutes les habitudes est une boucle de rétroaction (un concept que nous approfondirons dans le chapitre suivant), mais il est important de laisser vos valeurs, vos principes et votre identité guider la boucle plutôt que vos résultats. Vous devez toujours vous concentrer sur le type de personne que vous souhaitez devenir et non sur l'obtention d'un résultat particulier.

La véritable raison pour laquelle les habitudes sont importantes

Tout changement d'habitude repose sur un changement d'identité. La suite de ce livre vous fournira des instructions pas à pas sur la manière de créer de meilleures habitudes pour vous-même, votre famille, votre équipe, votre entreprise et dans n'importe quel domaine. Mais la vraie question est la suivante : « Devenez-vous le type de personne que vous souhaitez devenir ? » La première étape n'est pas quoi ou comment, mais qui. Vous devez savoir qui vous voulez être. Sinon, votre quête de changement ressemblera à un bateau sans gouvernail. Et c'est la raison pour laquelle nous commençons par ce point.

Vous avez le pouvoir de changer vos croyances sur vous-même. Votre identité n'est pas figée. Vous avez le choix à chaque instant. Vous pouvez choisir l'identité que vous souhaitez renforcer aujourd'hui avec les habitudes que vous choisissez dès aujourd'hui. Et cela nous amène à l'intention principale de ce livre et à la véritable raison pour laquelle les habitudes sont importantes.

Construire de meilleures habitudes ne consiste pas à ponctuer votre journée de petites astuces vous facilitant le quotidien. Il ne s'agit pas de passer du fil dentaire entre les dents tous les soirs, de prendre une douche froide tous les matins ou de porter la même tenue chaque jour. Il ne s'agit pas d'afficher des signes extérieurs de réussite comme gagner plus d'argent, perdre du poids ou être moins stressé. Les habitudes peuvent vous aider à réaliser toutes ces choses, mais fondamentalement, elles ne consistent pas à avoir quelque chose. Au contraire, elles vous permettent de devenir quelqu'un d'autre.

En fin de compte, vos habitudes sont importantes, car elles vous aident à devenir le type de personne que vous souhaitez être. Elles vous permettent de développer les croyances les plus profondes que vous avez sur vous-même. Littéralement, vous devenez vos habitudes.

Résumé du chapitre

- Il y a trois niveaux de changement : changement de résultat, changement de processus et changement d'identité.
- Le moyen le plus efficace de changer vos habitudes est de ne pas vous concentrer sur l'objectif que vous voulez atteindre, mais sur ce que vous souhaitez devenir.
- Votre identité repose sur vos habitudes. Chaque action est un pas vers le type de personne que vous souhaitez devenir.
- Pour devenir la meilleure version de vous-même, vous devez modifier en permanence vos convictions, et améliorer et développer votre identité.
- La vraie raison pour laquelle les habitudes importent n'est pas qu'elles peuvent vous apporter de meilleurs résultats (bien qu'elles puissent le faire), mais qu'elles peuvent changer vos croyances sur vous-même.

3

Comment construire de meilleures habitudes en quatre étapes simples

En 1898, le psychologue Edward Thorndike mena une expérience sur laquelle je vais m'appuyer pour jeter les bases de mon analyse de la formation des habitudes et des règles qui guident notre comportement. Edward Thorndike s'intéressait au comportement des animaux, à commencer par les chats.

L'expérience consistait à enfermer un chat dans un appareil appelé boîte à secret. La boîte avait été conçue pour que le chat puisse s'échapper par une porte « par un simple geste, comme tirer sur une boucle de corde, appuyer sur un levier ou marcher sur une plate-forme ». Par exemple, un dispositif contenait un levier qui, dès qu'on appuyait dessus, ouvrait une porte sur le côté de la boîte. Une fois la porte ouverte, le chat pouvait s'enfuir et se précipiter vers un bol de nourriture.

La plupart des chats voulaient s'échapper dès qu'ils étaient placés dans la boîte. Ils enfonçaient leur nez dans les coins, passaient leurs pattes par les ouvertures et agrippaient des éléments mobiles avec leurs griffes. Après quelques minutes d'exploration, les chats appuyaient sur le levier magique, la porte s'ouvrait et ils s'échappaient.

Edward Thorndike suivit le comportement des chats dans le cadre de nombreux essais. Au début, les animaux se déplaçaient au hasard dans la boîte. Mais dès que le levier était actionné et que la porte s'ouvrait, le processus d'apprentissage commençait. Peu à peu, chaque chat a appris à associer l'action consistant à appuyer sur le levier avec la récompense de s'échapper de la boîte et de se rendre vers le bol de nourriture.

Après vingt à trente essais, ce comportement devenait tellement automatique et habituel que le chat pouvait s'échapper en quelques secondes. Edward Thorndike notait : « Le chat 12 a mis les temps suivants pour sortir : 160 secondes, 30 secondes, 90 secondes, 60, 15, 28, 20, 30, 22, 11, 15, 20, 12, 10, 14, 10, 8, 8, 5, 10, 8, 6, 6, 7. »

Au cours des trois premiers essais, le chat s'échappait en 1 minute 30 en moyenne. Au cours des trois derniers essais, il s'échappait en environ 6,3 secondes. Avec la pratique, les chats faisaient moins d'erreurs et leurs actions devenaient plus rapides et plus automatiques. Plutôt que de répéter les mêmes erreurs, ils se dirigeaient directement vers la solution.

À la suite de ces études, Edward Thorndike décrivit le processus d'apprentissage comme suit : « Les comportements suivis de conséquences satisfaisantes tendent à être répétés et ceux qui produisent des conséquences désagréables ont moins de chances d'être répétés. » Ses travaux fournissent le point de départ idéal pour discuter de la manière dont les habitudes se forment dans nos propres vies. Ils apportent également des réponses à certaines questions fondamentales telles que : que sont les habitudes ? Et pourquoi le cerveau s'emploie-t-il à en construire ?

Pourquoi votre cerveau construit-il des habitudes ?

Une habitude est un comportement qui a été répété suffisamment de fois pour devenir automatique. Le processus de formation d'habitudes commence par des essais et des erreurs. Chaque fois que vous rencontrez une nouvelle situation dans la vie, votre cerveau doit prendre une décision. Comment puis-je répondre/réagir à cela ? La première fois que vous rencontrez un problème, vous ne savez pas comment le résoudre. Comme le chat de Thorndike, vous essayez simplement de voir ce qui fonctionne.

L'activité neurologique cérébrale est élevée durant cette phase. Vous analysez soigneusement la situation et prenez des décisions conscientes quant à la manière d'agir. Vous réunissez des tonnes de nouvelles informations et tentez de donner un sens à tout. Le cerveau est occupé à mettre en place le plan d'action le plus efficace.

Parfois, comme un chat qui appuie sur un levier, vous tombez sur une solution. Vous êtes anxieux(se) et vous découvrez que courir vous rassure. Vous êtes épuisé(e) mentalement par une longue journée de travail et vous vous rendez compte que les jeux vidéo vous détendent. Vous explorez, explorez, explorez, et puis... VICTOIRE, c'est la récompense.

Lorsque vous obtenez une récompense inattendue, vous modifiez votre stratégie pour la fois suivante. Votre cerveau commence immédiatement à répertorier les événements qui ont précédé la récompense. Attendez une minute, c'était pas mal, ça... Qu'est-ce que j'ai fait juste avant ?

C'est la boucle de rétroaction sur laquelle repose tout comportement humain : essayer, échouer, apprendre, réessayer différemment. Avec la pratique, les mouvements et actions inutiles s'estompent et les mouvements et actions utiles sont renforcés. C'est une habitude qui se met en place.

Chaque fois que vous faites face à un problème à plusieurs reprises, votre cerveau automatise le processus de résolution. Vos habitudes ne sont qu'une série de solutions automatiques qui résolvent les problèmes et tensions auxquels vous faites face régulièrement. Comme l'écrit Jason Hreha, spécialiste du comportement, « les habitudes sont, tout simplement, des solutions fiables aux problèmes récurrents de notre environnement ».

À mesure que des habitudes se créent, le niveau d'activité dans le cerveau diminue. Vous apprenez à cerner les indices qui prédisent le succès et à éliminer tout le reste. Quand une situation similaire se représente, vous savez exactement ce qu'il faut rechercher. Il n'est plus nécessaire d'analyser tous les aspects d'une situation. Votre cerveau ignore le processus d'essais et d'erreurs et crée une règle mentale : s'il se passe ceci alors je ferai cela. Ces scripts cognitifs peuvent être suivis automatiquement chaque fois que la situation est appropriée. Maintenant, chaque fois que vous vous sentez stressé(e), vous avez envie de courir. Dès que vous quittez votre travail, vous prenez les commandes de votre jeu vidéo. Un choix qui nécessitait autrefois des efforts est désormais automatique. Une habitude a été créée.

Les habitudes sont des raccourcis mentaux tirés de l'expérience. En un sens, une habitude est simplement un souvenir des étapes que vous avez déjà suivies pour résoudre un problème par le passé. Lorsque les conditions sont réunies, vous pouvez puiser dans cette mémoire et appliquer automatiquement la même solution. Le cerveau se remémore le passé pour mieux prédire ce qui fonctionnera à l'avenir.

La formation d'habitudes est incroyablement utile, car un esprit conscient est un obstacle pour le cerveau. Il ne peut prêter attention qu'à un problème à la fois. En conséquence, votre cerveau travaille toujours à maintenir votre attention consciente et concentrée sur la tâche la plus essentielle. Chaque fois que c'est possible, le conscient renvoie des tâches à l'inconscient, qui les accomplit automatiquement. C'est précisément ce qui se passe quand une habitude est mise en place. Les habitudes réduisent la charge cognitive et libèrent la capacité mentale, de sorte que vous pouvez porter votre attention sur d'autres tâches.

Malgré leur efficacité, certaines personnes s'interrogent encore sur les avantages des habitudes. L'argument est le suivant : « Les habitudes vont-elles rendre ma vie monotone ? Je ne veux pas me cantonner à un style de vie que je n'apprécie pas. La routine n'est-elle pas l'ennemie de la vitalité et de la spontanéité dans la vie ? » Ces questions créent une fausse dichotomie. Elles vous induisent en erreur et vous incitent à choisir entre la construction d'habitudes et la liberté. En réalité, les deux se complètent.

Les habitudes ne limitent pas la liberté. Elles la créent. En fait, les personnes qui n'ont pas d'habitudes bien établies sont souvent celles qui ont le moins de liberté. Sans bonnes habitudes financières, vous aurez toujours du mal à joindre les deux bouts. Sans bonnes habitudes de santé, vous aurez toujours l'impression de manquer d'énergie. Sans de bonnes habitudes d'apprentissage, vous aurez toujours le sentiment d'être en retard. Si vous êtes toujours obligé de prendre des décisions sur des tâches simples – quand dois-je travailler, où dois-je écrire, quand dois-je payer les factures –, alors vous aurez moins de temps à consacrer à votre liberté. C'est seulement en vous facilitant la vie au quotidien que vous pourrez créer l'espace mental nécessaire à la liberté de pensée et à la créativité.

À l'inverse, lorsque vous mettez en place des habitudes et que vos tâches quotidiennes sont bien gérées, votre esprit est libre de se concentrer sur de nouveaux défis et de faire face aux prochains problèmes qui se présenteront. Les habitudes bien ancrées au quotidien vous permettent de dégager du temps pour faire davantage de choses qui vous épanouissent.

Comment fonctionnent les habitudes ?

Le processus de création d'une habitude peut être divisé en quatre étapes simples : déclencheur, envie, réponse et récompense[5]. La décomposition en ces parties fondamentales peut nous aider à comprendre ce qu'est une habitude, comment elle fonctionne et comment l'améliorer.

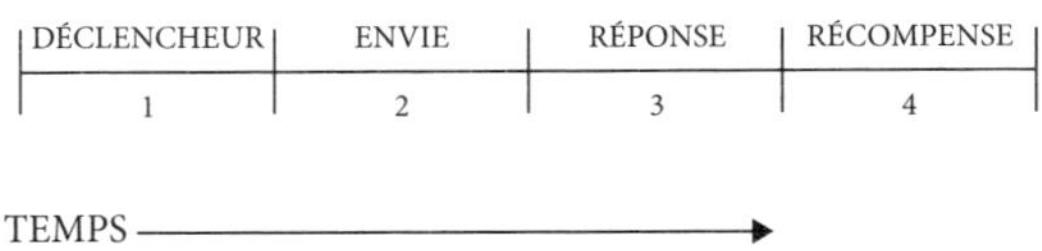

FIGURE 5 : Toutes les habitudes suivent quatre étapes dans le même ordre : déclencheur, envie, réponse et récompense.

Ce modèle en quatre étapes est la base de toute habitude, et votre cerveau parcourt ces étapes dans le même ordre à chaque fois.

5. Les lecteurs de l'ouvrage *Le Pouvoir des habitudes* de Charles Duhigg reconnaîtront ces termes. Duhigg a écrit un excellent livre et mon intention est de reprendre là où il s'est arrêté en intégrant ces étapes dans quatre lois simples que vous pouvez mettre en application pour créer de meilleures habitudes de vie et de travail.

Tout d'abord, il y a le déclencheur. Il amène votre cerveau à adopter un comportement. C'est un petit ensemble d'informations qui anticipe une récompense. Nos ancêtres préhistoriques étaient attentifs aux signaux qui indiquaient l'emplacement des récompenses primaires telles que la nourriture, l'eau et le sexe. Aujourd'hui, nous passons le plus clair de notre temps à rechercher des déclencheurs qui renvoient à des récompenses secondaires telles que l'argent et la renommée, le pouvoir et le statut social, les louanges et l'intégration, l'amour et l'amitié ou un sentiment de satisfaction personnelle. (Bien entendu, ces activités améliorent aussi indirectement nos chances de survie et de reproduction, ce qui est la motivation principale de tous nos actes.)

Votre esprit analyse en permanence votre environnement interne et externe pour obtenir des indices sur l'emplacement des récompenses. Sachant que le déclencheur est le premier signe que nous sommes proches d'une récompense, il conduit naturellement à un état de manque.

Les envies constituent la deuxième étape. Elles sont la force de motivation derrière chaque habitude. Sans un certain niveau de motivation ou de désir – sans vouloir un changement – nous n'avons aucune raison d'agir. Ce dont vous rêvez, ce n'est pas de l'habitude elle-même, mais du changement d'état qu'elle procure. Vous n'avez pas envie de fumer une cigarette, vous avez envie du soulagement qu'elle procure. Vous n'êtes pas motivé(e) par le brossage des dents, mais par la sensation d'avoir les dents propres. Vous ne voulez pas allumer la télévision, vous voulez vous divertir. Chaque désir est lié à un désir de changer votre état interne. C'est un point important que nous discuterons en détail plus tard.

Les envies diffèrent d'une personne à l'autre. En théorie, toute information peut déclencher un état de manque, mais en pratique, les personnes ne sont pas motivées par les mêmes déclencheurs. Pour un joueur, le son des machines à sous peut être un puissant déclencheur qui provoque une vague de désir intense. Pour quelqu'un qui joue rarement, l'effervescence du casino n'est qu'un bruit de fond. Les déclencheurs n'ont aucun sens tant qu'ils ne sont pas interprétés. Les pensées, les sentiments et les émotions de l'observateur transforment un déclencheur en état de manque (envie).

La troisième étape est la réponse. La réponse est l'habitude réelle que vous accomplissez, qui peut prendre la forme d'une pensée ou d'une action. La réaction dépend de votre motivation et du degré de désaccord associé au comportement. Si une action nécessite plus d'efforts physiques ou psychologiques que vous ne le souhaitez, alors vous ne l'appliquerez pas. Votre réponse dépend également de votre capacité de réaction. Cela semble simple, mais une habitude ne peut exister que si vous êtes capable de l'appliquer. Si vous voulez être un bon *dunkeur* au basket, mais que vous ne pouvez pas sauter assez haut pour atteindre l'arceau du panier, eh bien, vous ne pourrez pas faire grand-chose.

Enfin, la réponse offre une récompense. Les récompenses sont l'objectif final de chaque habitude. Le déclencheur consiste à remarquer la récompense. Le désir est de vouloir la récompense. La réponse consiste à obtenir la récompense. Nous poursuivons les récompenses parce qu'elles servent deux objectifs : (1) elles nous satisfont et (2) elles nous enseignent.

L'objectif principal des récompenses est de satisfaire votre envie. Oui, les récompenses elles-mêmes offrent des avantages. La nourriture et l'eau fournissent l'énergie dont vous avez besoin pour survivre. Obtenir une promotion rapporte plus d'argent et de respect. Être en forme améliore votre santé et vos perspectives de rencontres. Mais l'avantage le plus immédiat est que les récompenses satisfont votre envie de manger, d'obtenir un statut spécifique ou de convaincre vos pairs. Au moins pendant un temps, les récompenses procurent de la satisfaction et un soulagement de l'envie.

Deuxièmement, les récompenses nous apprennent quelles actions méritent d'être reproduites à l'avenir. Votre cerveau est un détecteur de récompense. Tout au long de votre vie, votre système nerveux sensoriel surveille en permanence les actions qui satisfont vos désirs et procurent du plaisir. Les sentiments de plaisir et de déception font partie du mécanisme de rétroaction qui aide votre cerveau à distinguer les actions utiles des actions inutiles. Les récompenses referment la boucle de rétroaction et terminent le cycle des habitudes.

Si un comportement est insuffisant à l'une des quatre étapes, il ne deviendra pas une habitude. Éliminez le déclencheur et votre habitude ne commencera jamais. Réduisez le besoin et vous n'éprouverez pas assez de motivation pour agir. Rendez le comportement difficile et vous ne pourrez pas l'adopter. Et si la récompense ne satisfait pas votre désir, vous n'aurez aucune raison de le reproduire à l'avenir. Sans les trois premières étapes, aucun comportement ne se produira. Sans les quatre, un comportement ne sera pas répété.

En résumé, le déclencheur provoque une envie, qui motive une réponse, qui offre une récompense, qui satisfait le désir, qui, finalement, est associé au déclencheur. Ensemble, ces quatre étapes forment une boucle de rétroaction neurologique : déclencheur, envie, réponse, récompense ; déclencheur, envie, réponse, récompense – cela vous permet finalement de créer des habitudes automatiques. Ce cycle s'appelle la boucle de l'habitude.

LA BOUCLE DE L'HABITUDE

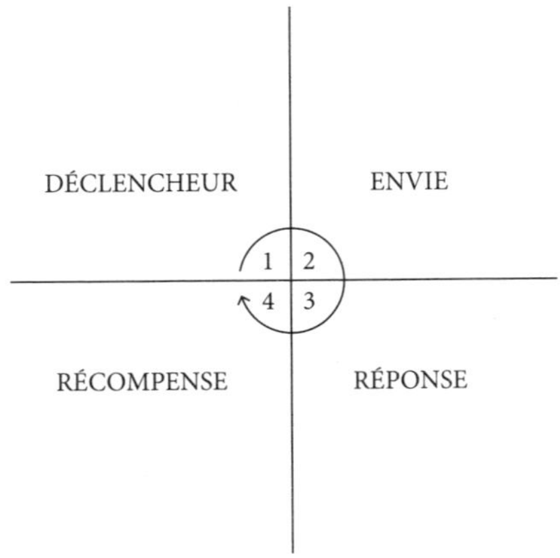

FIGURE 6 : Les quatre étapes de l'habitude sont décrites comme une boucle de rétroaction. Elles forment un cycle sans fin qui se déroule à chaque instant de votre vie. Cette « boucle de l'habitude » analyse continuellement l'environnement, anticipe ce qui va se passer, teste différentes réponses et tire les leçons des résultats[6].

Ce processus en quatre étapes n'est pas quelque chose qui se produit occasionnellement, mais plutôt une boucle de rétroaction sans fin qui s'exécute et est active à chaque instant de votre vie, même maintenant. Le cerveau scrute continuellement l'environnement, prédisant ce qui va se passer ensuite, teste différentes réponses et tire les leçons des résultats. L'ensemble du processus se déroule en une fraction de seconde, et nous l'utilisons continuellement

6. Charles Duhigg et Nir Eyal méritent une reconnaissance particulière pour leur influence sur cette image. Cette représentation de la boucle de l'habitude est une expression popularisée par le livre de Duhigg, *Le Pouvoir des habitudes*, et un concept popularisé par le livre d'Eyal, *Hooked. Comment créer un produit ou un service addictif.*

sans nous rendre compte de tout ce qui s'est produit dans le moment précédent. Nous pouvons répartir ces quatre étapes en deux phases : la phase du problème et la phase de la solution. La phase du problème comprend le déclencheur et l'état d'envie : quand vous réalisez que quelque chose doit changer. La phase de solution inclut la réponse et la récompense : c'est le moment où vous agissez et réalisez le changement que vous désirez.

Phase du problème		Phase de la solution	
1. Déclencheur	2. Envie	3. Réponse	4. Récompense

Tout comportement est motivé par le désir de résoudre un problème. Le problème peut se présenter sous différentes formes : parfois, vous remarquez quelque chose de positif et vous voulez l'obtenir ; parfois, vous rencontrez une contrainte et vous souhaitez la soulager. Dans tous les cas, chaque habitude a pour objectif de résoudre les problèmes auxquels vous êtes confronté.

Dans le tableau de la page suivante, vous trouverez quelques exemples concrets applicables à la vie réelle.

Imaginez que vous entrez dans une pièce sombre et que vous allumez l'interrupteur. Vous avez si souvent pratiqué cette habitude simple que vous le faites sans y penser. Vous passez par les quatre étapes en une fraction de seconde. Vous agissez sans réfléchir.

À l'âge adulte, nous remarquons rarement les habitudes qui régissent nos vies. Bien souvent, nous ne réfléchissons jamais à deux fois au fait que nous chaussons le même pied en premier tous les matins, que nous débranchons le grille-pain après chaque utilisation ou que nous nous changeons toujours pour mettre une tenue confortable après notre retour du travail. Après des décennies de programmation mentale, nous suivons automatiquement ces schémas de pensée et d'action.

Phase du problème		Phase de la solution	
1. Déclencheur	2. Envie	3. Réponse	4. Récompense
Votre téléphone sonne, vous venez de recevoir un SMS.	Vous souhaitez connaître le contenu du message.	Vous prenez votre téléphone et lisez le message.	Vous satisfaites votre envie de lire le message. L'action de saisir votre téléphone devient associée à la sonnerie de votre téléphone.
Vous répondez à vos e-mails.	Vous commencez à vous sentir stressé(e) et débordé(e) par votre travail. Vous voulez mieux maîtriser les choses.	Vous rongez vos ongles.	Vous satisfaites votre envie de réduction du stress. L'action de se ronger les ongles devient associée à la réponse à un e-mail.
Vous vous réveillez.	Vous souhaitez être en forme.	Vous prenez une tasse de café.	Vous satisfaites votre envie d'être en forme. La consommation de café devient associée au réveil.
Vous sentez les bonnes odeurs d'une boulangerie lorsque vous vous promenez dans la rue près de votre bureau.	Vous commencez à avoir envie d'un croissant.	Vous achetez un croissant et le mangez.	Vous satisfaites votre envie de manger un croissant. L'achat d'un croissant devient associé à la marche dans la rue près de votre bureau.

Phase du problème		Phase de la solution	
1. Déclencheur	**2. Envie**	**3. Réponse**	**4. Récompense**
Vous tombez sur un os dans un projet au travail.	Vous vous sentez coincé(e) et souhaitez soulager votre frustration.	Vous sortez votre téléphone et allez surfer sur les réseaux sociaux.	Vous satisfaites votre envie de vous sentir soulagé(e). Le fait de consulter les réseaux sociaux devient associé à un sentiment de blocage et de frustration au travail.
Vous entrez dans une pièce sombre.	Vous n'y voyez rien.	Vous actionnez l'interrupteur.	Vous satisfaites votre envie de voir. Actionner l'interrupteur devient associé au fait d'être dans une pièce sombre.

Les quatre lois du changement de comportement

Dans les chapitres suivants, nous verrons comment les quatre étapes du déclencheur, de l'envie, de la réponse et de la récompense influencent quasiment tout ce que nous faisons chaque jour. Mais avant cela, nous devons transformer ces quatre étapes en un cadre pratique que nous pourrons utiliser pour concevoir de bonnes habitudes et éliminer les mauvaises.

J'appelle ce cadre les quatre lois du changement de comportement. Il propose un ensemble simple de règles permettant de créer de bonnes habitudes et d'éliminer les mauvaises. Vous pouvez considérer chaque loi comme un levier qui influence le comportement humain. Lorsque les leviers sont dans les bonnes positions, il est facile de créer de bonnes habitudes. Quand ils sont dans de mauvaises positions, c'est pratiquement impossible.

	Comment créer une bonne habitude
La 1re loi (Déclencheur)	L'évidence
La 2e loi (Envie)	L'attractivité
La 3e loi (Réponse)	La facilité
La 4e loi (Récompense)	La satisfaction

Nous pouvons inverser ces lois pour apprendre à briser une mauvaise habitude.

	Comment briser une mauvaise habitude
Inversion de la 1re loi (Déclencheur)	L'invisibilité
Inversion de la 2e loi (Envie)	La non-attractivité
Inversion de la 3e loi (Réponse)	La difficulté
Inversion de la 4e loi (Récompense)	L'insatisfaction

Il serait irresponsable de ma part d'affirmer que ces quatre lois constituent un cadre exhaustif permettant de modifier tout comportement humain, mais je pense qu'elles peuvent y contribuer. Comme vous le verrez bientôt, les quatre lois du changement de comportement s'appliquent à presque tous les domaines, du sport à la politique, de l'art à la médecine, du monde artistique à l'entreprise. Ces lois peuvent être utilisées quel que soit le défi auquel vous êtes confronté(e). Il n'est pas nécessaire d'appliquer des stratégies complètement différentes pour chaque habitude.

Chaque fois que vous souhaitez modifier votre comportement, vous pouvez simplement vous poser ces questions :

1. Comment puis-je le rendre évident ?
2. Comment puis-je le rendre attrayant ?
3. Comment puis-je le rendre facile ?
4. Comment puis-je le rendre satisfaisant ?

Si vous vous êtes déjà demandé : « Pour quelles raisons ne fais-je pas ce que j'ai dit que je ferai ? Pourquoi je ne perds pas du poids, pourquoi je n'arrête pas de fumer, pourquoi je n'épargne pas pour ma retraite ou pourquoi je ne crée pas mon entreprise comme je l'avais dit ? Pourquoi je dis qu'une chose est importante, mais je n'y consacre jamais de temps ? » Les réponses à ces questions se trouvent quelque part dans ces quatre lois.

La clé pour créer de bonnes habitudes et se débarrasser des mauvaises est de comprendre ces lois fondamentales et comment les modifier selon vos caractéristiques propres. Tout objectif est voué à l'échec s'il va à l'encontre de la nature humaine.

Vos habitudes sont façonnées par les systèmes de votre vie. Dans les chapitres suivants, nous examinerons ces lois une par une et montrerons comment les utiliser pour créer un système dans lequel les bonnes habitudes émergent naturellement et les mauvaises disparaissent.

Résumé du chapitre

- Une habitude est un comportement qui a été répété suffisamment de fois pour devenir automatique.
- L'objectif final des habitudes est de faire face aux contraintes quotidiennes en déployant un minimum d'énergie et d'efforts.
- Toute habitude peut être décomposée en une boucle de

rétroaction comportant quatre étapes : le déclencheur, l'envie, la réponse et la récompense.
- Les quatre lois du changement de comportement constituent un ensemble simple de règles que nous pouvons utiliser pour créer de meilleures habitudes : (1) les rendre évidentes, (2) les rendre attractives, (3) les rendre faciles, et (4) les rendre satisfaisantes.

La 1re loi

L'évidence

4

L'homme qui n'avait pas l'air bien

Le psychologue Gary Klein m'a un jour raconté l'histoire d'une femme qui avait assisté à une réunion de famille. Elle avait passé des années à travailler comme ambulancière et, en arrivant à l'événement, elle s'inquiéta vivement à la vue de son beau-père.

– Vous ne m'avez pas l'air en forme, je n'aime pas trop ça, avait-elle dit.

Son beau-père, qui se sentait parfaitement bien, avait répondu en plaisantant :

– Eh bien, tu ne m'as pas l'air en forme non plus.

– Non, avait-elle insisté. Nous devons vous conduire à l'hôpital dès maintenant.

Quelques heures plus tard, l'homme subissait une opération chirurgicale qui lui sauva la vie après qu'un examen eut révélé qu'il avait une artère principale bloquée et qu'il risquait une crise cardiaque imminente. Sans l'intuition de sa belle-fille, il aurait pu mourir.

Qu'avait vu l'ambulancière ? Comment avait-elle pu prévoir une crise cardiaque imminente ?

Lorsque les artères principales sont obstruées, le corps

renvoie le sang vers les organes vitaux, loin des régions périphériques comme la surface de la peau, ce qui modifie la circulation du sang dans le visage. Après de nombreuses années de travail auprès de personnes souffrant d'insuffisance cardiaque, la belle-fille avait développé sans le savoir la capacité de reconnaître ce type de cas. Elle ne pouvait pas expliquer ce qu'elle avait remarqué sur le visage de son beau-père, mais elle savait que quelque chose n'allait pas.

Des histoires similaires existent dans d'autres domaines. Par exemple, les analystes militaires peuvent identifier quel point sur un écran radar est un missile ennemi et quel point est un avion de leur propre flotte, même s'ils se déplacent à la même vitesse, à la même altitude et ont quasiment la même apparence sur l'écran radar. Pendant la guerre du Golfe, le capitaine de corvette Michael Riley a sauvé un navire de guerre après avoir ordonné la destruction d'un missile, alors que celui-ci ressemblait en tout point à l'un de ses propres avions sur l'écran radar. Il avait raison, mais même ses officiers supérieurs n'ont pu expliquer comment il avait eu cette intuition.

Les conservateurs de musée font généralement parfaitement la différence entre une œuvre d'art authentique et une contrefaçon produite par un expert, même s'ils ne peuvent pas vous dire quels détails précis les y ont aidés. Des radiologues expérimentés peuvent examiner un scanner cérébral et prédire la zone dans laquelle un AVC se développera avant que des signes évidents ne soient visibles pour un œil non averti. J'ai même entendu parler de coiffeurs qui savaient si une cliente était enceinte uniquement à la sensation qu'ils avaient en touchant ses cheveux.

Le cerveau humain est une machine à prédire. Il parcourt en permanence notre environnement et analyse les informations qu'il contient. Chaque fois que vous rencontrez une situation qui se répète – par exemple un ambulancier voyant le visage d'un patient victime d'une crise cardiaque ou un analyste militaire découvrant un missile sur un écran radar – votre cerveau note ce qui est important, trie les détails, met en évidence les déclencheurs pertinents et archive ces informations pour une utilisation future.

Avec suffisamment de pratique, vous pouvez détecter les déclencheurs qui prédisent certains résultats sans y penser consciemment. Votre cerveau codifie automatiquement les leçons tirées de votre expérience. Nous ne pouvons pas toujours expliquer ce que nous apprenons, mais l'apprentissage se fait tout au long de votre parcours, et votre capacité à remarquer les déclencheurs pertinents dans une situation donnée est à la base de toutes vos habitudes.

Nous sous-estimons à quel point notre cerveau et notre corps peuvent agir sans réfléchir. Vous ne dites pas à vos cheveux de pousser, à votre cœur de pomper, à vos poumons de respirer ou à votre estomac de digérer. Et pourtant, votre corps gère tout cela et plus encore en pilote automatique. Vous êtes beaucoup plus que votre soi conscient.

Prenons l'exemple de la faim. Comment savez-vous quand vous avez faim ? Il n'est pas nécessaire de voir un gâteau sur la table pour se rendre compte qu'il est temps de manger. L'appétit et la faim sont gérés inconsciemment. Votre corps utilise différentes boucles de rétroaction qui vous alertent progressivement lorsqu'il est temps de manger à nouveau et qui suivent ce qui se passe autour de vous et en vous. Des fringales peuvent survenir en raison des hormones et des produits chimiques qui circulent dans votre corps. Tout à coup, vous avez faim, même si vous ne savez pas vraiment ce qui vous a prévenu(e).

C'est l'une des idées les plus surprenantes sur nos habitudes : vous n'avez pas besoin de connaître le déclencheur pour commencer à prendre une habitude. Vous pouvez remarquer une opportunité et agir sans y consacrer une attention consciente. C'est ce qui rend les habitudes utiles.

C'est aussi ce qui les rend dangereuses. Au fur et à mesure que les habitudes se forment, vos actions relèvent de votre esprit automatique et non conscient. Vous tombez dans de vieux schémas avant de réaliser ce qui se passe. À moins que quelqu'un ne le signale, vous ne remarquerez peut-être pas que vous vous couvrez la bouche avec la main chaque fois que vous riez, que vous vous excusez avant de poser une question ou que vous avez l'habitude de finir les phrases des autres. Et plus vous répétez ces schémas, moins vous risquez de vous demander ce que vous faites et pourquoi vous le faites.

Un jour, j'ai entendu parler d'un employé de magasin qui avait reçu pour instruction de découper des cartes-cadeaux vides après que les clients avaient épuisé le solde de leur carte. Un jour, l'employé a encaissé plusieurs clients à la suite qui avaient acheté des cartes-cadeaux. Lorsque le client suivant s'est avancé, l'employé a pris sa carte de crédit, a pris les ciseaux, puis a découpé la carte en deux, en exécutant cette tâche de façon totalement automatique, avant de regarder le client abasourdi et de réaliser ce qui venait de se passer.

Dans le cadre de mes recherches, j'ai rencontré une femme, ancienne enseignante en classe maternelle, qui avait changé de travail et était passée dans le privé. Même si elle travaillait maintenant avec des adultes, elle avait conservé ses anciennes habitudes et elle demandait toujours à ses collègues si elles s'étaient lavé les mains après être allées aux toilettes. J'ai aussi découvert l'histoire d'un homme qui avait passé des années à travailler comme secouriste et qui criait parfois : « Arrête de courir ! » quand il voyait un enfant courir.

Au fil du temps, les déclencheurs de nos habitudes deviennent si courants qu'ils sont pratiquement invisibles : les friandises sur le plan de travail de la cuisine, la télécommande située à côté du canapé, le téléphone dans nos poches. Nos réponses à ces déclencheurs sont si profondément encodées qu'il peut sembler que l'envie d'agir vienne de nulle part. Nous devons donc commencer le processus de changement de comportement avec conscience.

Avant de pouvoir créer efficacement de nouvelles habitudes, nous devons maîtriser nos habitudes actuelles. Cela peut être plus difficile qu'il n'y paraît, car une fois qu'une habitude est fermement ancrée dans votre vie, elle est généralement inconsciente et automatique. Si une habitude reste automatique, vous ne pouvez pas espérer l'améliorer. Comme l'a dit le psychologue Carl Jung : « Tant que vous n'aurez pas rendu l'inconscient conscient, il dirigera votre vie et vous appellerez cela le destin. »

Le tableau de bord des habitudes

Le système ferroviaire japonais est considéré comme l'un des meilleurs au monde. Si vous prenez le train à Tokyo, vous remarquerez que les conducteurs ont une habitude particulière.

Chaque fois qu'ils conduisent, s'effectue un rituel consistant à pointer différents objets et à annoncer des commandes. À l'approche d'un feu de signalisation, l'opérateur le désigne et dit : « Le feu est vert. » Lorsque le train entre et sort d'une gare, l'opérateur pointe le compteur de vitesse et signale la vitesse exacte. Au moment de partir, il indique les horaires du train et l'heure de départ. Sur le quai, d'autres agents effectuent des actions similaires. Avant le départ des trains, les membres du personnel pointent du côté du quai et indiquent : « La voie est libre ! » Chaque détail est identifié, pointé et énoncé à haute voix[7].

Ce processus, appelé « Pointing-and-Calling » (Pointer et Annoncer), est un système de sécurité conçu pour réduire les erreurs. Cela peut paraître idiot, mais il fonctionne incroyablement bien. Le fait de pointer et d'annoncer une anomalie permet d'éliminer jusqu'à 85 % des erreurs et de réduire les accidents de 30 %. Le métro new-yorkais a adopté une variante qui consiste à « pointer uniquement » ; dans les deux ans suivant sa mise en œuvre, les incidents dus aux rames mal positionnées ont chuté de 57 %.

La méthode « Pointing-and-Callling » est particulièrement efficace parce qu'elle permet d'augmenter le niveau de prise de conscience d'une habitude automatique. Sachant que les chefs de train doivent utiliser leurs yeux, leurs mains, leur bouche et leurs oreilles, ils sont plus susceptibles de détecter des problèmes avant que les choses ne se passent mal.

7. Lors de ma visite au Japon, j'ai pu constater que ce processus avait permis de sauver la vie d'une femme. Son jeune fils était monté à bord du Shinkansen, le célèbre train à grande vitesse japonais, qui se déplace à plus de deux cents kilomètres à l'heure, au moment même où les portes se fermaient. Elle est restée dehors sur le quai et s'est coincé le bras dans la porte pour récupérer son fils. Le train était sur le point de démarrer, mais juste avant le départ, un agent a procédé à une vérification de sécurité en pointant du doigt et en faisant une annonce sur le quai. En moins de cinq secondes, il a remarqué la femme et a réussi à empêcher le train de partir. La porte s'est ouverte, la femme, en larmes, a couru vers son fils, et une minute plus tard le train est parti sans encombre.

Ma femme applique un principe similaire. Chaque fois que nous nous préparons à sortir, elle désigne oralement les éléments les plus importants dont elle a besoin. « J'ai mes clés. J'ai mon portefeuille. J'ai mes lunettes. J'ai mon mari. »

Plus un comportement devient automatique, moins nous y pensons consciemment. Et quand nous avons fait quelque chose mille fois auparavant, nous commençons à négliger les détails. Nous supposons que la prochaine fois sera comme la précédente. Nous sommes tellement habitués à faire ce que nous avons toujours fait que nous ne nous arrêtons pas pour nous demander si c'est vraiment la meilleure chose à faire. Beaucoup de nos échecs en matière de performance sont en grande partie liés à un manque de conscience de soi.

Rester conscient de ce que nous sommes en train de faire est l'un de nos plus grands défis pour changer nos habitudes. Cela aide à expliquer pourquoi les conséquences de mauvaises habitudes peuvent nous envahir. Nous avons besoin d'un système de « point-and-call » pour nos vies personnelles. C'est sur ce point que s'appuie le Tableau de bord des habitudes, un exercice simple que vous pouvez effectuer pour prendre conscience de votre comportement. Pour créer votre propre tableau de bord, dressez la liste de vos habitudes quotidiennes.

Voici quelques éléments de départ pour votre liste :

- Réveil
- Arrêt du réveil
- Consultation du téléphone
- Toilettes
- Pesée
- Douche

- Brossage des dents
- Fil dentaire
- Déodorant
- Suspension de serviette pour séchage
- Habillage
- Tasse de thé

Etc.

Une fois que vous avez établi la liste complète, examinez chaque comportement et posez-vous la question suivante : « S'agit-il d'une bonne habitude, d'une mauvaise habitude ou d'une habitude neutre ? » Si c'est une bonne habitude, écrivez « + » à côté. Si c'est une mauvaise habitude, écrivez « - ». Si c'est une habitude neutre, écrivez « = ».

Par exemple, la liste ci-dessus pourrait ressembler à ceci :

- Réveil =
- Arrêt du réveil =
- Consultation du téléphone -
- Toilettes =
- Pesée +
- Douche +
- Brossage des dents +
- Fil dentaire +
- Déodorant +
- Suspension de serviette pour séchage =
- Habillage =
- Tasse de thé +

Les notes que vous attribuez à une habitude particulière dépendent de votre situation et de vos objectifs. Pour quelqu'un qui essaie de perdre du poids, manger un croissant avec du Nutella tous les matins peut être une mauvaise habitude. Pour quelqu'un qui essaie de grossir et de gagner en masse musculaire, le même comportement pourrait être une bonne habitude. Tout dépend de vos objectifs[8].

Noter vos habitudes peut être un peu plus complexe, mais pour une autre raison. Les étiquettes « bonne habitude » et « mauvaise habitude » sont légèrement inexactes. Il n'y a pas de bonnes ou de mauvaises habitudes. Il n'y a que des habitudes efficaces. C'est-à-dire qu'elles sont efficaces pour résoudre des problèmes. Toutes les habitudes vous servent d'une manière ou d'une autre, même les mauvaises, c'est la raison pour laquelle vous les répétez. Pour cet exercice, classez vos habitudes en fonction de leurs avantages à long terme. De manière générale, les bonnes habitudes ont des résultats positifs nets. Les mauvaises habitudes ont des résultats négatifs nets. Fumer une cigarette peut réduire le stress sur le moment (c'est la raison pour laquelle vous fumez à ce moment précis), mais ce n'est pas un comportement sain à long terme.

Si vous avez toujours du mal à déterminer comment noter une habitude particulière, voici une question que j'aime me poser : « Ce comportement m'aide-t-il à devenir le type de personne que je souhaite être ? Cette habitude permet-elle de voter pour ou contre l'identité que je souhaite ? » Les habitudes qui renforcent l'identité souhaitée sont généralement bonnes. Les habitudes qui entrent en conflit avec l'identité souhaitée sont généralement mauvaises.

Lorsque vous créez votre Tableau de bord des habitudes, il n'est pas nécessaire de changer quoi que ce soit au début. Le but est simplement de remarquer ce qui se passe réellement. Observez vos pensées et vos actions sans jugement

8. Si vous le souhaitez, vous pouvez télécharger un modèle pour créer votre propre Tableau de bord des habitudes sur la page atomichabits.com/scorecard.

ni critique interne. Ne vous en voulez pas pour vos fautes. Ne vous félicitez pas pour vos réussites.

Si vous mangez une barre de chocolat tous les matins, reconnaissez-le, comme si vous le constatiez chez autrui. Si vous en faites une consommation excessive, remarquez simplement que vous consommez plus de calories que vous n'auriez dû. Si vous perdez du temps en ligne, notez que vous passez votre vie à des occupations qui ne vous conviennent pas.

La première étape pour changer les mauvaises habitudes est de les surveiller. Si vous sentez que vous avez besoin d'une aide supplémentaire, vous pouvez essayer d'appliquer la méthode « Pointing-and-Calling » dans votre vie. Dites à haute voix l'action que vous envisagez d'effectuer et quel en sera le résultat. Si vous souhaitez réduire le grignotage, tout en prenant un autre gâteau, dites à voix haute : « Je suis sur le point de manger ce gâteau, mais je n'en ai pas besoin. Le manger me fera prendre du poids et sera mauvais pour ma santé. »

Entendre à voix haute vos mauvaises habitudes vous permet de mieux visualiser les conséquences. Cela met en avant l'action plutôt que le fait de continuer inconsciemment dans une vieille routine. Cette approche est utile même si vous essayez simplement de vous rappeler un élément de votre liste de tâches. Dire à voix haute « Demain, je dois aller au bureau de poste après le déjeuner » augmente les chances que vous le fassiez. Vous vous engagez à reconnaître le besoin d'agir – et cela peut faire toute la différence.

Le processus de changement de comportement commence toujours par la prise de conscience. Des stratégies telles que le « Pointing-and-Calling » et le Tableau de bord des habitudes ont pour objectif de vous aider à identifier vos habitudes et à reconnaître leurs déclencheurs, ce qui vous permet d'adopter une approche qui vous est favorable.

Résumé du chapitre

- Avec suffisamment de pratique, votre cerveau capte les déclencheurs qui provoquent certains résultats sans y penser consciemment.
- Une fois que nos habitudes sont devenues automatiques, nous ne faisons plus attention à ce que nous faisons.
- Le processus du changement de comportement commence toujours par la prise de conscience. Vous devez connaître vos habitudes avant de pouvoir les modifier.
- La méthode « Pointing-and-Calling » augmente votre niveau de conscience d'une habitude automatique en verbalisant vos actions.
- Le Tableau de bord des habitudes est un exercice simple que vous pouvez utiliser pour prendre davantage conscience de votre comportement.

5

La meilleure façon d'adopter une nouvelle habitude

En 2001, des chercheurs britanniques ont étudié le comportement de 248 personnes qui devaient acquérir de meilleures habitudes d'activités physiques sur une période de deux semaines. Les sujets étaient répartis en trois groupes.

Le premier groupe, qui était le groupe témoin, devait simplement indiquer combien de fois ses membres avaient pratiqué une activité physique.

Le deuxième groupe était le groupe « motivation ». Les volontaires devaient non seulement suivre un programme d'entraînement, mais aussi lire des informations sur les bénéfices de la pratique régulière d'une activité physique. Les chercheurs leur expliquèrent également que le sport diminuait les risques de maladies cardio-vasculaires.

Enfin, les sujets du troisième groupe reçurent la même présentation que le deuxième groupe, ce qui leur permit d'avoir le même niveau de motivation. Mais ils furent également invités à suivre un programme d'entraînement stipulant quand et où ils devaient pratiquer la semaine suivante. Plus précisément, chaque membre du troisième groupe devait compléter la phrase suivante : « La semaine prochaine, je ferai au moins vingt minutes de sport intensif le [JOUR], à [MOMENT], à [LIEU]. »

Dans les premier et deuxième groupes, 35 à 38 % des volontaires ont pratiqué une activité physique au moins une fois par semaine. (Il est intéressant de noter que la présentation de motivation suivie par le deuxième groupe ne semble pas avoir eu d'impact significatif sur le comportement.) Mais 91 % du troisième groupe a fait du sport au moins une fois par semaine – soit plus du double du taux habituel.

La phrase que les sujets ont dû compléter correspond à ce que les chercheurs appellent une intention de mise en œuvre, c'est-à-dire un plan précisant quand et où agir. Comment avez-vous l'intention de mettre en place une habitude particulière ?

Différents déclencheurs peuvent provoquer la prise d'une habitude, comme sentir la vibration du téléphone dans votre poche, sentir le parfum des cookies ou entendre des sirènes d'ambulance. Mais les deux déclencheurs les plus fréquents sont le moment et le lieu. Les intentions de mise en œuvre reposent sur ces deux déclencheurs.

D'une manière générale, le format pour créer une intention de mise en place d'un plan est le suivant : « Lorsque la situation X se présentera, j'exécuterai la réponse Y. »

Des centaines d'études ont démontré que les intentions de mise en œuvre sont efficaces pour nous aider à respecter nos objectifs, qu'il s'agisse de noter l'heure et la date de votre prochain vaccin ou de mémoriser l'heure de votre rendez-vous pour une coloscopie. Elles augmentent nos chances de conserver des habitudes, comme recycler, réviser, se coucher tôt et arrêter de fumer.

Des chercheurs ont même constaté que le taux de

participation électorale augmentait lorsque les gens étaient forcés de créer des intentions de mise en œuvre en répondant à des questions telles que : « Quel chemin suivez-vous pour aller au bureau de vote ? À quelle heure comptez-vous y aller ? » D'autres programmes gouvernementaux couronnés de succès ont incité les citoyens à établir un plan clair pour payer leurs impôts dans les délais ou pour indiquer le moment et le lieu de règlement de leurs amendes impayées.

Le principe est simple : les personnes qui élaborent un plan spécifique précisant quand et où elles adopteront une nouvelle habitude ont plus de chances de s'y tenir. Trop de gens tentent en vain de changer leurs habitudes parce qu'elles ne comprennent pas ce principe de base. Nous nous disons : « Je vais manger plus sainement » ou « Je vais écrire plus », mais nous ne disons jamais quand et où ces habitudes vont se mettre en place. Nous laissons le hasard décider et espérons que « nous nous en souviendrons » ou que nous réussirons à nous motiver le moment venu. Une intention de mise en œuvre balaie les notions floues, telles que « Je veux travailler plus » ou « Je veux être plus productif » ou « Je devrais voter », et les transforme en un plan d'action concret.

Beaucoup de gens pensent qu'ils manquent de motivation, alors que ce qui leur manque vraiment, c'est la précision. Il n'est pas toujours évident de savoir quand et où agir. Certaines personnes passent leur vie à attendre le moment propice à une amélioration.

Une fois que l'intention de mise en œuvre est définie, il n'est pas nécessaire d'attendre que l'inspiration vienne. Est-ce que j'écris un chapitre aujourd'hui ou pas ? Est-ce que je médite ce matin ou à la pause déjeuner ? Lorsque arrive le moment d'agir, il n'est pas nécessaire de prendre une décision. Il suffit de suivre le plan prédéfini.

Pour appliquer cette stratégie à vos habitudes, vous n'avez qu'à terminer cette phrase : je vais [COMPORTEMENT] à [MOMENT], dans [LIEU].

- Méditer. Je vais méditer pendant une minute, à 7 heures, dans ma cuisine.
- Étudier. Je vais étudier l'espagnol pendant vingt minutes, à 18 heures, dans ma chambre.
- Faire du sport. Je vais faire du sport pendant une heure, à 17 heures, à la salle de sport.
- Couple. Je préparerai une tasse de thé pour mon conjoint, à 8 heures, dans la cuisine.

Si vous ne savez pas quand commencer, choisissez le premier jour de la semaine, du mois ou de l'année. On est généralement plus susceptible de prendre de bonnes résolutions à ce moment-là, car on y place davantage d'espoirs. Si nous avons de l'espoir, nous avons une raison d'agir. Un nouveau départ est toujours motivant.

Les intentions de mise en œuvre présentent un autre avantage. Si vous précisez ce que vous voulez et comment vous y parviendrez, cela vous aidera à refuser les choses qui vous empêchent de progresser, qui détournent votre attention et qui vous font dévier de votre cap. Nous accédons souvent à de petites demandes parce que nous n'avons aucune certitude sur ce que nous ferions mieux de faire à la place. Quand les rêves sont flous, il est facile de justifier de petites exceptions tout au long de la journée et de ne jamais réaliser les choses spécifiques que vous vous êtes fixées pour réussir.

Donnez à vos habitudes le temps et l'espace suffisants pour se mettre en place. L'objectif est de rendre le moment et le lieu si évidents qu'avec suffisamment de répétitions, vous aurez l'impression de faire ce qu'il faut, au bon moment, même si vous ne savez pas pourquoi. Comme l'a noté l'écrivain Jason Zweig : « De toute évidence, vous ne pratiquerez jamais d'activité physique sans y avoir pensé consciemment. Mais comme un chien qui salive lorsqu'il entend une sonnerie, peut-être que vous commencerez à vous agiter au moment de la journée où vous vous entraînez habituellement. »

Il existe de nombreuses façons d'utiliser les intentions de mise en œuvre dans votre vie et votre travail. Mon approche préférée est celle du professeur B. J. Fogg, de Stanford. C'est une stratégie que j'appelle la « superposition d'habitudes ».

La superposition d'habitudes : un moyen simple pour réorganiser vos habitudes

Le philosophe Denis Diderot a vécu presque toute sa vie dans la pauvreté, mais tout cela a changé un jour de 1765.

La fille de Diderot était sur le point de se marier et il n'avait pas les moyens de payer sa dot. Malgré son manque d'argent, Diderot était célèbre en tant que cofondateur et écrivain de l'*Encyclopédie*, l'une des plus complètes de l'époque. Quand la Grande Catherine, impératrice de Russie, entendit parler des problèmes de Diderot, elle se prit de sympathie pour lui. Elle était passionnée de lecture et appréciait son encyclopédie. Elle proposa d'acheter la bibliothèque personnelle de Diderot au prix de 1 000 livres, ce qui correspond aujourd'hui à plus de 130 000 euros. Grâce à sa nouvelle fortune, non seulement il paya le mariage, mais il s'offrit également une somptueuse robe de chambre écarlate[9].

9. Après avoir acheté sa bibliothèque, la Grande Catherine demanda à Diderot de conserver les livres jusqu'à ce qu'elle en ait besoin et lui proposa de lui verser un salaire annuel à titre de bibliothécaire.

La robe de chambre de Diderot était magnifique. Si belle, en fait, qu'il remarqua immédiatement à quel point elle lui semblait déplacée lorsqu'il était entouré de ses biens plus communs. Il écrivit qu'il n'y avait « plus de coordination, plus d'unité, plus de beauté » entre son élégante robe de chambre et le reste de ses affaires.

Diderot éprouva rapidement le besoin d'améliorer son standing. Il remplaça sa carpette par un tapis persan. Il décora sa maison avec des sculptures luxueuses. Il acheta un miroir qu'il plaça sur le manteau de cheminée et une table de cuisine de meilleure facture. Il jeta sa vieille chaise en paille et la remplaça par un fauteuil en cuir. Par un effet de dominos, un achat en entraîna un autre.

Le comportement de Diderot n'est pas rare. En fait, la tendance d'un achat à en entraîner un autre a un nom : l'effet Diderot. Selon l'effet Diderot, l'obtention d'une nouvelle possession crée souvent une spirale de consommation entraînant des achats supplémentaires.

Vous pouvez constater ce processus dans tous les domaines. Vous achetez une robe : vous devez impérativement acheter de nouvelles chaussures et des boucles d'oreilles assorties. Vous achetez un canapé : vous réaménagez votre salon. Vous achetez un jouet pour votre enfant : vous vous retrouvez bientôt avec tous les accessoires qui le complètent. C'est une réaction en chaîne.

De nombreux comportements humains suivent ce cycle. Vous décidez souvent de ce que vous devez faire en fonction de ce que vous venez de terminer. Aller aux toilettes conduit à se laver et à se sécher les mains, ce qui vous rappelle que vous devez mettre les serviettes sales dans le panier à linge, sans oublier de noter que vous devez acheter de la lessive, etc. Aucun comportement ne se produit de manière isolée.

Chaque action devient un déclencheur qui provoque le comportement suivant.

Pourquoi est-ce important ? Pour créer de nouvelles habitudes, vous pouvez utiliser les avantages que vous apporte chacun de vos comportements. Une des meilleures façons de créer une nouvelle habitude consiste à identifier une habitude que vous appliquez déjà au quotidien, puis à superposer votre nouveau comportement sur cette habitude : cela s'appelle la superposition d'habitudes.

La superposition d'habitudes est une forme particulière d'intention d'agir. Plutôt que d'associer votre nouvelle habitude à un moment et un lieu particuliers, vous l'associez à une habitude actuelle. Cette méthode, créée par B. J. Fogg dans le cadre de son programme *Tiny Habits* (Petites Habitudes), peut être utilisée pour concevoir un déclencheur évident pour la majorité des habitudes[10].

La formule de la superposition d'habitudes est la suivante :

« Après [HABITUDE ACTUELLE], je vais [NOUVELLE HABITUDE]. »

Par exemple :

- Méditation. Après m'être servi une tasse de café, comme chaque matin, je vais méditer pendant une minute.
- Faire du sport. Après avoir enlevé mes chaussures de ville, je vais immédiatement enfiler ma tenue de sport.
- Gratitude. Après m'être mis à table pour le dîner, je vais dire une chose qui m'est arrivée aujourd'hui et pour laquelle je suis reconnaissant.
- Couple. Une fois au lit, je donnerai un baiser à mon conjoint.

---

10. Fogg appelle cette stratégie « la recette des petites habitudes », mais, dans ce livre, je l'appellerai la formule de la superposition d'habitudes.

- Sécurité. Après avoir mis mes chaussures de jogging, je vais envoyer un SMS à un ami pour lui indiquer où je vais courir et combien de temps cela prendra.

Le secret, c'est de lier le comportement souhaité à une action que vous effectuez déjà chaque jour. Une fois que vous aurez maîtrisé cette structure de base, vous pourrez commencer à créer de plus grandes piles en enchaînant de petites habitudes. Ainsi, vous tirerez parti de l'élan naturel qui découle d'un comportement menant au suivant : une version positive de l'effet Diderot.

SUPERPOSITION D'HABITUDES

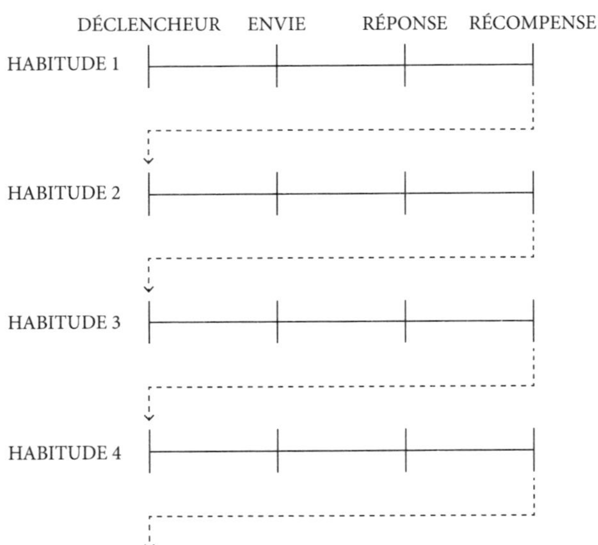

FIGURE 7 : La superposition d'habitudes augmente la probabilité que vous respectiez vos habitudes en liant votre nouveau comportement à un autre plus ancien. Ce processus peut être répété pour enchaîner de nombreuses habitudes, chacune agissant comme un déclencheur pour la suivante.

Votre superposition d'habitudes matinales pourrait ressembler à ceci :

1. Après m'être servi ma tasse de café du matin, je vais méditer pendant une minute.
2. Après avoir médité pendant une minute, j'écrirai ma liste de tâches pour la journée.
3. Après avoir écrit ma liste de tâches pour la journée, je commencerai immédiatement ma première tâche.

Vous pourriez également définir une superposition d'habitudes pour le soir :

1. Après avoir fini de dîner, je mettrai mon assiette directement dans le lave-vaisselle.
2. Après avoir débarrassé, j'essuierai immédiatement la table.
3. Après avoir essuyé la table, je poserai dessus ma tasse de café pour demain matin.

Vous pouvez également intégrer de nouveaux comportements au milieu de vos routines actuelles. Par exemple, vous avez peut-être déjà une routine matinale ressemblant à ceci : Réveil > Faire mon lit > Prendre une douche. Disons que vous voulez prendre l'habitude de lire davantage chaque soir. Vous pouvez élargir votre pile d'habitudes et essayer d'appliquer ceci : Réveil > Faire mon lit > Placer un livre sur mon oreiller > Prendre une douche. Désormais, quand vous irez vous coucher, chaque soir, un livre vous attendra sur votre oreiller.

Globalement, la superposition d'habitudes permet de créer un ensemble de règles simples qui guident votre comportement futur. C'est comme si vous aviez toujours un plan de match dans lequel vous indiquez chaque action. Une fois que vous maîtriserez cette approche, vous pourrez développer des piles d'habitudes générales pour vous guider chaque fois que la situation s'y prête :

- Faire du sport. Quand je vois des escaliers, je les monte au lieu de prendre l'ascenseur.
- Sociabilité. Quand je vais à une fête, je vais me présenter à quelqu'un que je ne connais pas.
- Finances. Quand je veux acheter quelque chose de plus de 100 euros, j'attends vingt-quatre heures avant de l'acheter.
- Alimentation saine. Quand je me sers un repas, je mets toujours les légumes dans mon assiette en premier.
- Minimalisme. Quand j'achète quelque chose, je me sépare d'autre chose.
- Humeur. Lorsque le téléphone sonne, je prends une profonde inspiration et je souris avant de répondre.
- Oubli. Lorsque je quitte un lieu public, je vérifie la table et les chaises pour m'assurer de ne rien oublier.

Quelle que soit la façon dont vous appliquez cette stratégie, le secret pour créer une superposition d'habitudes réussie consiste à sélectionner le bon déclencheur pour l'activer. Contrairement à une intention de mise en place, qui indique spécifiquement le moment et le lieu d'un comportement donné, la superposition d'habitudes comprend implicitement le moment et le lieu qui peuvent exercer un impact considérable. Si vous essayez d'ajouter une méditation à votre routine matinale, mais que les matinées sont plutôt agitées et que vos enfants continuent à courir dans la pièce, il se peut que ce ne soit ni le meilleur endroit ni le meilleur moment. Réfléchissez au moment où vous avez le plus de chances de réussir. N'essayez pas de mettre en place une habitude à un moment où vous risquez d'être occupé(e) à autre chose.

Votre déclencheur doit également se produire à la même fréquence que l'habitude souhaitée. Lorsque vous voulez prendre une habitude qui doit s'exercer tous les jours, mais que vous l'ajoutez à une habitude qui ne se produit que le lundi, ce n'est pas une bonne tactique !

Pour trouver le bon déclencheur pour votre superposition d'habitudes, dressez une liste de vos habitudes actuelles. Comme point de départ, vous pouvez utiliser votre Tableau de bord des habitudes du chapitre précédent. Ou bien, créez une liste sur deux colonnes. Dans la première, notez les habitudes que vous appliquez chaque jour sans y déroger[11].

Par exemple :

- Se lever.
- Prendre une douche.
- Se brosser les dents.
- S'habiller.
- Préparer une tasse de café.
- Prendre le petit déjeuner.
- Emmener les enfants à l'école.
- Démarrer la journée de travail.
- Déjeuner.
- Terminer la journée de travail.
- Se changer et enlever la tenue de travail.
- Dîner.
- Éteindre les lumières.
- Aller au lit.

Votre liste peut être beaucoup plus longue, mais vous avez déjà une idée de départ. Dans la seconde colonne,

11. Si vous recherchez plus d'exemples et de conseils, vous pouvez télécharger un modèle de superposition d'habitudes sur la page atomichabits.com/habitstacking.

notez tout ce qui vous arrive obligatoirement chaque jour. Par exemple :

- Le soleil se lève.
- Vous recevez un SMS.
- La chanson que vous écoutez se termine.
- Le soleil se couche.

Armé de ces deux listes, vous pouvez commencer à chercher le meilleur endroit pour intégrer votre nouvelle habitude à votre mode de vie.

La superposition d'habitudes fonctionne mieux lorsque le déclencheur est très spécifique et immédiatement exploitable. Beaucoup d'entre nous choisissent des déclencheurs trop vagues. J'ai fait cette erreur moi-même. Lorsque je voulais prendre l'habitude de faire des pompes, j'avais défini la superposition d'habitudes suivante : « Au moment de ma pause déjeuner, je fais dix pompes. » Au premier abord, cela semblait raisonnable. Mais j'ai vite compris que le déclencheur n'était pas clair. Est-ce que je ferai mes pompes avant de déjeuner ? après avoir déjeuné ? Où pourrai-je les faire ? Après quelques jours de tâtonnement, j'ai changé ma superposition d'habitudes : « Quand j'éteindrai mon ordinateur portable pour déjeuner, je ferai dix pompes à côté de mon bureau. » L'ambiguïté a été définitivement levée.

Des habitudes telles que « lire plus » ou « manger mieux » sont louables, mais ces objectifs ne fournissent aucune indication quant à la meilleure façon et au meilleur moment d'agir. Soyez précis(e) et clair(e) : après avoir refermé la porte, après m'être brossé les dents, après m'être mis(e) à table. La précision est importante. Plus votre nouvelle habitude est étroitement liée à un déclencheur précis, meilleures sont les chances que vous vous souveniez que c'est le moment de les appliquer.

La 1re loi du changement de comportement consiste à le rendre évident. Des stratégies telles que les intentions de mise en œuvre et la superposition d'habitudes comptent parmi les moyens les plus pratiques de créer des déclencheurs évidents pour vos habitudes et de concevoir un plan clair indiquant où et quand les mettre en œuvre.

Résumé du chapitre

- La 1re loi du changement de comportement est de le rendre évident.
- Les deux déclencheurs les plus courants sont le moment et le lieu.
- Créer une intention de mise en œuvre est une stratégie que vous pouvez utiliser pour associer une nouvelle habitude à un moment et un lieu spécifiques.
- La formule de l'intention de mise en place est la suivante : « Je vais [COMPORTEMENT] à [MOMENT] dans [LIEU]. »
- La superposition d'habitudes est une stratégie que vous pouvez utiliser pour associer une nouvelle habitude à une habitude actuelle.
- La formule de superposition d'habitudes est la suivante : « Après [HABITUDE ACTUELLE], je vais [NOUVELLE HABITUDE]. »

6

La motivation est surestimée, l'environnement est souvent plus important

Anne Thorndike, urgentiste au Massachusetts General Hospital de Boston, eut une idée folle. Elle pensait pouvoir améliorer les habitudes alimentaires de milliers d'employés et de visiteurs de l'hôpital sans faire appel à leur volonté ou à leur motivation. D'ailleurs, elle n'avait même pas l'intention de leur parler.

Anne et ses collègues menèrent une étude d'une durée de six mois dans le but de modifier le fonctionnement de la cafétéria de l'hôpital. Ils commencèrent par changer la mise à disposition des boissons. À l'origine, les réfrigérateurs situés à côté des caisses enregistreuses étaient remplis uniquement de sodas. Les chercheurs y ont ajouté des bouteilles d'eau. Ils ont également placé des présentoirs de bouteilles d'eau à côté des stands d'alimentation dans toute la pièce. On trouvait encore des sodas dans les principaux réfrigérateurs, mais l'eau était maintenant disponible dans tous les distributeurs de boissons.

Au cours des trois mois suivant la mise en place de la nouvelle disposition, la vente de sodas à l'hôpital a diminué de 11,4 %. Parallèlement, les ventes d'eau ont augmenté de 25,8 %. L'équipe a effectué des ajustements similaires (en obtenant des résultats similaires) avec la nourriture proposée dans la cafétéria. Personne n'avait évoqué ouvertement le sujet.

Les gens choisissent souvent des produits non pas à cause de leurs qualités, mais à cause de leur emplacement. Si je vais dans la cuisine et que je vois une assiette de biscuits sur la table, j'en ramasse une demi-douzaine et je les mange, même si je n'y avais pas pensé auparavant et que je n'avais pas spécialement faim. Si la table commune au bureau est

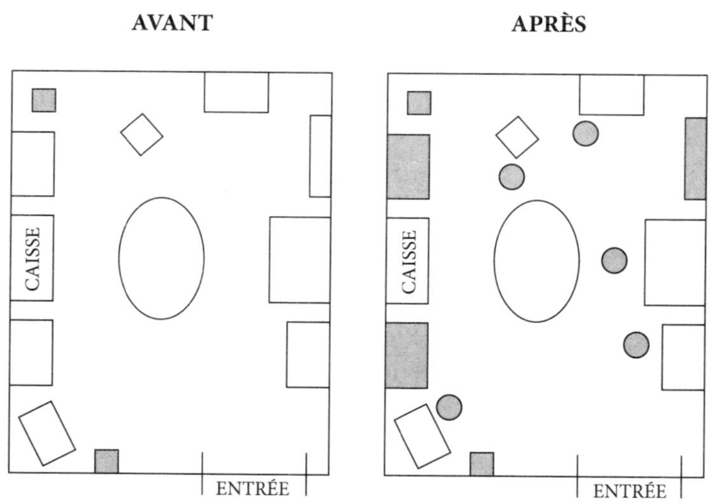

FIGURE 8 : Voici une présentation de la cafétéria avant les modifications de l'aménagement (à gauche) et après (à droite). Les cases sombres indiquent les zones où de l'eau en bouteilles était mise à disposition. À mesure que la quantité d'eau dans l'environnement augmentait, le comportement changeait naturellement et sans motivation supplémentaire.

toujours remplie de viennoiseries et de gâteaux, il sera difficile de ne pas en prendre un de temps en temps. Vos habitudes changent en fonction de la pièce dans laquelle vous vous trouvez et des signaux qui vous sont transmis.

L'environnement est la main invisible qui façonne le comportement humain. Malgré nos personnalités uniques, certains comportements ont tendance à se reproduire à plusieurs reprises dans certaines conditions environnementales. À l'église, les gens ont tendance à parler à voix basse. Dans une rue sombre, les gens se méfient et sont prudents. Ainsi, le type de changement le plus courant n'est pas interne, mais externe : nous sommes modifiés par le monde qui nous entoure. Chaque habitude dépend du contexte.

En 1936, le psychologue Kurt Lewin écrivit une équation simple qui énonçait un message fort : le comportement est une fonction de la personne dans son environnement, ou $B = f(P, E)$.

L'équation de Lewin ne tarda pas à être testée en entreprise. En 1952, l'économiste Hawkins Stern décrivit un phénomène qu'il baptisa Achat compulsif basé sur une suggestion (*Suggestion Impulse Buying*), qui « se déclenche lorsqu'un client voit un produit pour la première fois et en visualise le besoin ». En d'autres termes, les clients achèteront occasionnellement des produits non parce qu'ils les veulent, mais en raison de leur présentation.

Par exemple, les articles situés au niveau des yeux ont tendance à être achetés plus souvent que ceux qui se trouvent près du sol. Ainsi, vous trouverez des marques chères à des emplacements faciles d'accès dans les rayonnages, car elles génèrent le plus de profits, alors que des marques moins chères sont cachées dans des endroits plus difficiles d'accès. Il en va de même pour les têtes de gondole, qui sont situées aux extrémités des rayons. Les têtes de gondole permettent aux commerçants de gagner de l'argent, car elles sont bien en évidence, là où la circulation piétonne est intense. Par exemple, 45 % des ventes de Coca-Cola proviennent spécifiquement des étals en bout de rayon.

Plus un produit ou service est mis en avant, plus vous aurez de chances de l'acheter. Les gens boivent de la Heineken parce que cette bière est vendue dans tous les bars et vont chez Starbucks parce qu'on en trouve à tous les coins de rue. Nous aimons penser que nous avons le contrôle sur tout ce que nous faisons. Si nous buvons de l'eau plutôt que du soda, nous pensons que c'est parce que nous l'avons décidé. La vérité, cependant, est que bon nombre des actions que nous entreprenons chaque jour ne sont pas influencées par nos choix, mais par l'option la plus évidente qui s'offre à nous.

Chaque être vivant a ses propres méthodes pour percevoir et déchiffrer le monde. Les aigles ont une vision à distance remarquable. Les serpents peuvent sentir en « goûtant l'air » avec leur langue très sensible. Les requins peuvent détecter de petites quantités d'électricité et les vibrations causées par les poissons à proximité. Même les bactéries ont des chimiorécepteurs, de minuscules cellules sensorielles qui leur permettent de détecter des produits chimiques toxiques dans leur environnement.

Chez l'homme, la perception est régie par le système nerveux sensoriel. Nous percevons le monde à travers la vue, l'ouïe, l'odorat, le toucher et le goût. Mais nous avons aussi d'autres moyens de détecter les stimuli. Certains sont conscients, mais beaucoup sont inconscients. Par exemple, vous pouvez « remarquer » que la température baisse avant une tempête, que la douleur dans vos intestins augmente lorsque vous avez un mal de ventre, ou encore que vous perdez l'équilibre lorsque vous trébuchez sur des cailloux. Les récepteurs de votre corps captent de nombreux stimuli internes, tels que la quantité de sel dans votre sang ou le besoin de boire lorsque vous avez soif.

La plus puissante de toutes les capacités sensorielles humaines reste la vision. Le corps humain possède environ onze millions de récepteurs sensoriels. Environ dix millions d'entre eux sont consacrés à la vue. Certains experts estiment que la moitié des ressources du cerveau est utilisée par la vue. Étant donné que nous dépendons davantage de la vision que de tout autre sens, il ne faut pas s'étonner que les signaux visuels soient les plus grands catalyseurs de notre comportement. C'est la raison pour laquelle un petit changement dans ce que vous voyez peut entraîner un grand changement dans ce que vous faites. En conséquence, vous pouvez imaginer à quel point il est important de vivre et de travailler dans des environnements remplis de déclencheurs productifs et dépourvus de déclencheurs improductifs.

Heureusement, il y a une bonne nouvelle sur ce point ! Vous n'êtes pas obligé(e) d'être victime de votre environnement. Vous pouvez aussi en être l'architecte.

Comment concevoir votre environnement de réussite

Pendant la crise du pétrole et l'embargo des années 1970, des chercheurs néerlandais accordèrent une attention particulière à la consommation d'énergie du pays. Dans une banlieue proche d'Amsterdam, ils constatèrent que certains propriétaires consommaient 30 % d'énergie en moins que leurs voisins – bien que les maisons soient de taille similaire et bénéficient de l'électricité au même prix.

Il s'est avéré que les maisons de ce quartier étaient presque identiques, à une exception près : l'emplacement du compteur électrique. Chez certaines, il se trouvait au sous-sol, tandis que chez d'autres, il se situait à l'étage, dans le couloir. Comme vous pouvez le deviner, les foyers équipés de compteurs bien en vue consommaient moins d'électricité. Lorsque leur consommation d'énergie était évidente et facile à suivre, les occupants changeaient de comportement.

Chaque habitude est déclenchée par un signal et nous avons plus de chances de percevoir des signaux qui se démarquent. Malheureusement, les environnements dans lesquels nous vivons et travaillons ne nous incitent souvent pas à mieux nous comporter et à déclencher le comportement souhaité. Il est facile de ne pas jouer de la guitare quand elle est rangée dans le placard. Il est facile de ne pas lire un livre lorsqu'il est bien rangé sur une étagère qui se trouve dans le coin de la chambre. Il est facile de ne pas prendre vos vitamines quand elles sont au fond du placard. Lorsque les indices qui déclenchent une habitude sont subtils ou cachés, ils sont faciles à ignorer.

En comparaison, la création d'indices visuels évidents peut attirer votre attention sur l'habitude souhaitée. Au début des années 1990, le personnel d'entretien de l'aéroport de Schiphol, à Amsterdam, installa un petit autocollant qui ressemblait à une mouche près du centre de chaque urinoir. Apparemment, les hommes qui utilisèrent les urinoirs visèrent ce qu'ils pensaient être un insecte. Les autocollants amélioraient leur objectif et réduisaient les éclaboussures autour des urinoirs. Une analyse plus poussée permit de déterminer que les autocollants permettaient de réduire les coûts de nettoyage des toilettes de 8 % par an.

J'ai expérimenté le pouvoir des signaux évidents dans

ma propre vie. J'avais l'habitude d'acheter des pommes, de les mettre dans le bac en bas du réfrigérateur et de les oublier. Au moment où je m'en souvenais, les pommes étaient pourries. Je ne les voyais pas, donc je ne les mangeais pas.

Finalement, j'ai suivi mes propres conseils et redéfini mon environnement. J'ai acheté un grand panier et je l'ai placé au milieu du plan de travail de la cuisine. Ensuite, lorsque j'ai acheté des pommes, je les ai placées dans le panier, à l'air libre, bien visibles. Presque comme par magie, j'ai commencé à manger des pommes chaque jour, simplement parce qu'elles étaient en évidence et non cachées.

Voici des façons de redéfinir votre environnement et de rendre évidents les déclencheurs de vos habitudes préférées :

- Pour vous souvenir de prendre vos médicaments tous les soirs, placez votre flacon de pilules directement à côté du robinet dans la salle de bains.
- Pour jouer de la guitare plus régulièrement, placez-la au milieu du salon.
- Si vous souhaitez envoyer plus souvent des mots de remerciement, conservez une pile de papier à lettres sur votre bureau.
- Pour boire plus d'eau, remplissez quelques bouteilles d'eau chaque matin et placez-les dans des lieux de passage de la maison.

Si vous voulez que l'habitude occupe une grande place dans votre vie, liez des déclencheurs aux éléments familiers de votre environnement. Les comportements les plus persistants ont généralement plusieurs déclencheurs. Pensez aux différentes circonstances qui peuvent inciter un fumeur à allumer une cigarette : s'installer au volant de sa voiture, voir un ami fumer, se sentir stressé(e) au travail, etc.

La même stratégie peut être utilisée pour de bonnes habitudes. En distillant des éléments déclencheurs dans votre environnement, vous augmentez les chances de penser à votre habitude tout au long de la journée : le meilleur choix est le plus évident ! Il est facile et naturel de prendre une bonne décision lorsque vous avez de bonnes habitudes.

La conception de l'environnement a un impact considérable parce qu'elle influence la manière dont nous évoluons dans le monde et parce que nous l'aménageons rarement nous-mêmes. La plupart des gens vivent dans un monde que les autres ont conçu pour eux. Mais vous pouvez modifier vos espaces de vie et tout faire pour augmenter votre exposition aux déclencheurs positifs et réduire votre exposition aux déclencheurs négatifs. L'aménagement de votre environnement vous permet de reprendre le contrôle et de devenir l'architecte de votre vie. Soyez le bâtisseur de votre monde et pas seulement son consommateur.

Le contexte est le déclencheur

Les déclencheurs qui provoquent une habitude peuvent être très spécifiques au début, mais avec le temps vos habitudes deviennent associées non pas à un déclencheur unique, mais à l'ensemble du contexte englobant le comportement.

Par exemple, beaucoup de gens boivent plus d'alcool dans des soirées qu'ils n'en boiraient seuls. Le déclencheur est rarement un signal simple, mais plutôt la situation dans son ensemble : voir vos amis commander un verre, écouter de la musique dans un bar.

Nous attribuons mentalement nos habitudes aux lieux où elles se produisent : la maison, le bureau, la salle de sport. Chaque emplacement développe une connexion à certaines habitudes et routines. Vous établissez une relation particulière avec les objets qui se trouvent sur votre bureau, dans la cuisine, dans la chambre.

Notre comportement n'est pas défini par les objets de l'environnement, mais par notre relation avec eux. En fait, c'est un moyen utile de réfléchir à l'influence de l'environnement sur votre comportement. Arrêtez de penser à votre environnement comme à un lieu rempli d'objets. Pensez plutôt à un lieu rempli de relations. Pensez à la manière dont vous interagissez avec les espaces autour de vous. Pour une personne, le canapé est l'endroit où elle lit pendant une heure chaque soir. Pour une autre, c'est sur le canapé qu'elle regarde la télévision et mange une coupe de crème glacée après le travail. Différentes personnes peuvent avoir des souvenirs différents, et donc des habitudes différentes, associées au même endroit.

La bonne nouvelle, c'est que vous pouvez vous entraîner à lier une habitude particulière à un contexte particulier.

Des chercheurs demandèrent à des insomniaques de se coucher uniquement lorsqu'ils étaient fatigués. S'ils ne pouvaient pas s'endormir, on leur disait de s'asseoir dans une autre pièce jusqu'à ce qu'ils s'endorment. Au fil du temps, les sujets ont commencé à associer le contexte de leur lit à l'action du sommeil et il est devenu plus facile de s'endormir rapidement lorsqu'ils se couchaient. Leur cerveau a appris que dormir était la seule chose qui se passait dans cette pièce : on n'y consulte pas son téléphone, on n'y regarde pas la télévision, on n'y regarde pas le réveil.

L'importance du contexte révèle également une stratégie importante : il est plus facile de changer les habitudes dans un nouvel environnement. Cela aide à échapper aux déclencheurs et signaux subtils qui vous poussent vers vos habitudes actuelles. Allez à un nouvel endroit – un café différent, un banc dans le parc, un coin de la pièce que vous utilisez rarement – et créez-y une nouvelle routine.

Il est plus facile d'associer une nouvelle habitude à un nouveau contexte que de créer une nouvelle habitude face à des signaux concurrents. Il peut être difficile de se coucher tôt si vous regardez la télévision dans votre chambre. Il peut être difficile d'étudier dans le salon sans se laisser distraire si on y joue toujours à des jeux vidéo. Mais lorsque vous sortez de votre environnement normal, vous laissez vos mauvaises habitudes derrière vous. Vous ne combattez pas les anciens signaux environnementaux, ce qui permet à de nouvelles habitudes de se former sans difficulté.

Vous voulez penser de manière plus créative ? Allez dans une pièce plus grande, sur un toit-terrasse ou dans un bâtiment offrant de vastes volumes. Faites une pause dans votre espace de travail quotidien, qui est également lié à vos schémas de pensée actuels.

Vous essayez de manger plus sainement ? Il est probable que vous fassiez vos courses en mode pilote automatique dans votre supermarché habituel. Essayez un nouveau magasin. Il vous sera sûrement plus facile d'éviter les aliments trop gras ou trop sucrés si votre cerveau ne sait pas automatiquement où ils se trouvent dans le magasin.

Lorsque vous ne parvenez pas à accéder à un nouvel environnement, redéfinissez ou réorganisez votre environnement actuel. Créez un espace séparé pour travailler, étudier, faire de l'exercice, vous divertir et cuisiner. Je trouve ce mantra particulièrement utile : « Un espace, une utilisation ».

Quand j'ai commencé ma carrière d'entrepreneur, je travaillais souvent depuis mon canapé ou à la table de la cuisine. Le soir, j'avais beaucoup de mal à arrêter de travailler. Il n'y avait pas de séparation claire entre la fin du temps de travail et le début du temps libre. La table de la cuisine était-elle mon bureau ou l'espace où je mangeais ? Le canapé me permettait de me détendre ou d'envoyer des e-mails ? Tout se passait au même endroit.

Quelques années plus tard, je pouvais enfin me permettre de déménager dans une maison avec une pièce séparée pour mon bureau. Soudain, le travail se déroulait « ici », dans cette pièce, et la vie personnelle se déroulait « ailleurs ». Il était plus facile pour moi de déconnecter le côté professionnel de mon cerveau lorsqu'il y avait une ligne de démarcation nette entre la vie professionnelle et la vie familiale. Chaque pièce avait sa propre fonction principale. La cuisine était destinée aux repas. Le bureau était destiné au travail.

Dans la mesure du possible, évitez de mélanger le contexte d'une habitude à une autre. Lorsque vous mélangez des contextes, vous mélangez aussi les habitudes, et les plus faciles à prendre gagnent généralement. C'est l'une des raisons pour lesquelles la polyvalence des technologies modernes est à la fois une force et une faiblesse. Vous pouvez utiliser votre téléphone pour toutes sortes de tâches, ce qui en fait un appareil pratique. Mais lorsque vous pouvez utiliser votre téléphone pour faire presque tout et n'importe quoi, il devient difficile de l'associer à une seule tâche. Vous voulez être productif, mais vous êtes également conditionné à surfer sur les réseaux sociaux, consulter vos e-mails et jouer à des jeux vidéo sur votre téléphone. C'est une avalanche de déclencheurs.

Vous pensez peut-être : « Vous ne comprenez pas. J'habite à New York. Mon appartement est minuscule. Chaque pièce doit servir à plusieurs tâches. » Si votre espace est limité, divisez votre pièce en zones d'activité : une chaise pour lire, un bureau pour écrire, une table pour manger. Vous pouvez faire la même chose avec vos espaces numériques.

Je connais un écrivain qui utilise son ordinateur uniquement pour écrire, sa tablette uniquement pour lire et son téléphone uniquement pour les réseaux sociaux et les textos. Chaque habitude doit avoir un support.

Si vous parvenez à appliquer cette stratégie, chaque contexte sera associé à une habitude et à un mode de pensée particuliers. Les habitudes se développent dans des circonstances prévisibles comme celles-ci. La mise au point vient automatiquement lorsque vous êtes assis à votre bureau. La relaxation est plus facile lorsque vous vous trouvez dans un espace prévu à cet effet. Le sommeil vient vite quand c'est la seule chose que vous avez à faire dans votre chambre à coucher. Si vous voulez des comportements stables et prévisibles, vous avez besoin d'un environnement stable et prévisible.

Un environnement stable où tout a sa place et un but propre est un environnement où les habitudes peuvent facilement se mettre en place.

Résumé du chapitre

- De petits changements de contexte peuvent entraîner de grands changements de comportement au fil du temps.
- Chaque habitude est initiée par un déclencheur. Nous avons plus de chances de remarquer des déclencheurs qui se démarquent.
- Indiquez clairement les déclencheurs des bonnes habitudes dans votre environnement.
- Peu à peu, vos habitudes deviennent associées non pas à un seul déclencheur, mais à l'ensemble du contexte englobant le comportement. Le contexte devient le déclencheur.
- Il est plus facile de créer de nouvelles habitudes dans un nouvel environnement, car vous ne vous battez pas contre d'anciens déclencheurs.

7

Le secret de la maîtrise de soi

En 1971, alors que la guerre du Vietnam entrait dans sa seizième année, les membres du Congrès Robert Steele, du Connecticut, et Morgan Murphy, de l'Illinois, ont fait une découverte qui sidéra la population américaine. En rendant visite aux troupes, ils découvrirent que plus de 15 % des soldats américains déployés sur place étaient héroïnomanes. Une étude de suivi révéla que 35 % des militaires déployés au Vietnam avaient essayé l'héroïne et que 20 % d'entre eux étaient toxicomanes – le problème était beaucoup plus grave qu'ils ne l'avaient imaginé au départ.

Cette découverte déclencha une frénésie d'activités à Washington, notamment la création du Bureau d'action spéciale pour la prévention contre l'abus de drogues, dirigé par le président Nixon, chargé de promouvoir la prévention et les cures de désintoxication et de suivre les membres des forces armées toxicomanes une fois rentrés chez eux.

Lee Robins était l'un des chercheurs de ce programme. Dans une conclusion qui bouleversa radicalement les idées reçues sur la toxicomanie, Robins révéla qu'à leur retour, seuls 5 % des soldats consommateurs d'héroïne replongeaient en un an et seulement 12 % en trois ans. En d'autres termes, environ neuf soldats sur dix qui consommaient de l'héroïne au Vietnam cessèrent d'être dépendants quasiment du jour au lendemain.

Cette constatation allait à l'encontre de l'opinion qui prévalait à l'époque, selon laquelle la dépendance à l'héroïne était une affection permanente et irréversible. Robins démontra donc que les dépendances pouvaient disparaître spontanément si l'environnement changeait radicalement. Au Vietnam, les soldats passaient toute la journée entourés de déclencheurs provoquant la consommation d'héroïne : l'accès était facile, ils étaient submergés par le stress permanent de la guerre, ils nouèrent des amitiés avec des camarades soldats également consommateurs d'héroïne, à des milliers de kilomètres de chez eux. Néanmoins, une fois qu'un soldat rentrait aux États-Unis, il se retrouvait dans un environnement dépourvu de ces déclencheurs. Lorsque le contexte changeait, l'habitude changeait également.

Comparez cette situation à celle d'un toxicomane classique. Quelqu'un qui devient accro chez lui ou avec des amis se rend dans une clinique pour faire une cure de désintoxication (clinique qui est dépourvue de tous les stimuli environnementaux qui motivent son habitude), puis il revient dans son ancien quartier avec tous les déclencheurs précédents qui l'avaient amené à devenir dépendant au début. Il n'est donc pas étonnant d'obtenir des chiffres opposés à ceux de l'étude sur le Vietnam. En règle générale, 90 % des consommateurs d'héroïne redeviennent toxicomanes à leur retour de cure de désintoxication.

Les études sur la guerre du Vietnam vont à l'encontre de nombre de nos croyances culturelles sur les mauvaises habitudes, car elles remettent en cause l'association classique du comportement malsain en tant que faiblesse morale. Si vous êtes en surpoids, fumeur ou toxicomane, on vous a dit toute votre vie que c'est parce que vous n'avez aucune volonté, voire que vous êtes une mauvaise personne. L'idée selon laquelle un peu de discipline permettrait de résoudre tous nos problèmes est profondément ancrée dans notre culture.

Des recherches récentes ont toutefois démontré une autre approche. Lorsque les scientifiques étudient des personnes qui semblent avoir un excellent contrôle de soi, il s'avère que ces personnes ne sont pas si différentes de celles qui luttent pour atteindre leurs objectifs. Les personnes « disciplinées » structurent mieux leur vie de manière à éviter de faire usage de deux comportements : la volonté de fer ou la maîtrise de soi. En d'autres termes, elles font en sorte de passer moins de temps dans des situations de tentation.

Les personnes qui ont la meilleure maîtrise de soi sont généralement celles qui ont le moins besoin de l'utiliser. Il est plus facile de faire preuve de retenue lorsque vous n'avez pas à l'utiliser très souvent. Donc, oui, la persévérance, la détermination et la volonté sont essentielles au succès, mais le moyen d'améliorer ces qualités ne consiste pas à souhaiter être une personne plus disciplinée, mais à créer un environnement plus discipliné.

Cette idée contre-intuitive a encore plus de sens une fois que vous comprenez ce qui se passe quand une habitude se forme dans votre cerveau. Une habitude qui a été encodée dans l'esprit est prête à être utilisée chaque fois que la situation pertinente se présente. Lorsque Patty Olwell, thérapeute à Austin, au Texas, commença à fumer, elle s'allumait souvent une cigarette pendant une promenade à cheval avec un ami. Finalement, elle cessa de fumer et cessa aussi de monter à cheval pendant des années. Des décennies plus tard, elle remonta à cheval et ressentit le manque d'une cigarette pour la première fois de sa vie. Les déclencheurs étaient encore intériorisés ; elle n'avait pas été exposée à ces signaux depuis longtemps.

Une fois qu'une habitude a été encodée, l'envie d'agir suit chaque fois que réapparaissent les déclencheurs environnementaux. C'est l'une des raisons pour lesquelles les techniques de changement de comportement peuvent avoir l'effet inverse de celui prévu. Humiliez une personne obèse en lui présentant des exemples de perte de poids pour lui mettre la pression et vous obtiendrez l'effet inverse de celui souhaité, car elle reprendra sa stratégie d'adaptation favorite : la boulimie. Montrez à un fumeur des images de poumons noircis augmentera son niveau d'anxiété et le poussera très probablement à prendre une cigarette. Si vous ne faites pas attention aux déclencheurs, vous pouvez provoquer le comportement que vous souhaitez arrêter.

Les mauvaises habitudes sont autocatalytiques : le processus s'autoalimente. Elles favorisent les sentiments qu'elles essaient d'endormir. Vous vous sentez mal, alors vous mangez des cochonneries. Et quand on mange des cochonneries, on se sent mal… Si vous regardez la télévision, vous vous sentez fatigué(e). Vous regardez donc davantage de programmes télévisés parce que vous n'avez pas l'énergie pour faire autre chose. Si vous vous inquiétez pour votre santé, vous vous sentez anxieux(se), ce qui vous oblige à fumer pour atténuer votre anxiété, ce qui aggrave encore votre état de santé et vous rend encore plus anxieux(se). C'est une spirale infernale, un cercle vicieux de mauvaises habitudes.

Les chercheurs qualifient ce phénomène de « carence induite par les déclencheurs » : un signal externe provoque un besoin impérieux de répéter une mauvaise habitude. Une fois que vous remarquez quelque chose, vous commencez à le vouloir. Ce processus se produit tout le temps, souvent sans que nous nous en rendions compte. Des scientifiques découvrirent que montrer à des toxicomanes une image de cocaïne pendant seulement trente-trois millisecondes stimulait la voie de la récompense dans le cerveau et suscitait l'envie. Cette vitesse est trop rapide pour que le cerveau puisse l'enregistrer consciemment. Les toxicomanes ne peuvent pas vous dire ce qu'ils ont vu, mais ils ont tout de même envie de prendre de la drogue.

L'idée est la suivante : vous pouvez perdre une habitude, mais il est peu probable que vous l'oubliiez. Une fois qu'une habitude a été implantée dans votre cerveau, il est presque impossible de la supprimer complètement, même si elle reste inutilisée pendant un bon bout de temps. Ainsi, le simple fait de résister à la tentation est une stratégie inefficace. Il est difficile de conserver une attitude zen dans une vie remplie de facteurs perturbants. Cela prend trop d'énergie. À court terme, vous pouvez choisir de vaincre la tentation. À long terme, nous devenons un produit de l'environnement dans lequel nous vivons. En toute honnêteté, je n'ai jamais vu quelqu'un adopter systématiquement des habitudes positives dans un environnement négatif.

Une approche plus fiable consiste à supprimer les mauvaises habitudes à la source. L'un des moyens les plus pratiques d'éliminer une mauvaise habitude consiste à réduire l'exposition au déclencheur qui la provoque.

- Si vous n'arrivez pas à travailler, laissez votre téléphone dans une autre pièce pendant quelques heures.
- Si vous avez toujours l'impression de ne pas être assez doué, arrêtez de suivre les comptes de réseaux sociaux qui déclenchent la jalousie et l'envie.

- Si vous perdez trop de temps à regarder la télévision, sortez le téléviseur de la chambre à coucher.
- Si vous dépensez trop d'argent en appareils électroniques, arrêtez de lire les comparatifs des derniers équipements technologiques.
- Si vous jouez trop à des jeux vidéo, débranchez la console et rangez-la dans un placard après chaque utilisation.

Cette pratique est une inversion de la 1re loi du changement. Plutôt que de le rendre évident, vous pouvez le rendre invisible. Je suis souvent surpris par l'efficacité des changements simples comme ceux-ci. Le fait de supprimer un seul déclencheur fait bien souvent disparaître l'habitude.

La maîtrise de soi est une stratégie à court terme et non à long terme. Vous pourrez peut-être résister à la tentation une ou deux fois, mais il est peu probable que vous puissiez faire preuve de la volonté nécessaire pour passer outre vos désirs à chaque fois. Plutôt que de faire appel à votre volonté dès que vous voulez agir correctement, dépensez plutôt votre énergie à optimiser votre environnement. C'est le secret de la maîtrise de soi. Faites en sorte que les déclencheurs de vos bonnes habitudes soient évidents et que les déclencheurs de vos mauvaises habitudes soient invisibles.

Résumé du chapitre

- L'inversion de la 1re loi du changement de comportement consiste à le rendre invisible.
- Une fois qu'une habitude est formée, il est peu probable qu'elle soit oubliée.
- Les personnes ayant une haute maîtrise de soi ont tendance à passer moins de temps dans des situations tentantes. Il est plus facile d'éviter la tentation que d'y résister.

- L'un des moyens les plus pratiques d'éliminer une mauvaise habitude consiste à réduire l'exposition au déclencheur qui la provoque.
- La maîtrise de soi est une stratégie à court terme et non à long terme.

COMMENT CRÉER UNE BONNE HABITUDE

La 1re loi	L'évidence
1.1	Remplissez le Tableau de bord des habitudes. Écrivez vos habitudes actuelles pour en prendre conscience.
1.2	Utilisez la formule de l'intention de mise en place : « Je vais [COMPORTEMENT] à [MOMENT] dans [LIEU]. »
1.3	Utilisez la formule de superposition d'habitudes : « Après [HABITUDE ACTUELLE], je vais [NOUVELLE HABITUDE]. »
1.4	Réaménagez votre environnement. Rendez les déclencheurs de bonnes habitudes évidents et visibles.
La 2e loi	**L'attractivité**
La 3e loi	**La facilité**
La 4e loi	**La satisfaction**

COMMENT PERDRE UNE MAUVAISE HABITUDE

Inversion de la 1re loi	L'invisibilité
1.5	Réduisez l'exposition. Supprimez de votre environnement les déclencheurs des mauvaises habitudes.
Inversion de la 2e loi	**La non-attractivité**
Inversion de la 3e loi	**La difficulté**
Inversion de la 4e loi	**L'insatisfaction**

La 2e loi

L'attractivité

8

Comment rendre une habitude irrésistible

Durant les années 1940, un scientifique néerlandais, Niko Tinbergen, réalisa une série d'expériences qui transformèrent notre compréhension de nos motivations. Tinbergen, dont les travaux furent récompensés par un prix Nobel, étudia les goélands argentés, ces grands oiseaux gris et blanc qu'on voit souvent voler le long des côtes.

Les goélands argentés adultes ont un petit point rouge sur le bec et Tinbergen remarqua que les poussins fraîchement éclos piquaient à cet endroit chaque fois qu'ils voulaient être nourris. Pour réaliser son expérience, il fabriqua plusieurs faux becs en carton, représentant simplement une tête sans corps. Quand les parents quittèrent le nid, il présenta ces faux becs aux poussins. Il était tellement évident que les becs étaient faux qu'il pensait que les oisillons les rejetteraient. Mais quand les petits goélands virent la tache rouge sur le bec en carton, ils la picorèrent comme si cette tache appartenait à leur propre mère. Ils se dirigeaient nettement vers ces points rouges, comme s'ils avaient été génétiquement programmés à la naissance. Par la suite,

Tinbergen découvrit que plus la tache rouge était grosse, plus les poussins picoraient vite. Finalement, il fabriqua un bec comportant trois gros points rouges. Quand il le plaça dans le nid, les oisillons devinrent fous de joie et picorèrent les taches rouges comme si c'était le plus grand bec qu'ils aient jamais vu.

Tinbergen et ses collègues mirent en évidence un comportement similaire chez d'autres animaux. Par exemple, l'oie cendrée est un oiseau qui nidifie au sol. Parfois, lorsque la mère se déplace dans le nid, l'un des œufs roule et se dépose sur l'herbe à proximité. Chaque fois que cela se produit, l'oie se dandine jusqu'à l'œuf et utilise son bec et son cou pour le ramener dans le nid.

Tinbergen découvrit que l'oie attirait n'importe quel objet rond, tel qu'une boule de billard ou une ampoule électrique, dans le nid. Plus l'objet était gros, plus sa réaction était grande. Une oie est même capable de déployer un effort considérable pour faire rouler un ballon de volley-ball jusqu'au nid et le couver. Comme les bébés goélands qui picoraient automatiquement les points rouges, l'oie cendrée suivait une règle instinctive : quand je vois un objet rond à proximité de mon nid, je dois le faire rouler dans le nid. Plus l'objet rond est gros, plus je devrai déployer d'efforts pour le récupérer.

C'est comme si le cerveau de chaque animal était préprogrammé avec certaines règles de comportement, et lorsqu'une version exacerbée de cette règle se présente, il surréagit. Les scientifiques qualifient ces signaux exagérés de stimuli supranormaux. Un stimulus supranormal est une version plus élaborée de la réalité – comme un bec à trois points rouges ou un œuf de la taille d'un ballon de volley-ball – et provoque une réponse plus forte qu'à l'accoutumée.

Les humains ont également tendance à craquer pour des versions exagérées de la réalité. La malbouffe, par exemple, pousse nos systèmes de récompense dans une certaine frénésie. Après avoir passé des centaines de milliers d'années à chasser et à chercher de la nourriture dans la nature, le cerveau humain a évolué pour donner une grande valeur au sel, au sucre et aux graisses. Ces aliments sont souvent riches en calories et ils étaient plutôt rares à l'époque où nos anciens ancêtres erraient dans la savane. Quand vous ne savez pas où vous trouverez votre prochain repas, manger le plus possible est une excellente stratégie de survie.

Aujourd'hui, cependant, nous vivons dans un environnement riche en calories. La nourriture est abondante, mais votre cerveau continue de la désirer comme si elle était rare. Valoriser le sel, le sucre et les graisses n'est plus un avantage pour notre santé, mais nous imaginons toujours que nous en avons besoin, car les centres de récompense du cerveau n'ont pas changé depuis des millénaires… L'industrie alimentaire moderne repose sur l'exacerbation de nos instincts paléolithiques au-delà de leur objectif d'évolution.

La recherche dans l'agroalimentaire a pour objectif premier de créer des produits plus attractifs pour les consommateurs. La majorité des aliments en sachets, en conserves ou en bocaux ont été transformés d'une manière ou d'une autre, ne serait-ce que par l'ajout d'arômes. Les entreprises dépensent des millions de dollars pour obtenir le croustillant optimal de leurs chips ou le pétillant parfait d'un soda. Des services entiers se consacrent à l'optimisation de la sensation d'un produit dans votre bouche, c'est ce qu'on appelle l'orosensation. Les frites, par exemple, sont une combinaison puissante : dorées et croquantes à l'extérieur, légères et onctueuses à l'intérieur.

D'autres aliments transformés augmentent ce contraste dynamique, ils allient plusieurs sensations, à la fois croquantes et crémeuses. Imaginez le goût du fromage fondu sur une croûte de pizza croustillante, ou le croquant d'un biscuit Oreo associé à son cœur crémeux et onctueux. Avec les aliments naturels et non transformés, vous ressentez toujours les mêmes sensations. Après dix bouchées de chou, votre cerveau ne s'y intéresse plus et vous commencez à vous sentir rassasié(e). À l'inverse, les aliments transformés rendent l'expérience nouvelle et intéressante et vous encouragent à manger plus.

En fin de compte, ces stratégies permettent aux scientifiques de l'alimentation de déterminer le « point d'extase » de chaque produit : la combinaison précise de sel, de sucre et de graisses qui excite votre cerveau et vous incite à y revenir. Le résultat, bien sûr, c'est que vous mangez trop, car les aliments hyper-appétissants sont plus attractifs pour le cerveau humain. Stephan Guyenet, neuroscientifique spécialisé dans le comportement alimentaire et l'obésité, déclara : « Nous avons parfaitement réussi à atteindre nos propres limites. »

L'industrie alimentaire moderne et les habitudes de surconsommation qu'elle engendra ne sont qu'un exemple de la 2e loi du changement de comportement : l'attractivité. Plus une opportunité est attractive, plus elle risque de devenir une habitude.

Regardez autour de vous. La société regorge de versions hautement améliorées de la réalité, plus attractives que le monde dans lequel nos ancêtres ont évolué. Les magasins présentent des mannequins aux hanches et aux seins exagérés pour vendre des vêtements. Les réseaux sociaux offrent plus de mentions « J'aime » et de louanges en quelques minutes que ce que nous pourrions jamais recevoir au bureau ou à la maison. Les vidéos pornographiques en ligne sont totalement irréelles. Les publicités sont créées avec un éclairage idéal, un maquillage professionnel et des retouches Photoshop. Même le mannequin initial ne ressemble pas à la personne qui apparaît sur l'image finale. Ce sont les stimuli supranormaux de notre monde moderne. Ils exagèrent des caractéristiques qui nous attirent naturellement, et notre instinct se déchaîne en conséquence, nous entraînant dans des habitudes excessives de shopping, sur les réseaux sociaux, dans nos rapports sexuels, dans notre alimentation, etc.

Si l'histoire peut servir de guide, les perspectives d'avenir seront plus intéressantes que celles d'aujourd'hui. La tendance est à la concentration des récompenses et à la stimulation des incitations. La malbouffe est une forme d'accumulation de calories plus concentrée que les aliments naturels. Les spiritueux sont une forme d'alcool plus concentrée que la bière. Les jeux vidéo sont une forme de jeu plus concentrée que les jeux de société. Face à la nature, il est difficile de résister à ces expériences pleines de plaisir. Nous avons le cerveau de nos ancêtres, mais des tentations auxquelles ils n'ont jamais eu à faire face.

Si vous souhaitez augmenter les chances qu'un comportement se produise, vous devez le rendre attrayant. Tout au long de notre discussion sur la 2e loi, notre objectif est d'apprendre à rendre nos habitudes irrésistibles. Bien qu'il ne soit pas possible de transformer chaque habitude en un stimulus supranormal, nous pouvons rendre toute habitude plus séduisante. Pour ce faire, nous devons commencer par comprendre ce qu'est un état de manque et son fonctionnement.

Commençons par examiner un signe biologique commun à toutes les habitudes : le pic de dopamine.

La boucle de réactions enclenchées par la dopamine

Les scientifiques peuvent suivre le moment précis où se produit un état de manque en mesurant un neurotransmetteur appelé dopamine[12]. L'importance de la dopamine apparut en 1954 lorsque les neuroscientifiques James Olds et Peter Milner menèrent une expérience révélant les processus neurologiques à l'origine de l'envie et du désir. En implantant des électrodes dans le cerveau de rats, ils bloquèrent la libération de dopamine. À la surprise des chercheurs, les rats perdirent toute envie de vivre. Ils ne mangeaient plus. Ils n'avaient plus de relations sexuelles. Ils n'avaient envie de rien. En quelques jours, les animaux étaient morts de soif.

Dans des études de suivi, d'autres scientifiques inhibèrent également les parties du cerveau libérant de la dopamine, mais cette fois-ci ils injectèrent des gouttelettes de sucre dans la bouche de rats ayant épuisé leurs réserves en dopamine. Leurs petits visages de rats s'illuminaient de plaisir à la suite de l'administration du sucre. Même si la dopamine était bloquée, ils aimaient le sucre tout autant qu'avant ; ils ne voulaient tout simplement plus de dopamine. La capacité à éprouver du plaisir est restée mais, sans dopamine, le désir a disparu. Et sans désir, l'action s'arrête.

---

12. La dopamine n'est pas le seul élément chimique qui influence vos habitudes. Chaque comportement implique de multiples régions du cerveau et des substances neurochimiques, et quiconque prétend que « les habitudes sont entièrement liées à la dopamine » saute des étapes importantes du processus. C'est juste l'un des acteurs importants dans la formation des habitudes. Dans ce chapitre, je parlerai du circuit de la dopamine, car il explique les fondements biologiques du désir, de l'envie et de la motivation qui sont à la base de toutes les habitudes.

Quand d'autres chercheurs inversèrent ce processus et inondèrent le système de récompense du cerveau avec de la dopamine, les animaux mirent en application leurs habitudes à une vitesse vertigineuse. Dans une étude, des souris recevaient un puissant *shot* de dopamine chaque fois qu'elles mettaient le nez dans une boîte. En quelques minutes, les souris développèrent une envie si forte qu'elles commencèrent à fourrer leur nez dans la boîte huit cents fois par heure. (Les humains ne sont pas si différents : le joueur moyen sur des machines à sous fera tourner les roues six cents fois par heure.)

Les habitudes sont une boucle d'actions dépendant de la dopamine. Chaque comportement qui engendre une habitude très ancrée (consommation de drogue, malbouffe, jeux vidéo, navigation sur les réseaux sociaux) est associé à des niveaux plus élevés de dopamine. La même chose peut s'appliquer à nos comportements habituels les plus élémentaires, comme manger de la nourriture, boire de l'eau, avoir des relations sexuelles et avoir des interactions sociales.

Pendant des années, les scientifiques ont supposé que la dopamine était une question de plaisir, mais nous savons maintenant qu'elle joue un rôle central dans de nombreux processus neurologiques, notamment la motivation, l'apprentissage et la mémoire, la punition et l'aversion, et le mouvement volontaire.

Voici ce qu'il faut retenir en matière d'habitude : la dopamine est libérée non seulement lorsque vous éprouvez du plaisir, mais également lorsque vous l'anticipez. Les accros au jeu ont un pic de dopamine juste avant de placer une mise, pas après leur victoire. Les cocaïnomanes ont une poussée de dopamine quand ils voient la poudre, pas après l'avoir prise. Chaque fois que vous prévoyez qu'une opportunité sera gratifiante, vos niveaux de dopamine augmentent. Et chaque fois que la dopamine augmente, votre motivation à agir augmente également. C'est l'attente d'une récompense, et non l'accomplissement, qui nous pousse à agir.

Fait intéressant, le système de récompense activé dans le cerveau lorsque vous recevez une récompense est le même que celui qui est activé lorsque vous anticipez une récompense. C'est une des raisons pour lesquelles l'anticipation d'une expérience peut souvent sembler plus gratifiante que sa réalisation. Lorsqu'on est enfant, penser au matin de Noël peut être plus excitant que d'ouvrir les cadeaux. Lorsqu'on est adulte, rêver de ses prochaines vacances peut être plus excitant que d'être réellement en vacances. Les scientifiques appellent cela la différence entre « vouloir » et « apprécier ».

Votre cerveau a beaucoup plus de circuits neuronaux axés sur la demande de récompenses que sur l'appréciation de ces récompenses. Les centres demandeurs de votre cerveau sont vastes : le tronc cérébral, le noyau accumbens, l'aire tegmentale ventrale, le striatum dorsal, les amygdales et des parties du cortex préfrontal. En comparaison, les centres d'appréciation du cerveau sont beaucoup plus petits. Ils sont souvent qualifiés de « points chauds hédoniques » et sont répartis sous forme de minuscules îlots dans le cerveau. Par exemple, des chercheurs ont découvert que 100 % du noyau accumbens est activé pendant le désir. Toutefois, seulement 10 % de la structure est activée pendant l'appréciation.

Le fait que le cerveau dédie un espace précieux aux régions responsables de l'envie et du désir est une preuve supplémentaire du rôle capital joué par ces processus. Le désir est le moteur qui dirige le comportement. Chaque action est entreprise à cause de l'anticipation qui la précède. C'est le désir ou l'envie qui mène à la réponse.

LE PIC DE DOPAMINE

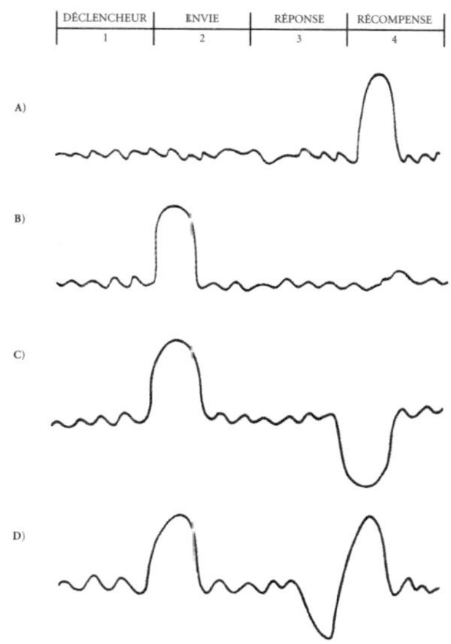

FIGURE 9 : Avant qu'une habitude soit apprise (A), la dopamine est libérée lorsque la récompense est expérimentée pour la première fois. La fois suivante (B), la dopamine augmente avant de passer à l'action, immédiatement après la détection d'un déclencheur. Ce pic provoque un sentiment de désir et une envie d'agir chaque fois que le déclencheur est repéré. Une fois qu'une habitude est acquise, la dopamine n'augmente pas lorsqu'une récompense est expérimentée, car vous vous attendez déjà à recevoir cette récompense. En revanche, si vous voyez un déclencheur et que vous attendez une récompense, mais n'en recevez pas, la dopamine tombe dans la déception (C). La sensibilité de la réponse à la dopamine est clairement visible lorsqu'une récompense arrive tardivement (D). Premièrement, le déclencheur est identifié et la dopamine augmente au fur et à mesure que se développe une envie. Ensuite, une réponse arrive, mais la récompense ne vient pas aussi vite que prévu et la dopamine commence à baisser. Enfin, lorsque la récompense arrive un peu plus tard que vous ne l'espériez, la dopamine monte à nouveau. C'est comme si le cerveau disait : « Tu vois ! Je savais que j'avais raison. N'oublie pas de répéter cette action la prochaine fois. »

Ces informations révèlent l'importance de la 2e loi du changement de comportement. Nous devons rendre nos habitudes attractives, car c'est l'attente d'une expérience enrichissante qui nous motive à agir. C'est là qu'entre en jeu la stratégie qu'on appelle le « regroupement de tentations ».

Comment utiliser le regroupement de tentations pour rendre vos habitudes plus attractives

Ronan Byrne, étudiant en génie électrique à Dublin, en Irlande, aimait regarder Netflix, mais il était également conscient qu'il ne faisait pas suffisamment de sport. Mettant à profit ses compétences en ingénierie, Byrne connecta son vélo d'appartement à son ordinateur portable et à sa télévision. Ensuite, il écrivit un programme informatique qui permettrait à Netflix de fonctionner uniquement s'il roulait à une certaine vitesse. S'il ralentissait trop longtemps, le programme qu'il regardait s'interrompait jusqu'à ce qu'il recommence à pédaler. Pour reprendre les termes d'un fan, il « luttait contre l'obésité en "s'empiffrant" de séries sur Netflix ».

Il utilisait également le regroupement de tentations pour se motiver davantage. Le regroupement de tentations fonctionne en liant une action que vous voulez faire à une action que vous devez faire. Dans le cas de Byrne, il associait les séries sur Netflix (ce qu'il voulait faire) à l'exercice sur son vélo (ce qu'il devait faire).

Les entreprises sont expertes en matière de tentation. Par exemple, lorsque la chaîne de télévision American Broadcasting Company, plus connue sous le nom d'ABC, lança sa programmation télévisuelle du jeudi soir pour la saison 2014-2015, elle fit la promotion du regroupement de tentations à grande échelle.

Tous les jeudis, la chaîne diffusait trois séries créées par la scénariste Shonda Rhimes : *Grey's Anatomy*, *Scandal* et *How to Get away with Murder*. Programmes qu'elle appelait « TGIT sur ABC » (TGIT signifie *Thank God It's Thursday* [Génial ! On est jeudi !]). En plus de promouvoir ses programmes, ABC encourageait les téléspectateurs à grignoter du pop-corn, à boire un bon verre de vin rouge et à profiter de leur soirée.

Andrew Kubitz, responsable de la programmation chez ABC, décrit les motivations de cette campagne : « Nous considérons que la nuit du jeudi est l'occasion de regarder la télévision pour nombre de téléspectateurs, couples ou femmes seules, qui souhaitent s'échapper du quotidien en buvant un bon verre de vin et en grignotant du pop-corn. » L'intérêt de cette stratégie reposait sur le fait qu'ABC associait ce qu'elle attendait des téléspectateurs (qu'ils regardent ses émissions) à des activités qu'ils souhaitaient faire (se relaxer, boire un verre de vin et manger du pop-corn).

Au fil du temps, les téléspectateurs se mirent à regarder ABC pour se détendre et se divertir. Si vous buvez un verre de vin rouge et si vous mangez du pop-corn devant la télé à 20 heures tous les jeudis, c'est que cette soirée de la semaine signifie pour vous détente et divertissement. La récompense est associée au déclencheur et l'habitude d'allumer la télévision devient plus attractive.

Vous aurez plus de chances de considérer qu'un comportement est attrayant si vous faites l'une de vos activités préférées en même temps. Vous voulez peut-être connaître les derniers potins sur les célébrités, mais vous devez rester en forme. En utilisant le regroupement de tentations, vous pourriez seulement lire les journaux à scandales et regarder des émissions de téléréalité à la salle de sport. Peut-être avez-vous envie d'une pédicure, mais vous devez nettoyer votre messagerie électronique. La solution : ne prenez rendez-vous pour votre pédicure que lorsque vous aurez traité tous vos e-mails professionnels en retard.

Le regroupement des tentations est une façon d'appliquer une théorie de la psychologie qu'on appelle le principe de Premack. Désigné ainsi en hommage au travail du professeur David Premack, le principe stipule que « des comportements plus probables renforceront des comportements moins probables ». En d'autres termes, même si vous ne voulez pas vraiment traiter vos messages en retard, vous vous conditionnerez à le faire si vous pouvez vous accorder quelque chose que vous voulez vraiment faire en cours de route ou par la suite.

Vous pouvez même associer le regroupement de tentations à la stratégie de la superposition d'habitudes abordée au chapitre 5 pour créer un ensemble de règles permettant de guider votre comportement.

La formule Superposition d'habitudes + Regroupement de tentations est la suivante :

1. Après [HABITUDE ACTUELLE], je vais [HABITUDE DONT J'AI BESOIN].
2. Après [HABITUDE DONT J'AI BESOIN], je vais [HABITUDE ACTUELLE].

Si vous voulez lire les informations, mais que vous avez besoin d'exprimer plus de gratitude :

1. Après avoir pris mon café du matin, je dirai une chose qui est arrivée hier et dont je suis reconnaissant (besoin).

2. Après avoir dit une chose pour laquelle je suis reconnaissant, je vais lire les informations (souhait).

Si vous souhaitez regarder un programme sportif, mais que vous devez téléphoner à des clients :

1. Après mon retour de la pause déjeuner, j'appellerai trois clients potentiels (besoin).
2. Après avoir appelé trois clients potentiels, je regarderai ESPN (souhait).

Si vous voulez surfer sur Facebook, mais que vous avez besoin de faire plus d'exercice :

1. Après avoir consulté mon téléphone, je ferai dix pompes (besoin).
2. Après avoir fait dix pompes, j'irai sur Facebook (souhait).

L'idée est qu'à terme, vous souhaiterez appeler trois clients ou faire dix pompes, car cela signifie que vous pourrez lire les dernières nouvelles sportives ou consulter Facebook. Faire ce que vous devez faire signifie que vous pouvez faire ce que vous voulez faire.

Nous avons commencé ce chapitre en discutant des stimuli supranormaux, qui sont des versions exacerbées de la réalité qui renforcent notre désir d'agir. Le regroupement de tentations est un moyen de créer une version améliorée de toute habitude en la connectant à quelque chose que vous souhaitez déjà. Il est compliqué de créer une habitude vraiment irrésistible, mais cette stratégie simple peut être utilisée pour rendre presque toute forme d'habitude plus attractive qu'elle ne le serait autrement.

Résumé du chapitre

- La 2e loi du changement de comportement est l'attractivité.
- Plus une opportunité est attractive, plus elle risque de devenir une habitude.
- Les habitudes sont une boucle d'actions liées à la dopamine. Lorsque la dopamine augmente, notre motivation à agir augmente également.
- C'est l'attente d'une récompense, et non son accomplissement, qui nous pousse à agir. Plus l'anticipation est grande, plus le pic de dopamine est important.
- Le regroupement de tentations est un moyen de rendre vos habitudes plus attractives. Cette stratégie consiste à associer une action que vous voulez faire à une action que vous devez faire.

9

Le rôle des proches dans la mise en place des habitudes

En 1965, un Hongrois nommé Laszlo Polgar écrivit une série de lettres étranges à une femme prénommée Klara.

Laszlo croyait dur comme fer aux vertus du travail. En fait, c'était tout ce en quoi il croyait : il rejetait complètement l'idée du talent inné. Il affirmait qu'avec la pratique volontaire et le développement de bonnes habitudes, un enfant pouvait devenir un génie dans n'importe quel domaine. Il avait un mantra : « On ne naît pas génie, on le devient par l'éducation et la formation. »

Laszlo croyait tellement en cette idée qu'il voulait la tester sur ses propres enfants, et il écrivait à Klara parce qu'il « avait besoin d'une femme prête à le suivre dans cette aventure ». Klara était enseignante et, bien qu'elle ne fût peut-être pas aussi inflexible que Laszlo, elle croyait également qu'avec un enseignement approprié, tout le monde pouvait améliorer ses compétences.

Laszlo décida que les échecs seraient un terrain propice à l'expérience et il élabora un programme pour que ses enfants deviennent des prodiges des échecs. Les enfants seraient scolarisés à la maison, fait rare en Hongrie à l'époque. La maison serait remplie de livres d'échecs et d'images de joueurs célèbres. Les enfants joueraient constamment les uns contre les autres et participeraient aux meilleurs tournois. La famille tiendrait à jour un système de fichiers précis de l'historique des tournois de chaque concurrent auquel les enfants étaient confrontés. Leur vie serait consacrée aux échecs.

Laszlo courtisa avec succès Klara et, quelques années plus tard, les Polgar étaient devenus parents de trois jeunes filles : Susan, Sofia et Judit.

Susan, l'aînée, commença à jouer aux échecs à l'âge de 4 ans. Au bout de six mois, elle battait des adultes.

Sofia, la deuxième, fit encore mieux. À 14 ans, elle était championne du monde, puis devint grand maître.

Judit, la plus jeune, était la meilleure de toutes. À 5 ans, elle pouvait battre son père. À 12 ans, elle était la plus jeune joueuse jamais classée parmi les cent meilleurs joueurs d'échecs du monde. À 15 ans et quatre mois, elle devint le plus jeune grand maître de tous les temps, plus jeune que Bobby Fischer, l'ancien détenteur du record. Pendant vingt-sept ans, elle fut la première joueuse d'échecs au monde.

L'enfance des sœurs Polgar fut pour le moins atypique. Et pourtant, si vous leur posez des questions à ce sujet, elles vous diront que leur mode de vie était normal, voire agréable. Au cours de différents entretiens, les sœurs décrivent leur enfance comme amusante plutôt qu'épuisante. Elles adoraient jouer aux échecs. Elles ne s'en lassaient jamais. Une fois, Laszlo avait même trouvé Sofia jouant aux échecs dans la salle de bains au milieu de la nuit. Tout en l'encourageant à retourner au lit, il lui avait dit : « Sofia, laisse les pièces d'échecs dormir ! » À quoi elle avait répondu : « Papa, elles m'empêchent de dormir ! »

Les sœurs Polgar ont grandi dans une culture qui privilégiait les échecs avant toute chose : ce jeu leur procurait plaisir et récompense. Dans leur monde, l'obsession des échecs était normale. Et comme nous allons le constater, toutes les habitudes qui nous semblent normales dans notre culture sont par conséquent les comportements qui nous semblent les plus attrayants.

De l'influence des normes sociales

Les êtres humains sont des animaux de troupeau. Nous voulons nous intégrer, créer des liens avec les autres et gagner le respect et l'approbation de nos pairs. Ces penchants sont essentiels à notre survie. Pendant la majeure partie de notre histoire, nos ancêtres vécurent dans des tribus. Être séparé de la tribu – ou, pire, être chassé – était une condamnation à mort. « Le loup solitaire meurt, mais la meute survit »[13].

En revanche, ceux qui collaborent et tissent des liens avec les autres sont mieux protégés, peuvent procréer et accéder aux ressources. Comme Charles Darwin l'a noté : « Dans la longue histoire de l'Humanité, ceux qui ont appris à collaborer et à improviser le plus efficacement l'ont toujours emporté. » En conséquence, l'un des désirs les plus profonds de l'homme est d'appartenir à un groupe. Et cette préférence ancestrale exerce une influence puissante sur notre comportement moderne.

Nous ne choisissons pas nos premières habitudes, nous les imitons. Nous suivons le scénario transmis par nos amis et notre famille, notre église ou notre école, notre

13. Je suis tellement heureux d'avoir pu intégrer une référence à *Game of Thrones* dans ce livre.

communauté locale et la société en général. Chacune de ces cultures et chacun de ces groupes ont leurs propres attentes et normes : faut-il se marier et à quel moment, combien d'enfants faut-il avoir, quelles fêtes faut-il célébrer, combien d'argent faut-il dépenser pour l'anniversaire de son enfant ? À bien des égards, ces normes sociales sont les règles invisibles qui guident votre comportement chaque jour. Vous les gardez toujours à l'esprit, même si elles ne sont pas vos préoccupations premières. Bien souvent, vous suivez les habitudes de votre culture sans réfléchir, sans vous poser de questions et parfois sans vous en souvenir. Comme l'a écrit le philosophe Michel de Montaigne : « Les us et coutumes de la vie en société nous entraînent. »

La plupart du temps, suivre le groupe ne se vit pas comme une contrainte. Tout le monde veut appartenir à un groupe. Si vous grandissez dans une famille qui vous gratifie pour vos compétences en échecs, jouer aux échecs semblera être une chose très attrayante à faire. Si vous travaillez à un poste où tout le monde porte des costumes coûteux, vous aurez également tendance à faire de même. Si tous vos amis partagent une blague avec vous ou utilisent une nouvelle expression, vous voudrez aussi l'employer pour qu'ils sachent que vous « comprenez ». Les comportements sont attrayants quand ils nous aident à nous intégrer. Nous imitons les habitudes de trois groupes en particulier :

1. Les proches
2. La masse
3. Les puissants.

Chaque groupe offre la possibilité d'exploiter la 2e loi du changement de comportement et de rendre nos habitudes plus attrayantes.

1. Imiter les proches

La proximité a un effet puissant sur notre comportement. Cela s'applique à l'environnement physique, comme nous l'avons vu au chapitre 6, mais également à l'environnement social.

Nous prenons les habitudes des gens autour de nous. Nous copions la façon dont nos parents gèrent les disputes, la façon dont nos pairs se draguent, la manière dont nos collègues obtiennent des résultats. Lorsque vos amis fument de l'herbe, vous essayez aussi. Lorsque votre conjoint a l'habitude de revérifier que la porte est bien fermée à clé avant d'aller au lit, vous le faites également.

Je constate que j'imite souvent le comportement de ceux qui m'entourent sans m'en rendre compte. Dans une conversation, j'adopte automatiquement la posture corporelle de l'autre personne. À l'université, je copiais la façon de parler de mes camarades de chambre. Lorsque je voyage à l'étranger, j'imite inconsciemment l'accent local.

En règle générale, plus nous sommes proches de quelqu'un, plus nous avons de chances d'imiter certaines de ses habitudes. Une étude innovante suivit douze mille personnes pendant trente-deux ans et révéla que « les chances d'une personne de devenir obèse augmentaient de 57 % si elle avait un ami qui devenait obèse ». Cela fonctionne également dans l'autre sens. Une autre étude révéla que, dans un couple, si l'un des partenaires perdait du poids, l'autre partenaire maigrissait également (environ une fois sur trois). Nos amis et notre famille exercent une sorte de pression invisible qui nous incite à faire comme eux.

Bien sûr, la pression des pairs n'est mauvaise que si vous êtes entouré(e) de mauvaises influences. Lorsque l'astronaute

Mike Massimino était étudiant au MIT, il suivit un petit cours de robotique. Sur les dix personnes de la classe, quatre sont devenues astronautes. Si l'objectif était d'aller dans l'espace, c'était LA formation à suivre. De même, une étude révéla que plus le QI de votre meilleur ami était élevé à 11 ou 12 ans, plus votre QI serait élevé à 15 ans, même après un test des niveaux d'intelligence naturels. Nous absorbons les qualités et les pratiques de ceux qui nous entourent.

Une des choses les plus efficaces que vous puissiez faire pour créer de meilleures habitudes, c'est d'adopter une culture où votre comportement souhaité est le comportement normal. Les nouvelles habitudes semblent réalisables lorsque vous voyez les autres les appliquer tous les jours. Si vous êtes entouré(e) de personnes en forme, vous aurez plus de chances de considérer que le sport est une habitude courante. Si vous êtes entouré(e) d'amoureux du jazz, vous aurez plus de chances de croire qu'il est raisonnable de jouer du jazz tous les jours. Votre culture définit vos attentes sur ce qui est « normal ». Entourez-vous de personnes qui ont les habitudes que vous souhaitez avoir. Vous évoluerez ensemble.

Pour rendre vos habitudes encore plus attrayantes, vous pouvez aller plus loin dans cette stratégie.

Adoptez une culture où (1) votre comportement souhaité est le comportement normal et (2) vous avez déjà quelque chose en commun avec le groupe. Steve Kamb, un entrepreneur basé à New York, dirige la société Nerd Fitness, qui « aide les asociaux, les marginaux, les inadaptés et les laissés-pour-compte à perdre du poids, à reprendre confiance et à retrouver la santé ». Parmi ses clients, on compte des amateurs de jeux vidéo, des cinéphiles et des gens ordinaires, qui veulent reprendre leur vie en main. Beaucoup d'entre nous ne se sentent pas à leur place la première fois qu'ils vont à la salle de sport ou tentent de changer de régime. Mais si vous avez déjà un point commun avec les autres membres du groupe (par exemple, si vous appréciez comme eux *Star Wars*), le changement sera plus facile et attrayant, car il aura déjà été appliqué par des gens comme vous.

Rien ne soutient mieux la motivation que l'appartenance à une tribu. Cela transforme une quête personnelle en une quête collective. Au début vous êtes seul(e). Votre identité est singulière. Vous êtes un lecteur, un musicien, un athlète quelconque. Lorsque vous rejoignez un club de lecture, un groupe de musique ou un club de cyclistes, votre identité est liée à celle de votre entourage. L'évolution et le changement ne sont plus une quête individuelle. Vous adoptez le « nous ». L'identité collective renforce votre identité personnelle. Il est donc essentiel de rester dans un groupe après avoir atteint un objectif pour maintenir vos habitudes. C'est l'amitié et la communauté qui vous permettent d'ancrer une nouvelle identité et qui vous aident à maintenir vos nouveaux comportements sur le long terme.

2. Imiter la masse

Dans les années 1950, le psychologue Solomon Asch mena une série d'expériences qui sont maintenant enseignées à des milliers d'étudiants du premier cycle chaque année. Au début de chaque expérience, le sujet entrait dans une pièce avec un groupe d'étrangers. À leur insu, les autres participants étaient des acteurs désignés par le chercheur et chargés de fournir des réponses scénarisées à certaines questions.

On montrait au groupe une carte avec une ligne, puis une seconde carte avec une série de lignes. Chaque personne devait sélectionner sur la deuxième carte la ligne dont la longueur était similaire à celle de la première carte. La tâche semblait très simple. Voici un exemple de deux cartes utilisées dans l'expérience.

L'expérience commençait toujours de la même façon. Au début, il y avait des tests faciles où tout le monde était d'accord sur la bonne ligne. Après quelques séries de tests, les participants se voyaient proposer un test aussi évident que les précédents, à la différence que les acteurs présents choisissaient une réponse intentionnellement incorrecte. Par exemple, ils répondaient « A » à la comparaison illustrée dans la figure 10. Tout le monde convenait que les lignes étaient les mêmes, même si elles étaient clairement différentes.

SUIVRE LES NORMES SOCIALES

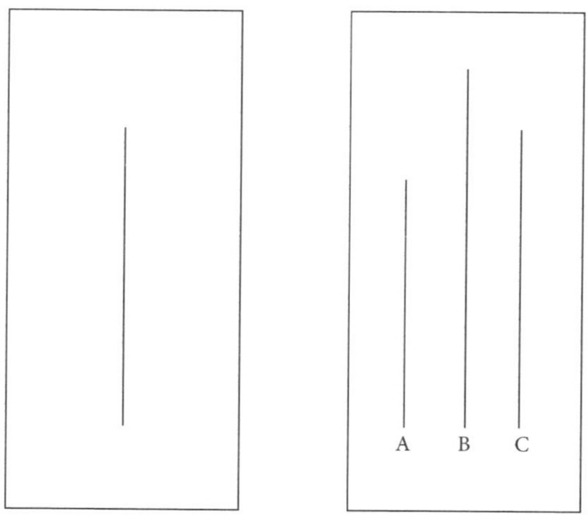

FIGURE 10 : Il s'agit d'une représentation de deux cartes utilisées par Solomon Asch dans ses célèbres expériences de conformité sociale. La longueur de la ligne sur la première carte (à gauche) est évidemment identique à celle de la ligne C, mais lorsqu'un groupe d'acteurs affirme que la longueur est différente, les sujets de la recherche changent souvent d'avis et suivent la masse au lieu de faire confiance à ce qu'ils voient de leurs propres yeux.

Les sujets, qui n'étaient pas au courant de la ruse, étaient immédiatement désorientés. Leurs yeux s'écarquillaient. Ils riaient nerveusement, regardaient les réactions des autres participants, s'agitaient de plus en plus, alors que, l'un après l'autre, chaque participant donnait la même réponse incorrecte. Les sujets commençaient alors à douter et répondaient finalement la réponse qu'ils considéraient intimement comme incorrecte.

Asch mena cette expérience plusieurs fois et de différentes manières. Il découvrit qu'à mesure que le nombre d'acteurs augmentait, la conformité de chaque sujet à l'opinion du groupe augmentait. S'il n'y avait que le sujet et un acteur dans la pièce, alors le choix de cet acteur n'avait aucun impact. Le sujet supposait simplement qu'il était avec un imbécile. Lorsque deux acteurs se trouvaient dans la pièce avec le sujet, l'impact était encore faible. Mais lorsque le nombre d'acteurs augmentait et passait de trois à quatre et jusqu'à huit, le sujet avait de plus en plus tendance à se poser des questions. À la fin de l'expérience, près de 75 % des sujets étaient d'accord avec la réponse du groupe, même si elle était manifestement incorrecte.

Chaque fois que nous ne savons pas comment agir, nous nous tournons vers le groupe pour guider notre comportement. Nous scrutons constamment notre environnement et nous nous demandons : « Que feraient tous les autres ? » Nous vérifions les avis sur Amazon, Yelp ou TripAdvisor, car nous voulons imiter les « meilleures » habitudes d'achat, de restauration et de voyage. C'est généralement une stratégie intelligente et les exemples sont nombreux.

Mais il peut y avoir un inconvénient.

Le comportement normal de la tribu l'emporte souvent sur le comportement souhaité de l'individu. Par exemple, une étude révéla que lorsqu'un chimpanzé, membre d'un groupe, découvre un moyen efficace de casser des noix et qu'il passe ensuite à un nouveau groupe utilisant une stratégie moins efficace, il évite d'utiliser sa méthode plus astucieuse pour casser les noix, simplement pour se fondre dans la masse et s'intégrer à son nouveau groupe.

Les humains ont des comportements semblables. Il y a une énorme pression interne pour se conformer aux normes du groupe. La récompense de l'acceptation est souvent plus grande que celle de gagner en cas de confrontation, d'avoir l'air intelligent ou de trouver la vérité. La plupart du temps, nous préférons avoir tort avec la foule plutôt que d'avoir raison seuls.

L'esprit humain sait comment s'adapter avec ses semblables. Il veut s'adapter à ses semblables : ce comportement est naturel. Vous pouvez contourner ce schéma, choisir d'ignorer le groupe ou de ne plus vous soucier de ce que les autres pensent, mais cela demande du travail. Aller à contre-courant de votre culture nécessite des efforts supplémentaires.

Changer vos habitudes signifie défier la tribu : le changement est peu attrayant. Quand le fait de changer vos habitudes signifie vous intégrer à la tribu, le changement est alors très attrayant.

3. Imiter les puissants

Partout dans le monde, chaque être humain recherche le pouvoir, le prestige et la renommée. Nous cherchons tous à obtenir des médailles ou récompenses. Nous voulons afficher les termes « président » ou « associé » dans nos fonctions. Nous voulons être connus, reconnus et félicités.

Cette tendance peut sembler vaine, mais d'une manière générale cela me semble être un choix judicieux. De tout temps, on a constaté qu'une personne jouissant de plus de pouvoir et de renommée avait accès à plus de ressources, se souciait moins de sa survie et s'avérait être un conjoint potentiel plus attirant.

Nous sommes attirés par les comportements qui nous inspirent respect, adhésion, admiration et renommée. Nous voulons être les meilleurs à la salle de sport, jouer les accords de musique les plus difficiles ou avoir les enfants les plus intelligents et épanouis qui soient, tout ça pour nous démarquer des autres. Une fois que nous sommes prêts, nous commençons à chercher des moyens de nous démarquer.

C'est l'une des raisons pour lesquelles nous sommes toujours à l'affût des habitudes des personnes très efficaces. Nous essayons de copier le comportement des personnes qui ont réussi parce que nous souhaitons nous-mêmes réussir. Beaucoup de nos habitudes quotidiennes sont des imitations de personnes que nous admirons. Vous reproduisez les stratégies marketing des entreprises les plus performantes de votre secteur. Vous faites une recette de votre pâtissier préféré. Vous empruntez les stratégies de narration de votre auteur préféré. Vous imitez le style de communication de votre patron. Nous imitons les gens que nous envions.

Les personnes de haut statut bénéficient de l'adhésion, du respect et des éloges des autres. Autrement dit, si un comportement nous inspire adhésion, respect et éloges, nous le trouvons attrayant.

Nous cherchons également à éviter les comportements susceptibles de nuire à notre statut. Nous taillons nos haies et tondons notre pelouse parce que nous ne voulons pas passer pour le fainéant du quartier. Lorsque notre mère vient nous rendre visite, nous nettoyons la maison, car nous ne voulons pas être jugés. Nous nous demandons sans cesse : « Que vont penser les autres de moi ? » Et modifions notre comportement en fonction de la réponse.

Les sœurs Polgar, les prodiges des échecs citées au début de ce chapitre, sont la preuve de l'impact puissant et durable que des influences sociales peuvent avoir sur notre comportement. Ces sœurs ont joué aux échecs plusieurs heures par jour et appliqué cette discipline remarquable pendant des décennies. Ces habitudes et comportements ont conservé leur attrait, en partie parce qu'ils étaient valorisés par leur culture. Les éloges de leurs parents et les différentes étapes franchies pour atteindre leur renommée les encourageaient fortement à poursuivre leurs efforts.

Résumé du chapitre

- La culture dans laquelle nous vivons détermine les comportements qui nous attirent.
- Nous avons tendance à adopter des habitudes qui sont louées et approuvées par notre culture parce que nous aspirons à nous intégrer et à appartenir à la tribu.
- Nous avons tendance à imiter les habitudes de trois groupes sociaux : les proches (famille et amis), la masse (la tribu) et les puissants (ceux qui ont la renommée et le prestige).
- Pour créer de meilleures habitudes efficacement, adoptez une culture dans laquelle (1) votre comportement souhaité est le comportement normal et (2) vous avez déjà quelque chose en commun avec le groupe.
- Le comportement normal de la tribu l'emporte souvent sur le comportement souhaité de l'individu. La plupart du temps, nous préférons avoir tort avec la foule que d'avoir raison seuls.
- Si un comportement peut nous apporter adhésion, respect et éloges de nos pairs, nous le trouvons attrayant.

10

Identifier les causes des mauvaises habitudes et y remédier

Fin 2012, je me trouvais dans un vieil appartement, non loin de la rue la plus célèbre d'Istanbul, Istiklal Caddesi. J'étais à mi-parcours d'un voyage de quatre jours en Turquie et mon guide, Mike, se reposait dans un fauteuil usé, à quelques mètres de moi.

Mike n'était pas vraiment un guide. C'était juste un gars du Maine qui vivait en Turquie depuis cinq ans, mais il m'a proposé de me faire visiter le pays et je l'ai suivi. Ce soir-là, j'avais été invité à dîner avec lui et quelques-uns de ses amis turcs.

Nous étions sept et j'étais le seul à ne pas fumer au moins un paquet de cigarettes par jour. J'ai demandé à l'un des Turcs comment il avait commencé à fumer. « En imitant des amis, m'a-t-il dit. Ça commence toujours comme ça. Un ami fume, alors tu essaies aussi. »

Ce qui était vraiment fascinant, c'est que la moitié des personnes présentes à cette soirée avait réussi à arrêter de fumer. Mike avait déjà cessé de fumer depuis quelques années, à ce moment-là, et il avait réussi à rompre avec cette habitude grâce à un livre intitulé *La Méthode simple pour en finir avec la cigarette* d'Allen Carr.

« Il m'a libéré du fardeau mental du tabagisme, a-t-il ajouté. Ce livre dit simplement : "Arrêtez de vous mentir. Vous savez que vous ne voulez pas vraiment fumer. Vous savez que cela ne vous plaît pas vraiment." Il m'a aidé à passer du statut de victime à celui d'acteur. J'ai réalisé que je n'avais pas besoin de fumer. »

Je n'avais jamais fumé mais, par la suite, j'ai parcouru le livre par curiosité. L'auteur utilise une stratégie intéressante pour aider les fumeurs à se débarrasser de leurs envies de fumer. Il redéfinit systématiquement chaque déclencheur lié au tabagisme et lui donne un nouveau sens.

Il dit par exemple :

- Vous pensez que vous arrêtez quelque chose, mais vous n'arrêtez rien, car les cigarettes ne vous apportent rien à la base.
- Vous pensez que fumer est un acte de sociabilité, mais c'est faux. Vous pouvez être sociable sans fumer.
- Vous pensez que fumer vous aide à réduire le stress, c'est faux. Fumer ne soulage pas vos nerfs, il les détruit.

Il répète continuellement des phrases comme celles-ci. « Que ce soit clair dans votre esprit, dit-il. Vous ne perdez rien, bien au contraire ! Vous y gagnez en santé, énergie et argent, mais aussi en confiance, estime de soi, liberté et, plus important encore, durée et qualité de vie future. »

Au moment où vous arrivez à la fin du livre, fumer vous semble être la chose la plus ridicule au monde. Et si vous ne considérez plus que fumer vous est profitable, vous n'avez aucune raison de continuer. C'est une inversion de la 2e loi du changement de comportement : rendez-le rebutant.

J'imagine que cette idée peut vous paraître trop simpliste : il suffit de changer d'avis pour arrêter de fumer. Mais permettez-moi d'insister... vous changerez sûrement d'avis !

D'où viennent les envies ?

Chaque comportement a deux facettes : en surface, l'envie, et en profondeur, la motivation sous-jacente. Par exemple, j'ai souvent envie de manger des tacos. Si vous me demandez pourquoi je veux manger des tacos, je ne vous répondrai pas : « Parce que j'ai besoin de nourriture pour survivre. » Mais la vérité, c'est que j'ai une raison de manger des tacos : je dois manger pour survivre. La motivation sous-jacente est d'obtenir de la nourriture et de l'eau, même si mon envie spécifique est de manger un taco.

Voici quelques exemples de motivations sous-jacentes[14] :

- Faire le plein d'énergie
- Se procurer de la nourriture et de l'eau
- Trouver l'amour et faire un enfant
- Communiquer et se lier aux autres
- Gagner l'acceptation et l'approbation de ses pairs
- Lever les doutes
- Atteindre un certain statut et la renommée.

Une envie est simplement une manifestation spécifique d'une motivation sous-jacente plus profonde. Votre cerveau n'a pas évolué avec le désir de fumer des cigarettes, de surfer sur Instagram ou de jouer à des jeux vidéo. À un niveau plus profond, vous voulez simplement vous débarrasser de vos

14. Cette liste n'est pas exhaustive. Je propose une liste plus complète et davantage d'exemples sur la façon de les appliquer dans un cadre professionnel sur la page : atomichabits.com/business.

incertitudes et soulager votre anxiété, gagner l'acceptation et l'approbation de vos pairs ou atteindre un certain statut social.

Observez les produits qui créent des habitudes et vous verrez qu'ils ne créent pas de nouvelle motivation, mais qu'ils renforcent plutôt les motivations sous-jacentes de la nature humaine.

- Trouver l'amour et faire un enfant = utiliser Tinder
- Communiquer et se lier aux autres = naviguer sur Facebook
- Gagner l'acceptation et l'approbation de ses pairs = avoir un compte Instagram
- Lever les doutes = effectuer des recherches sur Google
- Atteindre un certain statut et la renommée = jouer aux jeux vidéo.

Vos habitudes sont des réponses actuelles à des désirs anciens. De nouvelles versions d'anciens vices. Les motivations sous-jacentes du comportement humain restent les mêmes. Les habitudes spécifiques que nous appliquons diffèrent en fonction de la période de l'histoire.

Voici la partie la plus importante : il existe de nombreuses façons de traiter la même motivation sous-jacente. Une personne peut tenter de se débarrasser de son stress en fumant une cigarette. Une autre personne peut tenter de calmer son anxiété en faisant du jogging. Vos habitudes actuelles ne sont pas nécessairement le meilleur moyen de résoudre les problèmes auxquels vous êtes confronté(e) ; ce ne sont que les méthodes que vous avez appris à utiliser. Une fois que vous associez une solution au problème que vous devez résoudre, vous y revenez sans cesse.

Les habitudes reposent sur les associations. Ces associations déterminent si nous estimons qu'une habitude mérite d'être répétée ou non. Comme je l'ai expliqué dans la partie sur la 1re loi, votre cerveau absorbe continuellement des informations et remarque des déclencheurs dans l'environnement. Chaque fois que vous percevez un déclencheur, votre cerveau exécute une simulation et prévoit ce qu'il faut faire dans l'instant suivant.

Déclencheur : Vous remarquez que votre cuisinière est chaude.
Prévision : Si vous la touchez, vous allez vous brûler ; vous devez donc éviter de la toucher.

Déclencheur : Vous voyez que le feu de circulation passe au vert.
Prévision : Si j'accélère, je traverserai l'intersection en toute sécurité et me rapprocherai de ma destination. Je dois donc appuyer sur l'accélérateur.

Vous voyez un déclencheur, vous le classez en fonction de votre expérience passée et vous déterminez la réponse appropriée.

Tout cela se produit en une fraction de seconde, mais joue un rôle crucial dans vos habitudes, car chaque action est précédée d'une prévision. La vie est réactive, mais prédictive. Tout au long de la journée, vous déterminez au mieux votre comportement compte tenu de ce que vous venez de voir et de ce qui a fonctionné pour vous par le passé. Vous prévoyez continuellement ce qui se passera à l'instant suivant.

Notre comportement dépend principalement de ces prévisions. En d'autres termes, il dépend principalement de la manière dont nous interprétons les événements qui nous arrivent, pas nécessairement de la réalité objective des événements eux-mêmes. Deux personnes peuvent regarder la même cigarette et l'une ressent le besoin de fumer tandis que l'autre est révulsée par l'odeur. Le même déclencheur peut provoquer une bonne ou une mauvaise habitude en fonction de votre prévision. La cause de vos habitudes est en fait la prévision qui les précède.

Ces prévisions génèrent des sentiments, et c'est ainsi que nous décrivons généralement un état de manque, une sensation, un désir, une envie. Les sentiments et les émotions transforment les déclencheurs que nous percevons et les prévisions que nous émettons en signaux que nous pouvons mettre en application. Ils aident à expliquer ce que nous ressentons sur le moment. Par exemple, que vous en soyez conscient(e) ou non, vous sentez à quel point vous avez chaud ou froid sur le moment. Si la température baisse de 1 °C, vous ne ferez probablement rien. En revanche, si elle baisse de 10 °C, vous aurez froid et mettrez une couche de vêtements supplémentaire. La sensation de froid est le signal qui vous a incité(e) à agir. Vous détectez les déclencheurs en permanence, mais ce n'est que lorsque vous prévoyez que vous seriez mieux dans un état différent que vous agissez.

Une envie est un sentiment de manque. C'est le désir de changer votre état interne. Lorsque la température baisse, il y a une marge entre ce que votre corps ressent sur le moment et ce qu'il veut ressentir. Cette marge entre votre état réel et votre état souhaité vous fournit une raison d'agir.

Le désir est la différence entre ce que vous êtes maintenant et ce que vous voulez être dans le futur. Même la plus infime action s'appuie sur la motivation de changer ce que vous ressentez sur le moment. Lorsque vous mangez avec excès, allumez une cigarette ou surfez sur les réseaux sociaux, vous ne voulez pas spécifiquement manger des chips, fumer une cigarette ou « liker » des publications, vous cherchez juste à changer sur le moment.

Nos sentiments et nos émotions nous indiquent si nous devons rester dans notre état actuel ou apporter un changement. Ils nous aident à décider de la meilleure conduite à suivre. Des neurologues ont découvert que lorsque les émotions et les sentiments sont altérés, nous perdons notre capacité à prendre des décisions. Nous n'avons aucun signal sur ce qu'il faut continuer à faire et ce qu'il faut éviter. Comme l'explique le neuroscientifique Antonio Damasio : « C'est une émotion qui vous permet d'identifier le côté positif, négatif ou neutre des choses. »

Pour résumer, les envies spécifiques que vous ressentez et les habitudes que vous développez sont des outils qui vous permettent de tenter de répondre à vos motivations profondes. Chaque fois qu'une habitude répond avec succès à une motivation, vous développez le besoin de remettre en application cette habitude. Au fil du temps, vous apprenez à anticiper que les réseaux sociaux vous aident à vous sentir aimé(e) ou que regarder YouTube vous permet d'oublier vos peurs. Les habitudes sont attractives lorsque nous les associons à des sentiments positifs : utilisons ce raisonnement à notre avantage.

Comment reprogrammer votre cerveau pour qu'il apprécie les habitudes fastidieuses

Vous pouvez rendre les habitudes fastidieuses plus attrayantes si vous apprenez à les associer à une expérience positive. Il suffit parfois de voir les choses autrement. Par exemple, nous évoquons souvent tout ce que nous devons faire chaque jour. Vous devez vous lever tôt pour aller au travail. Vous devez passer des coups de téléphone pour prospecter des clients. Vous devez préparer le dîner pour votre famille.

Maintenant, imaginez que vous changiez juste un mot : vous ne « devez » pas le faire. Vous le « faites », tout simplement.

Vous vous réveillez tôt pour aller au travail. Vous passez des coups de téléphone pour prospecter des clients. Vous préparez le dîner pour votre famille. En changeant simplement un mot, vous modifiez votre point de vue sur chaque événement. Vous ne voyez plus ces événements comme des corvées, mais comme des choses que vous faites naturellement.

L'idée, c'est que les deux versions sont vraies : vous devez faire ces choses et vous allez également les faire. On trouve toujours une explication à son point de vue.

Un jour, j'ai entendu parler d'un homme qui était en fauteuil roulant. Lorsqu'on lui demandait si c'était difficile d'être bloqué dans son fauteuil, il répondait : « Mon fauteuil ne me bloque pas, au contraire, il me libère. S'il n'était pas là, je devrais rester couché dans mon lit et je ne quitterais jamais ma maison. » Ce changement de perspective a complètement transformé la façon dont il vivait chaque jour.

Redéfinir vos habitudes pour mettre en évidence leurs avantages plutôt que leurs inconvénients est un moyen rapide et libérateur de changer d'état d'esprit et de rendre une habitude plus attrayante.

Faire du sport. Des personnes associent le fait de faire du sport à une tâche difficile qui demande de l'énergie et vous épuise. Vous pouvez tout aussi bien y voir un moyen de développer vos compétences et de vous améliorer. Au lieu de vous dire : « Je dois aller courir le matin », dites-vous : « C'est le moment d'aller courir et d'améliorer mes performances. »

Finances. On associe bien souvent le fait d'économiser de l'argent à un sacrifice. Mais vous pouvez totalement inverser cette idée si vous vous rendez compte d'une évidence simple : vivre au-dessous de vos moyens actuels augmente vos moyens futurs. L'argent que vous épargnez ce mois-ci augmente votre pouvoir d'achat pour le mois suivant.

Méditation. Quiconque a essayé la méditation pendant plus de trois secondes sait à quel point il peut être frustrant de se voir rapidement envahir par une distraction. Vous pouvez transformer la frustration en plaisir lorsque vous réalisez que chaque interruption vous donne une chance de vous entraîner à reprendre votre souffle. La distraction est une bonne chose, car vous avez besoin de distractions pour pratiquer la méditation.

Stress avant un événement. Beaucoup de gens ont le trac avant de faire une grande présentation ou de participer à un événement important. Leur respiration s'accélère et un sentiment d'excitation les envahit. Si nous interprétons ces sentiments négativement, nous nous sentons menacés et nerveux. Si nous interprétons ces sentiments de manière positive, nous pourrons alors réagir avec tranquillité et facilité. Vous pouvez transformer « Je suis nerveux(se) » en « Je suis motivé(e) et je vais avoir une montée d'adrénaline pour m'aider à me concentrer sur ce que je dois faire ».

Ces petits changements d'état d'esprit ne sont pas magiques, mais ils peuvent aider à changer les sentiments que vous associez à une habitude ou à une situation particulière.

Si vous voulez aller plus loin, vous pouvez créer un rituel de motivation. Vous vous entraînez simplement à associer vos habitudes à quelque chose que vous appréciez. Vous pouvez ensuite utiliser ce déclencheur lorsque vous avez besoin d'un peu de motivation. Par exemple, si vous passez toujours la même chanson avant d'avoir des relations sexuelles, vous commencerez à associer cette musique à l'acte sexuel. Chaque fois que vous voulez vous mettre dans l'ambiance, écoutez simplement cette chanson.

Ed Latimore, boxeur et écrivain de Pittsburgh, a tiré profit d'une stratégie similaire sans le savoir. « Découverte étrange, a-t-il écrit. Ma concentration augmente simplement en mettant mon casque [d'écoute] pendant que j'écris. Je n'ai même pas besoin d'écouter de la musique. » Sans le savoir, il se mettait en condition. Au début, il mettait son casque, écoutait de la musique qu'il appréciait et se concentrait ainsi sur son travail d'écriture. Au bout de cinq, dix ou vingt fois, le fait de mettre son casque est devenu un déclencheur qu'il associait automatiquement à une concentration optimale sur son travail. L'envie d'écrire suivait naturellement.

Les athlètes utilisent des stratégies similaires pour se mettre en condition de compétition. Au cours de ma carrière de base-ball, j'ai développé un rituel spécifique d'étirements et de lancers de balle avant chaque match. La séquence entière durait environ dix minutes et je l'exécutais de la même manière à chaque fois. Outre l'échauffement physique qu'elle me procurait, elle m'apportait également une bonne préparation mentale pour le match. J'ai commencé à associer mon rituel d'avant-match à un sentiment de compétitivité et de concentration. Même si je n'étais pas motivé au préalable, au moment où j'avais terminé mon rituel, j'étais en « mode match ».

Vous pouvez adapter cette stratégie à quasiment tous vos objectifs. Dites-vous simplement que vous souhaitez vous sentir plus heureux(se) d'une manière générale. Trouvez quelque chose qui vous rend vraiment heureux(se), comme caresser votre chien ou prendre un bain moussant, puis créez une petite routine que vous effectuez à chaque fois avant de faire la chose que vous aimez. Par exemple, prenez trois profondes inspirations et souriez.

Prendre trois profondes inspirations. Sourire. Caresser le chien. Répéter le processus.

Vous finirez par associer cette routine « respirer et sourire » à un état de bonne humeur. Elle deviendra un élément déclencheur pour vous sentir heureux(se). Une fois mise en place, vous pourrez l'appliquer chaque fois que vous aurez besoin de changer votre état émotionnel. Vous êtes stressé(e) au travail ? Prenez trois profondes inspirations et souriez. Votre vie vous rend triste ? Prenez trois profondes inspirations et souriez. Une fois cette habitude bien ancrée, le déclencheur pourra provoquer un état d'envie de sourire, quelle que soit la situation de départ.

La clé pour trouver et remédier aux causes de vos mauvaises habitudes est de redéfinir leurs associations. Ce n'est pas évident, mais si vous pouvez redéfinir vos prévisions, vous pouvez transformer une habitude fastidieuse en habitude attrayante.

Résumé du chapitre

- L'inversion de la 2e loi du changement de comportement consiste à le rendre rebutant.
- Chaque comportement a deux facettes : en surface, l'envie, et en profondeur, la motivation sous-jacente.
- Vos habitudes sont des solutions actuelles à des désirs anciens.
- La cause de vos habitudes est en fait la prévision qui les précède. La prévision conduit à un sentiment.
- Mettez en avant les avantages liés au fait d'éviter une mauvaise habitude pour la rendre moins attrayante.

- Les habitudes sont attrayantes lorsque nous les associons à des sentiments positifs et peu attrayantes lorsque nous les associons à des sentiments négatifs. Créez un rituel de motivation en faisant quelque chose que vous aimez juste avant une habitude fastidieuse.

COMMENT CRÉER UNE BONNE HABITUDE

La 1re loi	L'évidence
1.1	Remplissez le Tableau de bord des habitudes. Écrivez vos habitudes actuelles pour en prendre conscience.
1.2	Utilisez la formule de l'intention de mise en place : « Je vais [COMPORTEMENT] à [MOMENT] dans [LIEU]. »
1.3	Utilisez la formule de superposition d'habitudes : « Après [HABITUDE ACTUELLE], je vais [NOUVELLE HABITUDE]. »
1.4	Réaménagez votre environnement. Rendez les déclencheurs de bonnes habitudes évidents et visibles.
La 2e loi	**L'attractivité**
2.1	Utilisez le regroupement des tentations. Associez une action que vous voulez faire à une action que vous devez faire.
2.2	Adoptez une culture dans laquelle votre comportement souhaité est un comportement normal.
2.3	Créez un rituel de motivation. Faites quelque chose que vous appréciez juste avant une habitude fastidieuse.
La 3e loi	**La facilité**
La 4e loi	**La satisfaction**

COMMENT BRISER UNE MAUVAISE HABITUDE

Inversion de la 1re loi	**L'invisibilité**
1.5	Réduisez l'exposition. Supprimez de votre environnement les déclencheurs de vos mauvaises habitudes.
Inversion de la 2e loi	**La non-attractivité**
2.4	Redéfinissez votre état d'esprit. Mettez en avant les avantages d'éviter vos mauvaises habitudes.
Inversion de la 3e loi	**La difficulté**
Inversion de la 4e loi	**L'insatisfaction**

La 3e loi

La facilité

11

Avancez lentement, mais sans revenir en arrière

Le premier jour de classe, Jerry Uelsmann, professeur à l'université de Floride, répartit ses étudiants en photographie argentique en deux groupes.

Tous les élèves du côté gauche de la classe appartenaient au groupe « Quantité ». Ils seraient notés uniquement en fonction de la quantité de travail produite. Le dernier jour de classe, il comptabiliserait le nombre de photos soumises par chaque élève. Cent photos donneraient la note A, quatre-vingt-dix photos donneraient la note B, quatre-vingts photos donneraient la note C, etc.

Quant aux élèves du côté droit de la salle, ils étaient affectés au groupe « Qualité » et seraient notés uniquement en fonction de l'excellence de leur travail. Ils n'auraient besoin que d'une photo au cours du semestre, mais pour obtenir un A, il faudrait que l'image soit presque parfaite.

À la fin de la période, il fut surpris de constater que toutes les meilleures photos avaient été créées par le groupe Quantité. Au cours du semestre, ces étudiants avaient pris beaucoup de photos, avaient expérimenté la composition et l'éclairage, avaient testé diverses méthodes dans la chambre noire et avaient tiré des leçons de leurs erreurs. En prenant des centaines de photos, ils avaient perfectionné leurs compétences. Pendant ce temps, le groupe Qualité misait sur la perfection. En fin de compte, ces élèves n'avaient pas grand-chose à exposer, excepté des théories non vérifiées et une photo plutôt médiocre[15].

Il est facile de s'empêtrer dans une recherche de conduite optimale à adopter : le moyen le plus rapide de perdre du poids, le meilleur programme pour développer sa musculature, l'idée parfaite pour développer un moyen astucieux de gagner de l'argent… Nous sommes tellement concentrés sur la meilleure approche à adopter que nous n'agissons jamais. Comme l'écrivit Voltaire : « Le mieux est l'ennemi du bien. »

J'appelle cela la différence entre être en mouvement et être dans l'action. Les deux idées semblent similaires, mais elles ne le sont pas. Lorsque vous êtes en mouvement, vous planifiez, développez des stratégies et apprenez. Ce sont toutes de bonnes choses, mais elles ne produisent pas de résultats.

En revanche, l'action est le type de comportement qui produira un résultat. Si je présente vingt idées d'articles que je veux écrire, je suis en *mouvement*. Si je m'assieds et j'écris un article, je suis dans l'*action*. Si je recherche un meilleur régime alimentaire et lis quelques livres sur le sujet, je suis en *mouvement*. Si je mange réellement un repas sain, je suis dans l'*action*.

Parfois, le *mouvement* est utile, mais il ne produira jamais de résultats en soi. Peu importe le nombre de fois où vous allez parler à votre coach personnel, ce *mouvement* ne

15. Une anecdote similaire est rapportée dans le livre *Art & Fear* de David Bayles et Ted Orland. Elle a été adaptée ici sur leur autorisation. Voir les notes en fin d'ouvrage pour une explication complète.

vous mettra jamais en forme. Seul le travail d'entraînement permettra d'obtenir le résultat escompté.

Si le mouvement ne donne pas de résultats, pourquoi le faisons-nous ? Parfois, nous le faisons parce que nous devons planifier ou en apprendre davantage sur un sujet. Mais le plus souvent, nous le faisons parce que le mouvement nous permet de sentir que nous progressons sans courir le risque d'un échec. Nous sommes pour la plupart experts en esquive des critiques. Nous supportons difficilement d'échouer ou d'être jugés publiquement. Nous avons donc tendance à éviter les situations où cela pourrait se produire. Et c'est la principale raison pour laquelle vous vous mettez en mouvement plutôt que de passer à l'action : vous voulez retarder l'échec.

Il est facile d'être en mouvement et de se convaincre qu'on fait toujours des progrès. Vous pensez : « Je mène actuellement des négociations avec quatre clients potentiels. C'est plutôt positif. Nous allons dans la bonne direction. » Ou : « J'ai réfléchi à quelques idées pour le livre que je veux écrire. Les choses prennent forme. »

Le mouvement vous donne l'impression de faire avancer les choses. Mais en réalité, vous vous préparez à faire quelque chose. Lorsque la préparation devient une forme de procrastination, vous devez changer quelque chose. Vous ne devez pas simplement planifier. Vous devez mettre en pratique.

Si vous voulez maîtriser une habitude, la clé est de commencer par la répétition, et non par la perfection. Vous n'avez pas besoin de définir toutes les caractéristiques d'une nouvelle habitude. Vous avez juste besoin de la mettre en pratique. C'est la première version de la 3e loi : la répétition.

Combien de temps faut-il pour créer une nouvelle habitude ?

La formation d'une habitude est le processus par lequel un comportement devient de plus en plus automatique par la répétition. Plus vous répétez une activité, plus la structure de votre cerveau se modifie pour devenir de plus en plus efficace dans cette activité. Les neuroscientifiques appellent cela la potentialisation à long terme, qui fait référence au renforcement des connexions entre les neurones du cerveau sur la base de modèles d'activité récents. À chaque répétition, la signalisation d'une cellule à l'autre s'améliore et les connexions neuronales se resserrent. Décrit pour la première fois par le neuropsychologue Donald Hebb en 1949, ce phénomène est connu sous le nom de loi de Hebb : « Les neurones stimulés en même temps sont liés. »

Répéter une habitude entraîne des changements physiques évidents dans le cerveau. Chez les musiciens, le cervelet (essentiel pour les mouvements physiques, comme gratter une corde de guitare ou manipuler un archet de violon) est plus gros que chez les non-musiciens. Les mathématiciens, quant à eux, ont plus de matière grise dans le lobule pariétal inférieur, qui joue un rôle clé dans le calcul. Sa taille est directement corrélée au temps consacré à la discipline ; plus le mathématicien est âgé et expérimenté, plus la matière grise augmente.

Lorsque des scientifiques ont analysé le cerveau des chauffeurs de taxi à Londres, ils ont constaté que l'hippocampe, une région du cerveau impliquée dans la mémoire spatiale, était considérablement plus volumineux chez leurs sujets que chez les non-chauffeurs de taxi. Plus étonnant encore, la taille de l'hippocampe diminuait lorsque le chauffeur de taxi prenait sa retraite. Tout comme les muscles du corps réagissent à la musculation, certaines régions du cerveau s'adaptent à mesure qu'elles sont sollicitées et s'atrophient lorsqu'elles ne sont plus mobilisées.

Bien sûr, l'importance de la répétition dans la mise en place des habitudes a été reconnue bien avant que les neuroscientifiques ne commencent à faire des recherches. En 1860, le philosophe anglais George H. Lewes indiquait : « En apprenant à parler une nouvelle langue, à jouer d'un instrument de musique ou à effectuer des mouvements inhabituels, on éprouve de grandes difficultés, car les canaux par lesquels chaque sensation doit passer ne sont pas encore mis en place. Mais à peine les répétitions fréquentes ont-elles débuté que ces difficultés disparaissent ; les actions deviennent tellement automatiques qu'elles peuvent être exécutées alors que l'esprit est ailleurs. » Le bon sens et les preuves scientifiques s'accordent sur ce point : la répétition est une forme de changement.

Chaque fois que vous répétez une action, vous activez un circuit neuronal particulier associé à cette habitude. Cela signifie que la simple intégration de vos répétitions est l'une des étapes les plus critiques pour codifier une nouvelle habitude. Ainsi, dans l'exemple cité précédemment, les étudiants qui avaient pris des centaines de photos ont amélioré leurs compétences, contrairement à ceux qui ont simplement théorisé sur des photos parfaites. Un groupe s'est engagé dans la pratique active, l'autre dans l'apprentissage passif. L'un était dans l'action, l'autre était en mouvement.

Toutes les habitudes suivent une trajectoire similaire, de la pratique assidue au comportement automatique, un processus qu'on appelle l'automaticité. L'automaticité est la capacité à adopter un comportement sans penser à chaque étape, ce qui se produit lorsque l'inconscient prend le relais.

Cela ressemble à quelque chose comme ça :

LIGNE DE L'HABITUDE

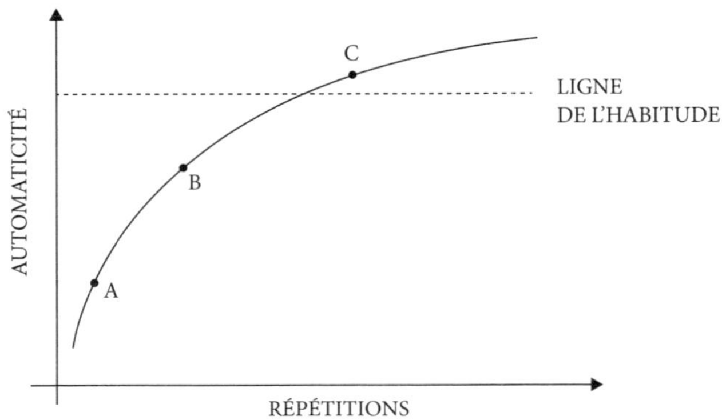

FIGURE 11 : Au début (point A), une habitude nécessite beaucoup d'efforts et de concentration pour être efficace. Après quelques répétitions (point B), elle devient plus facile, mais requiert toujours une attention consciente. Avec suffisamment de pratique (point C), l'habitude devient plus automatique que consciente. Au-delà de ce seuil, le comportement (la ligne de l'habitude) peut s'exécuter plus ou moins sans réfléchir. Une nouvelle habitude vient d'être créée.

Sur la page suivante, vous verrez comment les chercheurs suivent le niveau d'automaticité pour une habitude réelle, comme marcher dix minutes chaque jour. La forme de ces graphiques, que les scientifiques appellent des courbes d'apprentissage, révèle une vérité importante sur le changement de comportement : les habitudes se forment en fonction de la fréquence et non du temps.

L'une des questions les plus fréquentes que j'entends est la suivante : « Combien de temps faut-il pour créer une nouvelle habitude ? » Mais ce que les gens devraient

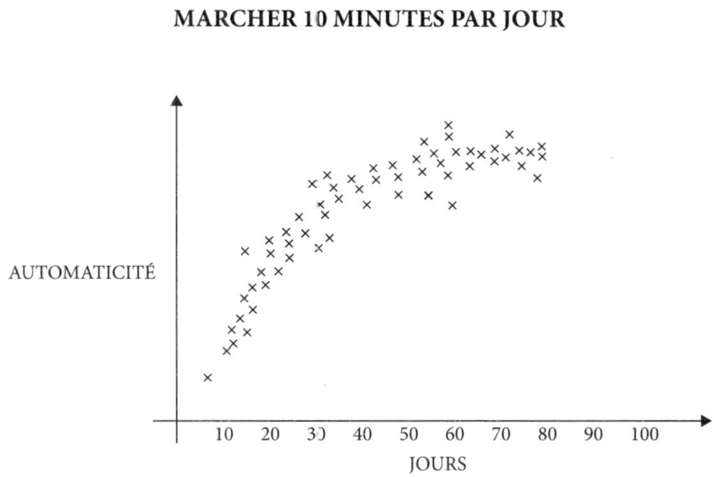

FIGURE 12 : Ce graphique illustre le processus quotidien d'une personne qui a l'habitude de marcher dix minutes après le petit déjeuner. Notez que plus le nombre de répétitions augmente, plus l'automaticité augmente, jusqu'à ce que le comportement soit aussi simple et automatique que possible.

véritablement se demander, c'est : « Combien de répétitions faut-il pour créer une nouvelle habitude ? »

Il n'y a pas de formule magique pour calculer le temps nécessaire à la formation des habitudes. Peu importe que vous mettiez vingt et un, trente ou cent jours à l'adopter. Ce qui compte, c'est la vitesse à laquelle vous mettez en pratique votre comportement. Vous pouvez faire quelque chose deux fois en trente jours ou deux cents fois. C'est la fréquence qui fait la différence. Vos habitudes actuelles ont été intériorisées au cours de centaines, voire de milliers de répétitions. Les nouvelles habitudes exigent le même niveau de fréquence. Vous devez enchaîner suffisamment de tentatives réussies jusqu'à ce que le comportement soit bien ancré dans votre esprit et que vous franchissiez la ligne de l'habitude.

En pratique, peu importe le temps qu'il faut à une habitude pour devenir automatique. Ce qui compte, c'est que vous preniez les mesures nécessaires pour progresser. Le fait qu'une action soit entièrement automatique reste secondaire.

Pour créer une habitude, vous devez la mettre en pratique. Le moyen le plus efficace pour cela est de respecter la 3e loi du changement de comportement : facilitez-vous la vie. Les chapitres suivants vous montreront comment faire.

Résumé du chapitre

- La 3e loi du changement de comportement est la facilité.
- La forme d'apprentissage la plus efficace est la pratique, pas la planification.
- Concentrez-vous sur l'action, et non sur le mouvement.
- La formation d'habitudes est le processus par lequel un comportement devient de plus en plus automatique par la répétition.
- La durée pendant laquelle vous avez mis en pratique une habitude n'est pas aussi importante que le nombre de fois où vous l'avez mise en pratique.

12

La loi du moindre effort

L'anthropologue et biologiste Jared Diamond, dans son livre primé intitulé *Guns, Germs, and Steel*, met en avant un fait simple : différents continents ont différentes formes. À première vue, cette affirmation semble assez évidente et sans importance, mais il s'avère qu'elle a un impact considérable sur le comportement humain.

L'axe principal des Amériques s'étend du nord au sud. Autrement dit, la masse continentale de l'Amérique du Nord et du Sud a tendance à être longue et étroite plutôt que vaste et large. La même chose s'applique d'une manière générale à l'Afrique. Alors que la masse continentale qui compose l'Europe, l'Asie et le Moyen-Orient est l'inverse. Cette étendue de terre massive a tendance à s'étendre d'est en ouest. Selon Diamond, cette différence de forme joua un rôle majeur dans le développement de l'agriculture au fil des siècles.

Lorsque l'agriculture se répandit dans le monde entier, les agriculteurs eurent plus de facilité à conquérir les espaces d'est en ouest que ceux orientés du nord au sud. Cela s'explique par le fait que les sites situés à la même latitude partagent généralement des climats, des niveaux d'ensoleillement et de précipitations, ainsi que des changements de saison similaires. Ces facteurs permirent aux agriculteurs d'Europe et d'Asie de domestiquer des cultures et de les cultiver sur l'ensemble du territoire, de la France à la Chine.

En comparaison, le climat varie énormément lorsque vous voyagez du nord au sud. Imaginez à quel point le temps est différent en Floride par rapport au Canada. Vous aurez beau être l'agriculteur le plus talentueux au monde, cela ne vous aidera pas à cultiver des oranges de Floride pendant

LA FORME DU COMPORTEMENT HUMAIN

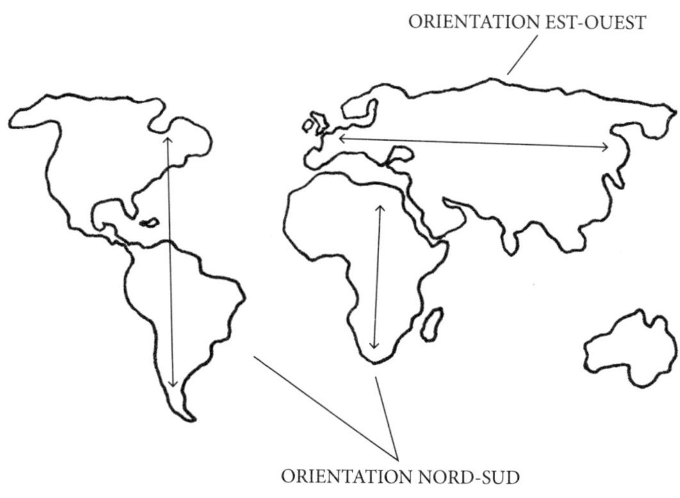

FIGURE 13 : L'axe principal de l'Europe et de l'Asie s'étend d'est en ouest. L'axe principal des Amériques et de l'Afrique s'étend du nord au sud. Cette orientation génère un éventail de climats plus variés en Amérique qu'en Europe et en Asie. En conséquence, l'agriculture s'est répandue presque deux fois plus vite en Europe et en Asie qu'ailleurs. Pendant des centaines, voire des milliers d'années, le comportement des agriculteurs fut conditionné par les contraintes environnementales.

l'hiver canadien. La neige n'est pas un très bon engrais. Afin de répartir les cultures entre le nord et le sud, les agriculteurs ont dû trouver et domestiquer de nouvelles plantes en fonction des changements climatiques.

Ainsi, l'agriculture s'est répandue deux à trois fois plus rapidement en Asie et en Europe qu'en Amérique. Au fil des siècles, cette petite différence eut un impact considérable. L'augmentation de la production alimentaire permit une croissance plus rapide de la population. Grâce à l'accroissement de la population, le développement de cultures permit de créer des armées plus fortes et de déployer de nouvelles technologies. Les changements furent modestes au début, mais ils permirent au final d'obtenir des résultats remarquables.

Le développement de l'agriculture offre un exemple de la 3e loi du changement de comportement à l'échelle mondiale. Selon la sagesse populaire, la motivation est la clé du changement d'habitude : quand on veut, on peut. Mais en réalité, nous sommes généralement partisans du moindre effort et nous choisissons de faire ce qui nous arrange. Et contrairement à ce qu'affirme le dernier best-seller traitant de la productivité, cette stratégie est judicieuse.

L'énergie est précieuse et le cerveau est programmé pour l'économiser autant que possible. Il est dans la nature humaine de suivre la loi du moindre effort : au moment de choisir entre deux options similaires, on choisit naturellement l'option qui nécessite le moins de travail[16]. Par exemple, vous

16. Il s'agit d'un principe fondamental en physique, qui l'appelle le principe de moindre action. Il indique que le chemin parcouru entre deux points quelconques sera toujours le chemin nécessitant le moins d'énergie. C'est sur ce principe que s'appuient les lois de l'Univers. À partir de cette idée, vous pouvez décrire les lois du mouvement et de la relativité.

agrandissez votre ferme vers l'est, où vous pouvez cultiver les mêmes cultures, plutôt que vers le nord, où le climat est différent. Parmi toutes les actions qui s'offrent à nous, nous choisissons toujours celle qui demande le moins d'efforts et nous rapporte le plus. Nous allons toujours vers la facilité.

Chaque action nécessite une certaine quantité d'énergie. Plus l'énergie requise est importante, moins l'action est susceptible de se produire. Si votre objectif est de faire cent pompes par jour, cela vous demandera beaucoup d'énergie ! Au début, motivé et enthousiaste, vous pouvez rassembler les forces nécessaires pour commencer. Mais au bout de quelques jours, un tel effort devient épuisant. Alors que prendre l'habitude de faire une pompe par jour ne nécessite presque pas d'énergie pour débuter. Et moins une habitude a besoin d'énergie, plus elle est susceptible d'être appliquée.

Examinez tous les comportements qui occupent une grande partie de votre vie et vous verrez qu'ils peuvent être réalisés avec une motivation très faible. Les habitudes comme consulter nos téléphones, nos e-mails et regarder la télévision peuvent être effectuées presque sans effort et nous font donc perdre beaucoup de temps… Elles sont extrêmement pratiques !

Dans un sens, chaque habitude n'est qu'un obstacle pour obtenir ce que vous voulez vraiment. Les régimes amaigrissants sont un obstacle à la remise en forme. La méditation est un obstacle au calme. La tenue d'un journal est un obstacle à la réflexion claire. Vous ne voulez pas réellement l'habitude elle-même. Ce que vous voulez vraiment, c'est le résultat obtenu par l'habitude. Plus l'obstacle est grand, c'est-à-dire plus l'habitude est difficile, plus il y a un décalage entre votre état actuel et l'état final que vous souhaitez. Il est donc important de simplifier vos habitudes et de les modifier même lorsque vous n'en avez pas envie. Si vous pouvez rendre vos bonnes habitudes plus pratiques, vous aurez plus de chances de les suivre.

Mais qu'en est-il de tous les moments où nous semblons faire le contraire ? Si nous sommes tous si paresseux, comment expliquez-vous le fait que des gens accomplissent des tâches difficiles, comme élever un enfant, créer une entreprise ou escalader l'Everest ?

Certes, vous êtes capable de faire des choses très difficiles. Le problème, c'est que certains jours, on a envie de travailler dur, et d'autres, on a envie de se détendre. Les jours difficiles, il est capital d'avoir le plus de choses possible allant dans votre sens pour pouvoir surmonter les défis que la vie vous envoie naturellement. Moins vous affrontez de difficultés, plus il est facile pour votre moi intérieur d'émerger. L'idée derrière la facilité n'est pas de faire uniquement des choses faciles. L'idée est de faciliter au maximum les choses qui sont bénéfiques à long terme.

Comment obtenir plus en déployant moins d'efforts

Imaginez que vous teniez un tuyau d'arrosage plié au milieu. Une partie de l'eau peut s'écouler, mais pas beaucoup. Si vous souhaitez augmenter la vitesse à laquelle l'eau s'écoule à travers le tuyau, vous avez deux options. La première consiste à augmenter le débit au niveau du robinet. La seconde consiste simplement à supprimer le coude du tuyau et à laisser l'eau couler naturellement.

Vous motiver pour maintenir une habitude difficile, c'est comme essayer de forcer l'eau à s'écouler à travers un tuyau plié. Vous pouvez le faire, mais cela demande beaucoup d'efforts et vous met davantage sous pression. D'un autre côté, rendre vos habitudes simples et faciles revient à enlever le coude du tuyau. Plutôt que d'essayer de surmonter les difficultés dans votre vie, vous les réduisez.

L'un des moyens les plus efficaces de réduire les difficultés liées à vos habitudes est de mettre en place la technique de réaménagement de l'environnement. Au chapitre 6, nous avons présenté cette méthode permettant de rendre les déclencheurs plus évidents, mais vous pouvez également optimiser votre environnement pour faciliter les actions. Par exemple, lorsque vous décidez quand appliquer une nouvelle habitude, il est préférable de choisir un endroit/moment qui se trouve déjà dans le processus de votre routine quotidienne. Les habitudes sont plus faciles à construire quand elles s'intègrent dans le cours de votre vie. Vous êtes plus susceptible d'aller à la salle de sport si elle se trouve sur le chemin du travail, car vous y arrêter ne perturbera pas beaucoup votre vie quotidienne. À titre de comparaison, si la salle de sport n'est pas à proximité de votre itinéraire habituel (même de quelques pâtés de maisons), « vous vous écartez de votre chemin » pour vous y rendre.

Il est peut-être encore plus efficace de limiter les difficultés au sein de votre maison ou de votre bureau. Trop souvent, nous essayons de créer des habitudes dans des environnements très difficiles. Nous essayons de suivre un régime strict pendant que nous dînons avec des amis. Nous essayons d'écrire un livre dans le brouhaha de la maison. Nous essayons de nous concentrer en utilisant un smartphone rempli de distractions. Il faut changer de méthode. Il est possible de supprimer les éléments perturbants. C'est précisément ce que les fabricants japonais de produits électroniques ont fait dans les années 1970.

Dans un article publié dans le *New Yorker* intitulé « Better all the time », James Surowiecki écrit :

« Les entreprises japonaises ont mis l'accent sur ce qu'on appelle "la production au plus juste", cherchant ainsi à éliminer tous les types de déchets du processus de production, jusqu'à restructurer les espaces de travail, afin que les ouvriers n'aient pas à perdre du temps à se tourner pour atteindre leurs outils. Le résultat : les usines japonaises étaient plus rentables et les produits japonais plus fiables que ne l'étaient les américains. En 1974, les appels pour pannes des téléviseurs couleur de fabrication américaine étaient cinq fois plus fréquents que pour les téléviseurs japonais. En 1979, il fallait trois fois plus de temps aux ouvriers américains pour assembler leurs produits. »

J'aime qualifier cette stratégie d'addition par soustraction[17]. Les entreprises japonaises ont débusqué chaque obstacle dans le processus de fabrication et l'ont éliminé. En soustrayant les efforts inutiles, elles ont gagné des clients et des revenus. De même, lorsque nous éliminons les obstacles qui nous font perdre du temps et de l'énergie, nous pouvons obtenir plus avec moins d'efforts. C'est l'une des raisons pour lesquelles remettre les choses en ordre peut être bénéfique : nous avançons simultanément et allégeons la charge cognitive que notre environnement nous impose.

Si vous examinez les éléments qui créent le plus d'habitudes, vous remarquerez que l'un des avantages de ces produits et services est d'éliminer les obstacles de votre vie. Les services de livraison de repas vous évitent d'aller au magasin faire vos achats. Les applications de rencontres facilitent

17. L'addition par soustraction est également mise en application par les équipes et les entreprises pour écarter des personnes d'un groupe afin de renforcer l'équipe dans son ensemble.

votre vie sociale. Les services de covoiturage facilitent vos déplacements. Les SMS vous évitent d'envoyer des courriers par la poste.

À l'instar d'un fabricant de télévisions japonais qui redéfinit son espace de travail pour limiter les mouvements inutiles, les entreprises performantes conçoivent leurs produits de manière à automatiser, éliminer ou simplifier le plus grand nombre d'étapes possible. Elles réduisent le nombre de champs sur chaque formulaire. Elles réduisent le nombre de clics nécessaires pour créer un compte. Elles livrent leurs produits avec des instructions faciles à comprendre ou demandent à leurs clients de faire moins de choix.

Quand les premiers haut-parleurs activés par la voix ont été lancés (Google Home, Amazon Echo et Apple HomePod), j'ai demandé à un ami ce qui lui avait plu dans le produit qu'il avait acheté. Il m'a dit qu'il était simplement plus facile de dire « Passe de la musique country » que de sortir son téléphone, d'ouvrir l'application de musique et de choisir une liste de lecture. Bien sûr, quelques années plus tôt, avoir un accès illimité à la musique dans sa poche était une révolution par rapport au fait d'aller dans un magasin et d'acheter un CD. Dans le monde des affaires, on recherche toujours à obtenir les mêmes résultats plus facilement.

Les gouvernements ont utilisé efficacement des stratégies similaires. Lorsque le gouvernement britannique a voulu augmenter les taux de recouvrement des impôts, il est passé du renvoi des citoyens vers une page Web permettant de télécharger le formulaire d'impôt à l'envoi d'un lien direct vers le formulaire. En éliminant cette étape du processus, le taux de réponse est passé de 19,2 % à 23,4 %. Pour un pays comme le Royaume-Uni, ces points de pourcentage représentent des millions de livres en recettes fiscales.

L'idée est de créer un environnement où il est aussi facile que possible de faire ce qui est juste. La mise en place de meilleures habitudes repose en grande partie sur la recherche de moyens permettant de limiter les difficultés liées à nos bonnes habitudes et d'augmenter celles associées à nos mauvaises habitudes.

Préparer l'environnement pour une utilisation future

Oswald Nuckols est développeur informatique à Natchez, dans le Mississippi. Il a bien compris le potentiel qu'offrait la préparation de son environnement.

Nuckols a défini ses habitudes de nettoyage en suivant une stratégie qu'il appelle la « réinitialisation de la pièce ». Par exemple, quand il a fini de regarder la télévision, il remet la télécommande sur le meuble télé, remet en place les coussins sur le canapé et plie la couverture. Quand il sort de sa voiture, il jette les détritus qui s'y trouvent. Chaque fois qu'il prend une douche, il nettoie les toilettes pendant que l'eau de la douche se réchauffe. Comme il le note : « De toute façon, le moment idéal pour nettoyer les toilettes, c'est juste avant de prendre sa douche. ») Le but de réinitialiser chaque pièce n'est pas simplement de nettoyer après la dernière action, mais de se préparer à l'action suivante.

« Quand j'entre dans une pièce, tout est à sa place, écrit Nuckols. Comme je le fais tous les jours dans chaque pièce, les choses restent toujours en ordre… Les gens pensent que je déploie des efforts colossaux, mais je suis vraiment très paresseux : je suis paresseux de manière proactive. Cela me permet de gagner un temps fou. »

Chaque fois que vous organisez un espace pour son usage prévu, vous le préparez afin de faciliter l'action suivante. Par exemple, ma femme garde une boîte de cartes de vœux triées par occasion : anniversaires, condoléances, mariages, remises des diplômes, etc. Chaque fois qu'elle en a l'occasion, elle prend une carte adaptée à l'événement et l'envoie. Elle n'oublie jamais d'envoyer des cartes de vœux, car elle trouve cette activité agréable. Pendant des années, j'avais un comportement totalement opposé. Quelqu'un avait un bébé et je me disais : « Je devrais envoyer une carte de félicitations. » Mais les semaines passaient et, au moment où je me souvenais d'acheter une carte au magasin, il était trop tard. Il m'était difficile de prendre cette habitude.

Il existe de nombreuses façons d'améliorer votre environnement afin qu'il soit prêt pour une utilisation immédiate. Si vous souhaitez préparer un petit déjeuner équilibré, la veille au soir, placez la poêle sur la cuisinière, posez vos ingrédients sur le comptoir et disposez les assiettes et les ustensiles dont vous aurez besoin. À votre réveil, ce sera facile de préparer le petit déjeuner.

- Vous souhaitez dessiner davantage ? Placez vos crayons, stylos et cahiers sur votre bureau, à portée de main.
- Vous souhaitez faire du sport ? Préparez votre tenue, vos chaussures, votre sac de sport et votre bouteille d'eau à l'avance.
- Vous souhaitez améliorer votre régime alimentaire ? Découpez une tonne de fruits et de légumes le week-end et mettez-les dans des contenants pour vous permettre d'accéder facilement à des plats sains et prêts à manger pendant la semaine.

Ce sont des moyens simples de suivre facilement de bonnes habitudes.

Vous pouvez également inverser ce principe et préparer l'environnement de telle façon que les mauvais comportements y seront plus difficiles. Si, par exemple, vous regardez trop la télévision, débranchez-la après chaque utilisation. Rebranchez-la uniquement si vous pouvez prononcer à haute voix le nom de l'émission que vous souhaitez regarder. Cette configuration crée suffisamment de contraintes pour vous empêcher de regarder la télévision sans réfléchir.

Si cela ne fonctionne pas, vous pouvez aller plus loin. Débranchez la télévision et retirez les piles de la télécommande après chaque utilisation. Il vous faudra donc dix secondes supplémentaires pour la rallumer. Et si vous voulez vraiment vous rajouter une difficulté supplémentaire, placez la télévision dans un placard après chaque utilisation. Vous pouvez être sûr(e) que vous ne la sortirez que quand vous souhaiterez vraiment regarder un programme précis. Plus la contrainte est importante, moins l'habitude se crée.

Chaque fois que je peux, je laisse mon téléphone dans une pièce différente jusqu'au déjeuner. Quand il est juste à côté de moi, je le consulte toute la matinée sans raison particulière. Mais quand il se trouve dans une autre pièce, j'y pense rarement. Et la contrainte est suffisamment importante pour que je n'aille pas le consulter sans raison. En conséquence, je dispose de trois à quatre heures chaque matin pour pouvoir travailler sans interruption.

Si placer votre téléphone dans une autre pièce ne vous semble pas suffisant, demandez à un ami ou à un membre de votre famille de vous le cacher pendant quelques heures. Demandez à un collègue de le garder dans son bureau le matin et de vous le rendre au déjeuner.

Il est étonnant de constater le peu de contraintes nécessaires pour éviter les comportements indésirables. Quand je cache des bouteilles de bière au fond du réfrigérateur, à un emplacement où je ne peux pas les voir, j'en bois moins. Quand je supprime des applications de réseaux sociaux de mon téléphone, des semaines peuvent se passer avant que je les télécharge à nouveau et que je me connecte. Ces astuces ne risquent pas de freiner une véritable dépendance, mais, pour beaucoup d'entre nous, de légères contraintes peuvent nous inciter à suivre une bonne ou une mauvaise habitude. Imaginez l'impact cumulatif de la réalisation de dizaines de ces changements et de vivre dans un environnement conçu pour faciliter les bons comportements et contrer les mauvais.

Que nous abordions le changement de comportement en tant qu'individu, parent, coach ou leader, nous devons nous poser la même question : « Comment pouvons-nous concevoir un monde dans lequel il est facile de faire ce qui est juste ? » Restructurez votre vie de façon que les actions qui comptent le plus soient également les plus faciles à appliquer.

Résumé du chapitre

- Le comportement humain suit la loi du moindre effort. Nous nous tournons naturellement vers l'option qui nécessite le moins d'efforts possible.
- Créez un environnement où il est aussi facile que possible de faire ce qui est bien.
- Limitez les contraintes associées aux bons comportements. Lorsque les contraintes sont faibles, les habitudes sont faciles à prendre.
- Augmentez les contraintes associées aux mauvais comportements. Lorsque les contraintes sont fortes, les habitudes sont difficiles à prendre.
- Préparez votre environnement pour faciliter les actions futures.

13

Cessez de procrastiner en adoptant la règle des deux minutes

Twyla Tharp est largement considérée comme l'une des plus grandes danseuses et chorégraphes de l'ère moderne. En 1992, elle se vit décerner une bourse MacArthur, souvent appelée la bourse du Génie, et elle consacra l'essentiel de sa carrière à parcourir le monde pour interpréter ses œuvres originales. Elle attribue une grande partie de son succès à de simples habitudes quotidiennes.

« J'entame chaque jour de ma vie par un rituel, écrit-elle. Je me réveille à 5 h 30, je mets ma tenue de sport, mes jambières, mon sweat-shirt et mon chapeau. Je sors de mon domicile à Manhattan, j'appelle un taxi et je demande au chauffeur de m'emmener à la salle de sport Pumping Iron, située à l'intersection de la 91e Rue et de la 1re Avenue, où je m'entraîne pendant deux heures. Le rituel n'est pas l'étirement et la musculation auxquels je me soumets chaque matin à la salle, mais le taxi. Au moment où je donne l'adresse au chauffeur, j'ai terminé le rituel. C'est un acte simple, mais le répéter à l'identique chaque matin en fait une habitude, le rend répétable, facile à accomplir. Cela limite le risque que je l'oublie ou que je le fasse différemment. C'est un élément de plus dans mon arsenal de routines, et une chose de moins à laquelle penser. »

Prendre un taxi chaque matin peut sembler une action insignifiante, mais c'est un parfait exemple de la 3e loi du changement de comportement.

Les chercheurs estiment que 40 à 50 % de nos actions quotidiennes sont faites par habitude. Ce pourcentage est déjà considérable, mais la véritable influence de vos habitudes est encore plus vaste. Les habitudes sont des choix automatiques qui influencent les décisions conscientes qui suivent. Oui, une habitude peut être exécutée en quelques secondes seulement, mais elle peut également influencer les actions que vous effectuez des minutes ou des heures plus tard.

Les habitudes sont comme la bretelle d'entrée sur une autoroute. Elles vous mènent sur un chemin et, avant de vous en rendre compte, vous accélérez vers l'action suivante. Il paraît plus facile de continuer ce que vous faites déjà que de commencer à faire quelque chose de différent. Vous regardez un mauvais film pendant deux heures. Vous continuez à grignoter même si vous n'avez plus faim. Vous consultez votre téléphone « juste une seconde » et vous passez presque vingt minutes devant son écran. Ainsi, les habitudes que vous suivez sans réfléchir déterminent souvent les choix que vous faites lorsque vous réfléchissez.

Chaque soir, il y a un tout petit moment, généralement vers 17 h 15, qui marque le reste de ma soirée. Ma femme rentre à la maison après le travail et soit nous enfilons notre tenue de sport et nous nous dirigeons vers la salle de sport, soit nous nous affalons sur le canapé, nous commandons des plats indiens et regardons *The Office*[18]. Tout comme

18. Pour être honnête, cela présage toujours une soirée formidable.

Twyla Tharp appelle le taxi, le rituel consiste à changer de tenue. Si je me change, je sais que la séance de sport aura lieu. Tout ce qui suit (aller à la salle de sport, décider quels exercices faire, soulever de la fonte) est facile une fois que j'ai accompli le premier pas.

Chaque jour, certains moments ont un impact démesuré. Je les appelle des instants décisifs : le moment où vous décidez de commander un plat à emporter ou de préparer un dîner,

INSTANTS DÉCISIFS

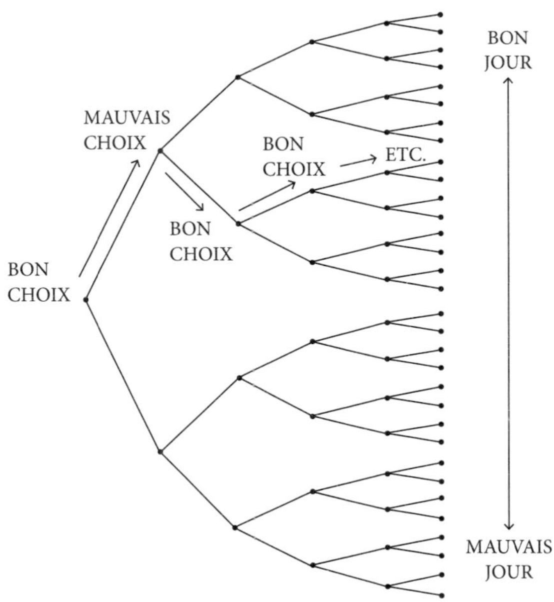

FIGURE 14 : La différence entre une bonne et une mauvaise journée repose bien souvent sur des choix sains et productifs faits à des instants décisifs. Chacun de ces choix est déterminant ; ils s'accumulent tout au long de la journée et peuvent finalement conduire à des résultats très différents.

le moment où vous décidez de prendre votre voiture ou votre vélo, le moment où vous décidez de travailler ou d'allumer la console de jeux vidéo. Ces choix sont déterminants.

Les instants décisifs définissent les prochaines options qui s'offriront à vous. Par exemple, entrer dans un restaurant est un moment décisif, car il détermine ce que vous allez manger pour le déjeuner. Techniquement, vous contrôlez ce que vous commandez, mais dans un sens plus large vous ne pouvez commander un plat que s'il est proposé dans le menu. Si vous entrez dans un restaurant spécialisé en viandes, vous pouvez commander un steak d'aloyau ou un faux-filet, mais pas de sushis. Vos options sont limitées par les choix proposés au menu. Elles dépendent de votre premier choix : celui du restaurant.

Nous sommes limités par la portée de nos habitudes. Il est donc important de maîtriser les instants décisifs de notre journée. Chaque journée est composée de plusieurs moments, mais ce sont en fait quelques choix habituels qui déterminent le chemin que vous prenez. Ces petits choix s'accumulent, chacun définissant la trajectoire de votre moment suivant.

Les habitudes sont le point d'entrée, pas le point final : elles représentent le vestiaire, pas la salle de sport.

La règle des deux minutes

Même si vous savez que vous devez commencer doucement, il est facile de placer la barre trop haut. Lorsque vous rêvez d'un changement, l'excitation prend inévitablement le dessus et vous finissez par essayer de faire trop, trop tôt. Le moyen le plus efficace que je connaisse pour lutter contre cette tendance consiste à utiliser la règle des deux minutes, qui stipule : « Lorsque vous créez une nouvelle habitude, ce processus doit durer moins de deux minutes. »

Vous constaterez que la majorité des habitudes peuvent se réduire à deux minutes :

- « Lire tous les soirs avant d'aller se coucher » devient « Lire une page ».
- « Faire trente minutes de yoga » devient « Sortir mon tapis de yoga ».
- « Étudier avant d'aller en cours » devient « Ouvrir mes notes ».
- « Plier le linge » devient « Plier les chaussettes ».
- « Courir 5 kilomètres » devient « Mettre mes chaussures de jogging ».

L'idée est de rendre vos habitudes aussi faciles que possible pour commencer. Tout le monde peut méditer une minute, lire une page ou ranger un vêtement. Et, comme nous venons de le dire, cette stratégie est particulièrement efficace, car une fois que vous avez commencé à faire ce qu'il faut, il est beaucoup plus facile de continuer. Une nouvelle habitude ne doit pas être considérée comme un défi. Les actions qui suivent peuvent être difficiles, mais les deux premières minutes doivent être faciles. Ce que vous voulez, c'est une « habitude passerelle » qui vous conduise naturellement sur un chemin plus productif.

Vous pouvez généralement déterminer les habitudes passerelles qui mèneront au résultat souhaité en définissant vos objectifs sur une échelle allant de « très facile » à « très difficile ». Par exemple, courir un marathon est très difficile. Courir 5 kilomètres est difficile. Faire dix mille pas est moyennement difficile. Marcher dix minutes est facile. Et mettre vos chaussures de jogging est très facile. Votre objectif peut être de courir un marathon, mais votre habitude passerelle est de mettre vos chaussures de course. C'est ainsi que vous suivez la règle des deux minutes.

Très facile	Facile	Moyennement facile	Difficile	Très difficile
Mettre vos chaussures de course	Marcher pendant dix minutes	Faire dix mille pas	Courir 5 kilomètres	Courir un marathon
Écrire une phrase	Écrire un paragraphe	Écrire mille mots	Écrire un article de cinq mille mots	Écrire un livre
Ouvrir vos notes	Étudier pendant dix minutes	Étudier pendant trois heures	Obtenir de bonnes notes	Obtenir un doctorat

On s'imagine bien souvent qu'il est étrange de s'amuser à lire une page, à méditer une minute ou à appeler un client potentiel. Mais le but n'est pas de faire une chose. Le but est de maîtriser l'habitude de manifester sa bonne volonté. Une habitude doit être établie avant de pouvoir être améliorée. Si vous n'apprenez pas les compétences de base pour manifester de la bonne volonté, vous aurez peu de chances d'en maîtriser les subtilités. Au lieu d'essayer de créer une habitude parfaite dès le début, exécutez une action facile de manière constante. Vous devrez normaliser vos actions avant de pouvoir les optimiser.

Une fois que vous maîtrisez l'art de manifester votre bonne volonté, les deux premières minutes deviendront simplement un rituel au début d'une routine plus vaste. Ce n'est pas simplement une astuce pour rendre les habitudes plus faciles, mais c'est en fait le moyen idéal pour maîtriser une compétence difficile. Plus vous ritualisez le début d'un processus, plus vous avez de chances de passer à l'état de concentration nécessaire pour accomplir de grandes choses. En effectuant le même échauffement avant chaque séance d'entraînement, il est plus facile d'améliorer ses performances. En suivant le même rituel de création, vous facilitez l'introduction dans le dur travail de la création. En développant une habitude régulière d'« extinction des feux », vous avez plus de chances de vous coucher chaque soir à une heure raisonnable. Vous ne pourrez peut-être pas automatiser l'ensemble du processus, mais la première action se fera sans réfléchir. Facilitez le démarrage du processus et le reste suivra.

Pour certaines personnes, la règle des deux minutes peut être une simple astuce. Vous savez que le véritable objectif est de tenir plus de deux minutes, donc vous avez l'impression d'être un peu trompé(e) sur le principe. Personne ne souhaite réellement lire une page, faire des pompes ou relire ses notes. Et vous savez parfaitement que c'est un stratagème pour parvenir à un résultat, vous n'êtes pas dupe…

Si la règle des deux minutes vous semble un peu artificielle, essayez ceci : exécutez une action pendant deux minutes, puis arrêtez-vous. Allez courir, mais arrêtez-vous au bout de deux minutes. Commencez à méditer, mais arrêtez-vous au bout de deux minutes. Étudiez l'arabe, mais arrêtez-vous au bout de deux minutes. Ce n'est pas une stratégie pour commencer une action, c'est l'ensemble du processus. Votre habitude ne peut durer que cent vingt secondes.

Un de mes lecteurs a utilisé cette stratégie pour perdre plus de 45 kilos. Au début, il allait à la salle de sport tous les jours, mais il n'y restait que cinq minutes. Il faisait de l'exercice pendant cinq minutes et partait dès que son temps était écoulé. Au bout de quelques semaines, il regarda autour de lui et se dit : « Bon... Je viens tous les jours ici, de toute façon. Je pourrais peut-être rester un peu plus longtemps. » Quelques années plus tard, il avait perdu tous ses kilos superflus.

Le fait de tenir un journal est un autre exemple. Coucher ses pensées sur le papier peut être bénéfique pour tout le monde, mais la plupart d'entre nous abandonnent au bout de quelques jours ou évitent complètement cet exercice qu'ils considèrent comme une corvée[19]. Le secret est de ne jamais franchir la limite et d'aborder cet exercice comme un jeu. Greg McKeown, consultant britannique en leadership, a développé une habitude de journal en écrivant avec parcimonie. Il arrêtait toujours d'écrire avant que cela ne devienne compliqué. Ernest Hemingway croyait au même concept, quel que soit le type d'écriture. « Le meilleur moyen de bien écrire est de toujours s'arrêter quand on a l'inspiration », avait-il déclaré.

Des stratégies comme celle-ci fonctionnent également pour une autre raison : elles renforcent l'identité que vous souhaitez construire. Si vous allez à la salle de sport cinq jours de suite, même si vous n'y restez que deux minutes, vous allez commencer à changer votre identité. Vous êtes motivé(e) pour être en forme. Vous êtes déterminé(e) à devenir le genre de personne qui ne rate aucun entraînement à la salle. Vous appliquez l'action la plus infime qui confirme le type de personne que vous souhaitez devenir.

Nous envisageons rarement le changement de cette façon parce que nous nous disons que nous n'atteindrons jamais

19. J'ai spécialement conçu un journal des habitudes pour faciliter l'écriture. Il comprend une section « Une ligne par jour » où vous écrivez simplement une phrase sur votre journée. Pour plus d'informations, consultez la page atomichabits.com/journal.

l'objectif final. Mais mieux vaut ne faire qu'une pompe que de ne rien faire du tout. Une minute de pratique de la guitare vaut mieux que rien du tout. Une minute de lecture vaut mieux que de ne jamais prendre un livre. Il est toujours préférable de faire moins que ce que vous espériez que de ne rien faire du tout.

À un moment donné, une fois que vous avez pris l'habitude et que vous l'appliquez tous les jours, vous pouvez associer la règle des deux minutes à la technique dite du façonnage de l'habitude pour adapter votre habitude à votre objectif final. Commencez par maîtriser les deux premières minutes de la plus petite version du comportement. Ensuite, passez à une étape intermédiaire et répétez le processus en vous concentrant uniquement sur les deux premières minutes et en maîtrisant cette étape avant de passer au niveau suivant. Vous finirez par appliquer l'habitude que vous espériez acquérir initialement tout en gardant le cap sur son processus d'intégration : les deux premières minutes du comportement.

EXEMPLES DE FAÇONNAGE D'UNE HABITUDE

Habitude	**Devenir un lève-tôt**	**Devenir végan**	**Se mettre au sport**
Phase 1	Rentrer chez soi avant 22 heures tous les soirs.	Manger des légumes à tous les repas.	Se changer et mettre des vêtements de sport.
Phase 2	Éteindre tous les appareils, tels que la télévision, le téléphone, etc. avant 22 heures tous les soirs.	Arrêter de manger de la viande d'animal à quatre pattes (bœuf, porc, agneau, etc.).	Sortir de chez soi (essayer d'aller marcher).

Habitude	Devenir un lève-tôt	Devenir végan	Se mettre au sport
Phase 3	Être au lit avant 22 heures tous les soirs (en lisant un livre, en discutant avec votre conjoint).	Arrêter de manger de la viande d'animal à deux pattes (poulet, dinde, etc.).	Aller à la salle de sport, s'entraîner pendant cinq minutes et rentrer chez soi.
Phase 4	Lumières éteintes avant 22 heures tous les soirs.	Arrêter de manger de la viande d'animal sans patte (poisson, palourdes, pétoncles, etc.).	Faire du sport pendant quinze minutes au moins une fois par semaine.
Phase 5	Se lever à 6 heures tous les matins.	Arrêter de manger tous les produits d'origine animale (œufs, lait, fromage).	Faire du sport trois fois par semaine.

Presque tout objectif de vie important peut être transformé en un comportement de deux minutes. Je veux vivre longtemps et en bonne santé > Je dois rester en forme > Je dois faire de l'exercice > Je dois me changer et mettre des vêtements de sport. Je veux avoir un mariage heureux > Je dois être un bon partenaire > Je dois faire quelque chose chaque jour pour rendre la vie de mon partenaire plus agréable > Je dois prévoir les repas pour la semaine prochaine.

Dès que vous avez du mal à vous en tenir à une habitude, vous pouvez appliquer la règle des deux minutes. C'est un moyen simple de rendre vos habitudes plus faciles.

Résumé du chapitre

- Les habitudes peuvent être exécutées en quelques secondes, mais elles continuent d'avoir un impact sur votre comportement pendant des minutes, voire des heures plus tard.

- De nombreuses habitudes surviennent à des instants décisifs et vous permettent de passer une journée productive ou improductive.
- La règle des deux minutes stipule : « Lorsque vous démarrez une nouvelle habitude, cela doit prendre moins de deux minutes. »
- Plus vous ritualisez le début d'un processus, plus il est probable que vous adoptiez l'état de concentration nécessaire pour accomplir de grandes choses.
- Normalisez avant d'optimiser. Vous ne pouvez pas améliorer une habitude si elle n'est pas établie.

14

Rendez les bonnes habitudes inévitables et les mauvaises habitudes impossibles

Au cours de l'été 1830, Victor Hugo était confronté à une échéance impossible. Douze mois plus tôt, l'auteur français avait promis à son éditeur un nouveau livre. Mais au lieu d'écrire, il passa cette année-là à poursuivre d'autres projets, à recevoir des invités et à reporter son travail. Hugo réagit et se fixa un délai inférieur à six mois. Le livre devait être terminé en février 1831.

Il concocta un plan étrange pour lutter contre sa tendance à la procrastination. Il rassembla tous ses vêtements et demanda à un assistant de les ranger dans un grand coffre. Il ne lui restait plus rien à porter sauf un grand châle. N'ayant pas de vêtements appropriés pour sortir, il resta confiné dans son bureau et écrivit sans relâche pendant l'automne et l'hiver de 1830. *Le Bossu de Notre-Dame* fut publié le 14 janvier 1831, deux semaines avant l'échéance prévue[20].

---

20. Mon éditeur a été plus accommodant et mon placard est resté plein, mais je suis resté cloîtré chez moi pour terminer ce manuscrit.

Parfois, le succès consiste moins à faciliter les bonnes habitudes qu'à rendre difficiles les mauvaises habitudes. Il s'agit d'une inversion de la 3e loi du changement de comportement : rendre la tâche difficile. Si vous luttez continuellement pour exécuter vos projets dans les temps, vous pouvez vous inspirer de Victor Hugo et rendre vos mauvaises habitudes plus difficiles en créant ce que les psychologues appellent un dispositif d'engagement.

Un dispositif d'engagement est un choix que vous faites dans le présent et qui contrôle vos actions dans le futur. C'est un moyen de conditionner vos comportements futurs, de suivre de bonnes habitudes et de vous protéger contre la tentation des mauvaises habitudes. Lorsque Victor Hugo range ses vêtements dans un coffre verrouillé pour pouvoir se consacrer à l'écriture, il crée un dispositif d'engagement[21].

Il existe de nombreuses façons de créer un dispositif d'engagement. Vous pouvez réduire votre alimentation en achetant des aliments dans des emballages individuels plutôt qu'en vrac. Vous pouvez demander à être ajouté à la liste des personnes interdites dans les casinos et sur les sites de poker en ligne afin d'éviter de futures périodes compulsives de jeu. J'ai même entendu parler d'athlètes devant faire attention à leur poids en prévision d'une compétition qui choisissent de laisser leur portefeuille à la maison la semaine

---

21. C'est ce que l'on appelle également le « pacte d'Ulysse » ou le « contrat d'Ulysse », nommé d'après Ulysse, le héros de l'*Odyssée*, qui avait demandé à ses marins de l'attacher au mât du navire afin qu'il puisse résister au chant envoûtant des sirènes et ne pas diriger le navire vers leurs rochers. Ulysse avait compris les avantages de conditionner ses actions futures quand l'esprit est clair plutôt que d'attendre de voir où les désirs nous mèneront sur le moment.

précédant la pesée afin de ne pas être tentés d'acheter de la restauration rapide.

Autre exemple, mon ami et expert en habitudes de consommation, Nir Eyal, a acheté une minuterie qui se présente sous la forme d'un adaptateur qu'il a branché entre son routeur Internet et la prise de courant. À 22 heures, chaque soir, la minuterie coupe l'alimentation du routeur. Quand Internet ne fonctionne plus, tout le monde sait qu'il est temps d'aller se coucher.

Les dispositifs d'engagement sont utiles, car ils vous permettent de tirer parti de vos bonnes intentions avant d'être victime de vos tentations. Par exemple, si je cherche à réduire les calories que je consomme, je peux demander au serveur de placer la moitié de mon repas dans une boîte avant de me servir. Si j'attends de voir la totalité de mon repas arriver sur la table et que je me dis : « Je ne mangerai que la moitié », cela ne marchera jamais.

L'important est de modifier la tâche de telle sorte qu'elle demande plus d'efforts pour abandonner la bonne habitude que pour s'y tenir. Si vous vous sentez motivé(e) pour faire du sport, planifiez une séance de yoga et payez à l'avance. Si vous êtes motivé(e) pour créer une entreprise, envoyez un e-mail à un entrepreneur que vous respectez et organisez un appel pour lui demander conseil. Lorsque vient le temps d'agir, le seul moyen d'abandonner est d'annuler la réunion, ce qui nécessite des efforts et peut coûter cher.

Les dispositifs d'engagement augmentent les chances que vous fassiez ce qui est bien à l'avenir en rendant difficile l'application de vos mauvaises habitudes actuelles. Mais nous pouvons faire encore mieux. Nous pouvons rendre les bonnes habitudes inévitables et les mauvaises habitudes impossibles.

Comment automatiser une habitude et l'appliquer sans y penser

John Henry Patterson est né à Dayton (Ohio) en 1844. Il a passé son enfance à accomplir les corvées dans la ferme familiale et à travailler à la scierie de son père. Après avoir fréquenté l'université à Dartmouth, Patterson est retourné dans l'Ohio et a ouvert un petit magasin d'approvisionnement pour les mineurs de charbon.

L'idée semblait bonne, le magasin était confronté à une faible concurrence et jouissait d'un flux constant de clients. En revanche, il avait toujours du mal à gagner de l'argent. C'est alors que Patterson s'aperçut que ses employés le volaient.

Au milieu des années 1800, les vols des employés étaient devenus un fléau. Les reçus étaient conservés dans un tiroir ouvert et pouvaient facilement être modifiés ou jetés. Il n'y avait pas de caméra vidéo pour contrôler le comportement de chacun ou de logiciel pour suivre les transactions. À moins d'être derrière le dos des employés toute la journée ou de gérer lui-même toutes les transactions, il lui était difficile d'empêcher les vols.

Alors que Patterson réfléchissait à sa situation difficile, il tomba sur une publicité pour une nouvelle invention appelée Ritty's Incorruptible Cashier. Conçue par James Ritty, un habitant de Dayton, cette caisse enregistreuse enfermait automatiquement l'argent et les reçus après chaque transaction. Patterson en acheta deux pour 50 dollars chacune.

Du jour au lendemain, il ne constata plus aucun vol de la part des employés. Au cours des six mois suivants, l'activité de Patterson passa d'un compte déficitaire à la réalisation de 5 000 dollars de bénéfices, l'équivalent de plus de 100 000 dollars aujourd'hui.

Patterson fut tellement impressionné par la machine qu'il changea d'activité. Il acheta les droits de l'invention de Ritty et ouvrit la National Cash Register Company. Dix ans plus tard, l'entreprise comptait plus d'un millier d'employés et était sur le point de devenir l'une des entreprises les plus florissantes de son époque.

La meilleure façon de briser une mauvaise habitude est de la rendre inapplicable. Augmentez les contraintes jusqu'à ce que vous n'ayez même plus la possibilité d'agir. L'intérêt de la caisse était d'automatiser les comportements éthiques en rendant le vol pratiquement impossible. Plutôt que d'essayer de changer les employés, elle avait permis d'automatiser le comportement souhaité.

Certaines actions, comme l'installation d'une caisse enregistreuse, rapportent toujours. Ces choix ponctuels nécessitent quelques efforts au départ, mais créent une valeur croissante au fil du temps. Je suis fasciné par l'idée qu'un choix unique puisse générer des retours, continuellement, et j'ai interrogé mes lecteurs sur leurs actions ponctuelles préférées qui conduisent à de meilleures habitudes à long terme. Le tableau de la page suivante présente certaines des réponses les plus populaires.

Je parierais que si une personne lambda faisait simplement la moitié des actions uniques de cette liste (sans se soucier de ses habitudes), elle verrait certainement sa vie s'améliorer au bout d'un an. Ces actions ponctuelles constituent un moyen simple d'appliquer la 3e loi du changement de comportement. Elles vous facilitent la tâche pour bien dormir, manger sainement, être productif(ve), économiser de l'argent et, d'une manière générale, mieux vivre.

ACTIONS UNIQUES QUI CONDITIONNENT DE BONNES HABITUDES

Nutrition	**Bonheur**
Acheter un filtre à eau pour filtrer l'eau que vous buvez.	Adopter un chien.
Utiliser des assiettes plus petites pour limiter votre prise de calories.	Déménager dans un quartier agréable et sympathique.
Sommeil	**État de santé général**
Acheter un bon matelas.	Se faire vacciner.
Acheter des rideaux occultants.	Acheter de bonnes chaussures pour éviter d'avoir mal au dos.
Retirer la télévision de votre chambre.	Acheter un fauteuil ergonomique ou un pupitre de bureau.
Productivité	**Finances**
Se désabonner des newsletters.	Souscrire un plan d'épargne automatique.
Désactiver les notifications et désactiver les discussions de groupe.	Configurer le paiement automatique des factures.
Placer votre téléphone en mode silence.	Résilier l'abonnement à la télévision par câble.
Utiliser des filtres de messagerie pour nettoyer votre boîte de réception.	Demander aux fournisseurs de services de réduire vos factures.
Supprimer les jeux et les applications de réseaux sociaux sur votre téléphone.	

Bien sûr, il existe de nombreuses façons d'automatiser les bonnes habitudes et d'éliminer les mauvaises. Il vous suffit de configurer correctement vos accessoires technologiques. La technologie peut transformer des actions autrefois difficiles, fastidieuses et compliquées en comportements simples, faciles et imperceptibles. C'est le moyen le plus fiable et le plus efficace de garantir l'adoption d'un bon comportement.

Cela est particulièrement utile pour les comportements trop rares pour qu'ils deviennent habituels. Les choses que vous devez faire tous les mois ou tous les ans, comme le rééquilibrage de votre portefeuille de placements, ne se répètent jamais assez souvent pour qu'elles deviennent des habitudes. L'utilisation des outils technologiques est particulièrement adaptée à leur cas puisque ces derniers envoient des « rappels » aux moments opportuns.

Autres exemples :

- Santé : les ordonnances peuvent être automatiquement renouvelées.
- Finances personnelles : les employés peuvent épargner en vue de la retraite avec une déduction automatique sur leur salaire.
- Cuisine : les services de livraison peuvent faire vos courses.
- Productivité : la navigation sur les réseaux sociaux peut être interrompue avec un bloqueur de sites Web.

Lorsque vous automatisez le plus possible votre vie, vous pouvez vous concentrer sur les tâches que les machines ne peuvent pas encore accomplir. Chaque habitude que nous faisons exécuter par un appareil électronique nous fait gagner du temps et de l'énergie pour passer à la phase suivante de notre évolution. Comme l'a écrit le mathématicien et philosophe Alfred North Whitehead : « La civilisation évolue en augmentant le nombre d'actions que nous pouvons effectuer sans y penser. »

Bien entendu, le pouvoir de la technologie peut également jouer contre nous. Le temps passé à outrance devant des écrans devient une habitude : il faut déployer plus d'efforts pour arrêter de regarder l'écran que pour continuer à le faire. Au lieu d'appuyer sur un bouton pour passer à l'épisode suivant, Netflix ou YouTube le diffuse automatiquement à votre place. Vous n'avez qu'une chose à faire : garder les yeux ouverts.

La technologie crée un niveau de confort qui vous permet d'agir en fonction de vos moindres caprices et de vos désirs. À la simple allusion à la faim, vous pouvez avoir de la nourriture livrée à votre porte. Au moindre soupçon d'ennui, vous pouvez plonger dans la vaste étendue des réseaux sociaux. Lorsque l'effort requis pour agir sur vos désirs devient effectivement nul, vous pouvez vous retrouver guidé par l'impulsion qui se présente pour le moment. L'inconvénient de l'automatisation, c'est que nous pouvons nous retrouver à passer d'une tâche facile à l'autre, sans prendre le temps d'effectuer une tâche plus difficile, mais qui serait finalement plus gratifiante.

Je me trouve souvent attiré par les réseaux sociaux pendant les périodes de réduction de mon activité. Si je m'ennuie pendant une fraction de seconde, j'attrape mon téléphone. Il est facile d'écrire que ces distractions mineures « ne durent que le temps d'une pause », mais elles finissent par se cumuler pour devenir un problème grave. Le tiraillement constant du « juste une minute de plus » peut m'empêcher de faire quelque chose d'important. (Rassurez-vous, nous sommes nombreux dans ce cas-là. La personne lambda passe plus de deux heures par jour sur les réseaux sociaux. Que pourriez-vous faire avec six cents heures supplémentaires par an ?)

Au cours de l'année où j'ai écrit ce livre, j'ai expérimenté une nouvelle stratégie de gestion du temps. Chaque lundi, mon assistant réinitialisait les mots de passe de tous mes comptes de réseaux sociaux, ce qui me déconnectait sur tous les appareils. Toute la semaine, je travaillais sans distraction. Le vendredi, il m'envoyait les nouveaux mots de passe. J'avais tout le week-end pour surfer sur les réseaux sociaux, jusqu'au lundi matin, où les mots de passe étaient à nouveau modifiés. (Si vous n'avez pas d'assistant, demandez à un ami ou à un membre de votre famille de réinitialiser vos mots de passe chaque semaine. Vous pouvez lui proposer de faire la même chose pour lui !)

À ma grande surprise, je me suis adapté avec une rapidité déconcertante. Au cours de la première semaine, je me suis rendu compte que je n'avais pas besoin de consulter les réseaux sociaux aussi souvent que je le faisais, et que je n'en avais surtout pas besoin tous les jours. Cela avait simplement été si facile que c'était devenu le cas par défaut. Une fois que ma mauvaise habitude est devenue impossible, j'ai découvert que j'avais vraiment la motivation pour travailler sur des tâches plus utiles. Après avoir retiré cette distraction de mon environnement, il est devenu beaucoup plus facile d'adopter un comportement plus sain.

Lorsque vous agissez dans votre intérêt, l'automatisation peut rendre vos bonnes habitudes inévitables et vos mauvaises habitudes impossibles. C'est le meilleur moyen de conditionner un comportement futur plutôt que de compter sur votre volonté dans l'instant. En utilisant des dispositifs d'engagement, des décisions stratégiques ponctuelles et les outils technologiques, vous pouvez créer un environnement d'inévitabilité, un espace où les bonnes habitudes ne sont pas simplement un résultat que vous espérez, mais un résultat qui est quasiment garanti.

Résumé du chapitre

- L'inversion de la 3e loi du changement de comportement consiste à rendre la tâche difficile.

- Un dispositif d'engagement est un choix que vous faites dans le présent et qui garantit un meilleur comportement à l'avenir.
- Le meilleur moyen de conditionner un comportement futur est d'automatiser vos habitudes.
- Des choix ponctuels, tels que l'achat d'un meilleur matelas ou la souscription d'un plan d'épargne automatique, sont des actions uniques qui automatisent vos habitudes futures et génèrent des retours croissants au fil du temps.
- L'utilisation des outils technologiques pour automatiser vos habitudes est le moyen le plus fiable et le plus efficace de garantir que vous adoptiez un bon comportement.

COMMENT CRÉER UNE BONNE HABITUDE

La 1re loi	L'évidence
1.1	Remplissez le Tableau de bord des habitudes. Écrivez vos habitudes actuelles pour en prendre conscience.
1.2	Utilisez la formule de l'intention de mise en place : « Je vais [COMPORTEMENT] à [MOMENT] dans [LIEU]. »
1.3	Utilisez la formule de superposition d'habitudes : « Après [HABITUDE ACTUELLE], je vais [NOUVELLE HABITUDE]. »
1.4	Réaménagez votre environnement. Rendez les déclencheurs de bonnes habitudes évidents et visibles.

La 2e loi	L'attractivité
2.1	Utilisez le regroupement des tentations. Associez une action que vous voulez faire à une action que vous devez faire.
2.2	Adoptez une culture dans laquelle votre comportement souhaité est un comportement normal.
2.3	Créez un rituel de motivation. Faites quelque chose que vous appréciez juste avant une habitude fastidieuse.
La 3e loi	**La facilité**
3.1	Réduisez les contraintes. Limitez le nombre d'étapes à franchir pour adopter vos bonnes habitudes.
3.2	Adaptez l'environnement. Préparez votre environnement pour faciliter les actions futures.
3.3	Maîtrisez le moment décisif. Optimisez les petits choix qui produisent un impact considérable.
3.4	Utilisez la règle des deux minutes. Réduisez la durée de vos habitudes jusqu'à ce qu'elles soient réalisables en deux minutes ou moins.
3.5	Automatisez vos habitudes. Misez sur la technologie et les achats ponctuels qui conditionnent vos comportements futurs.
La 4e loi	**La satisfaction**

COMMENT PERDRE UNE MAUVAISE HABITUDE

Inversion de la 1re loi	**L'invisibilité**
1.5	Réduisez l'exposition. Supprimez de votre environnement les déclencheurs de vos mauvaises habitudes.
Inversion de la 2e loi	**La non-attractivité**
2.4	Redéfinissez votre état d'esprit. Mettez en avant les avantages d'éviter vos mauvaises habitudes.
Inversion de la 3e loi	**La difficulté**
3.6	Augmentez les contraintes. Augmentez le nombre d'étapes à franchir pour appliquer vos mauvaises habitudes.
3.7	Utilisez un dispositif d'engagement. Limitez vos choix futurs à ceux qui vous sont bénéfiques.
Inversion de la 4e loi	**L'insatisfaction**

La 4e loi

La satisfaction

15

La règle fondamentale du changement de comportement

À la fin des années 1990, un professionnel du secteur de la santé publique nommé Stephen Luby quitta sa ville natale d'Omaha, dans le Nebraska, et acheta un billet aller simple pour Karachi, au Pakistan.

Karachi était alors l'une des villes les plus peuplées du monde. En 1998, plus de neuf millions de personnes y vivaient. C'était le centre économique du Pakistan et une plaque tournante des transports, avec certains des aéroports et ports maritimes les plus actifs de la région. Dans les quartiers commerçants de la ville, vous trouviez toutes les commodités et des rues animées. Mais Karachi était aussi l'une des villes les plus difficiles à vivre au monde.

Plus de 60 % des habitants de Karachi vivaient dans des squats et des bidonvilles. Ces quartiers densément peuplés étaient remplis de maisons de fortune construites en vieilles planches, parpaings et autres matériaux récupérés. Il n'y avait pas de système d'élimination des déchets, pas de réseau d'électricité, pas d'approvisionnement en eau potable. Lorsqu'elles étaient sèches, les rues étaient un mélange de poussière et de détritus. Lorsqu'elles étaient mouillées, elles devenaient une fosse boueuse d'eaux usées. Des colonies de moustiques prospéraient dans des flaques d'eau stagnante et les enfants jouaient parmi les ordures.

L'insalubrité provoquait des maladies. Les sources d'eau contaminées provoquaient des épidémies de diarrhée, des vomissements et des douleurs abdominales. Près du tiers des enfants qui y vivaient souffrait de malnutrition. Avec autant de gens entassés dans un si petit espace, les virus et les infections bactériennes se propageaient rapidement. C'est cette situation de crise de santé publique qui amena Stephen Luby au Pakistan.

Luby et son équipe comprirent que dans un environnement avec des problèmes d'assainissement, la simple habitude de se laver les mains pouvait faire une réelle différence pour la santé des résidents. Mais ils ne tardèrent pas à découvrir que beaucoup d'habitants n'ignoraient pas que le lavage des mains était important.

Et pourtant, malgré cela, de nombreux habitants se lavaient les mains de manière aléatoire. Certaines personnes se contentaient de passer les mains sous l'eau. D'autres ne se lavaient qu'une main. Beaucoup oubliaient de se laver les mains avant de préparer la nourriture. Tout le monde disait que le lavage des mains était important, mais peu d'habitants en avaient pris l'habitude. Le problème n'était pas qu'ils ne savaient pas qu'il fallait se laver les mains, mais plutôt qu'ils n'appliquaient pas ce principe de manière régulière.

Luby et son équipe se sont donc associés à Procter & Gamble pour approvisionner le quartier en savon Safeguard, plus agréable à utiliser qu'un savon standard.

« Au Pakistan, Safeguard était un savon de haute qualité, m'expliqua Luby. Les participants à l'étude nous disaient souvent à quel point ils l'appréciaient. » Le savon moussait facilement, il sentait bon. Le lavage des mains est immédiatement devenu plus agréable.

« Je considère l'objectif de la promotion du lavage des mains non pas comme un changement de comportement, mais comme une adoption d'habitude, indique Luby. Il est beaucoup plus facile pour les gens d'adopter un produit qui émet un signal sensoriel positif fort, comme le goût du dentifrice à la menthe, que d'adopter une habitude qui ne procure pas de rétroaction sensorielle agréable, comme le fil dentaire. L'équipe marketing de Procter & Gamble évoquait la nécessité de créer une expérience positive du lavage des mains. »

En quelques mois, les chercheurs constatèrent un changement rapide dans la santé des enfants du quartier. Le taux de diarrhée diminua de 52 %, le taux de pneumonie de 48 % et le taux d'impétigo, une infection bactérienne de la peau, de 35 %.

Les effets à long terme ont été encore plus satisfaisants. « Nous sommes retournés dans certains foyers à Karachi six ans après, raconta Luby. Plus de 95 % des ménages qui avaient reçu le savon gratuitement et qui avaient été encouragés à se laver les mains avaient un poste de lavage des mains avec du savon et de l'eau à la disposition de l'équipe de notre étude. Nous n'avions pas donné de savon au groupe d'intervention depuis plus de cinq ans, mais, au cours du processus, ils étaient devenus tellement habitués à se laver les mains qu'ils avaient maintenu cette pratique. » Il s'agit d'un formidable exemple de la 4e et dernière loi du changement de comportement : le rendre satisfaisant.

Nous sommes plus susceptibles de répéter un comportement lorsque l'expérience a été satisfaisante. C'est tout à fait logique. Les sentiments de plaisir, même mineurs, comme se laver les mains avec du savon qui sent bon et qui mousse bien, sont des signaux qui disent au cerveau : « Cela fait du bien. Recommence, la prochaine fois. » Le plaisir indique à votre cerveau qu'un comportement vaut la peine d'être rappelé et répété.

Prenons l'histoire du chewing-gum. Le chewing-gum commença à être commercialisé dans les années 1800, mais ce n'est pas avant le lancement de Wrigley en 1891 qu'il devint une habitude mondiale. Les premières versions étaient fabriquées à partir de résines fades, moelleuses, mais insipides. Wrigley révolutionna l'industrie en ajoutant des arômes tels que la menthe verte et un goût fruité, qui ont rendu le produit savoureux et agréable à utiliser. Wrigley alla encore plus loin et décida de faire du chewing-gum un produit permettant d'avoir la bouche propre. Les publicités disaient aux lecteurs « *Refresh your taste* » (« Rafraîchissez votre haleine »).

Les parfums savoureux et la sensation de fraîcheur dans la bouche offraient un plaisir instantané et rendaient le produit agréable à utiliser. La consommation explosa et Wrigley devint le premier fabricant de chewing-gum au monde.

Le dentifrice eut une destinée similaire. Les fabricants virent leurs ventes exploser quand ils se mirent à ajouter à leurs produits des arômes de menthe verte, de menthe poivrée et de cannelle. Ces arômes n'améliorent pas l'efficacité du dentifrice. Ils créent simplement une sensation de fraîcheur de l'haleine et rendent l'expérience du brossage des dents plus agréable. Ainsi, ma femme a cessé d'utiliser Sensodyne parce qu'elle n'aimait pas l'arrière-goût qu'il laissait dans la bouche. Elle est passée à une marque à la menthe plus forte, qui s'est avérée plus satisfaisante.

À l'inverse, si une expérience n'est pas satisfaisante, nous avons peu de raisons de la répéter. Au cours de mes recherches, je suis tombé sur l'histoire d'une femme qui avait un parent narcissique qui la rendait dingue. Pour passer moins de temps avec cette personne égocentrique, elle se montra aussi rébarbative et pénible que possible chaque fois qu'elle se trouvait avec elle. Au bout de quelque temps, la personne égocentrique commença à l'éviter tellement elle la trouvait ennuyeuse.

Des anecdotes comme celles-ci sont la preuve que la règle fondamentale du changement de comportement s'applique : ce qui est valorisé est répété, ce qui est sanctionné est évité. Vos actions futures dépendant des actions passées pour lesquelles vous avez été valorisé (sanctionné(e)), les émotions positives cultivent les habitudes, les émotions négatives les détruisent.

Les trois premières lois du changement de comportement (l'évidence, l'attractivité, la facilité) augmentent les chances qu'un comportement soit appliqué dans ce cas de figure. La 4e loi du changement de comportement (la satisfaction) augmente les chances qu'un comportement soit répété une prochaine fois. Elle clôture la boucle de l'habitude.

Mais il y a un truc. Nous ne cherchons pas n'importe quel type de satisfaction. Nous recherchons une satisfaction immédiate.

Le décalage entre les récompenses immédiates et différées

Imaginez que vous êtes une girafe, un éléphant ou un lion errant dans les plaines africaines. Chaque jour, la plupart de vos décisions ont un impact immédiat. Vous pensez en permanence à ce que vous allez manger, à l'endroit où vous allez dormir et aux moyens d'éviter un prédateur. Vous êtes constamment concentré sur le présent ou le futur très proche. Vous vivez dans ce que les scientifiques appellent un environnement à retour immédiat, car vos actions produisent instantanément des résultats clairs.

Maintenant, revenez à votre moi humain. Dans la société moderne, bon nombre des choix que vous faites aujourd'hui ne vous apporteront pas un bénéfice immédiat. Si vous faites du bon travail, vous recevrez votre salaire dans quelques semaines. Si vous faites du sport aujourd'hui, vous ne serez peut-être plus en surpoids l'année prochaine. Si vous économisez de l'argent aujourd'hui, vous aurez peut-être de quoi vivre sereinement une fois à la retraite. Vous vivez dans ce que les scientifiques appellent un environnement à retour différé, car vous devrez travailler pendant des années avant que vos actions produisent les résultats escomptés.

Le cerveau humain n'a pas évolué pour vivre dans un environnement à retour différé. Les plus anciennes dépouilles d'humains modernes (*Homo sapiens sapiens*) ont environ deux cent mille ans. Ce sont les premiers humains à avoir un cerveau relativement similaire au nôtre. Le néocortex, la partie la plus récente du cerveau et la région responsable des fonctions supérieures telles que le langage, a quasiment la même taille qu'il y a deux cent mille ans. Vous évoluez avec le même « équipement » que vos ancêtres paléolithiques.

Or ce n'est que récemment, au cours des cinq derniers siècles, plus ou moins, que la société a évolué vers une prédominance de l'environnement à retour différé[22].

---

22. Le passage à un environnement à retour différé a probablement commencé il y a dix mille ans, lorsque les premiers agriculteurs ont planté des cultures en prévision d'une récolte plusieurs mois plus tard. Cependant, ce n'est que récemment que les choix à retour différé ont fait leur apparition dans nos vies : planification de carrière, de la retraite, des vacances et tout ce qui s'inscrit dans notre calendrier.

Comparativement à l'âge du cerveau, la société moderne est nouvelle. Au cours du siècle dernier, nous avons assisté à l'essor de l'automobile, de l'avion, de la télévision, de l'ordinateur, d'Internet, du smartphone et de Beyoncé ! Le monde a beaucoup changé ces dernières années, mais la nature humaine a peu évolué.

Comme les animaux de la savane africaine, nos ancêtres passaient leurs journées à se protéger contre des menaces extérieures, à chercher leur prochain repas et à se mettre à l'abri en cas de tempête. Il était logique d'accorder une grande importance à la récompense instantanée. Le futur lointain était moins préoccupant. Et après des milliers de siècles d'environnement à retour immédiat, notre cerveau a évolué pour préférer les retombées rapides aux gains sur le long terme.

Les économistes du comportement qualifient cette tendance d'incohérence temporelle. Autrement dit, la façon dont votre cerveau évalue les récompenses est incohérente dans le temps[23]. Vous accordez plus d'importance au présent qu'au futur. Généralement, cette tendance nous est bien utile. Une récompense certaine sur le moment vaut bien souvent plus que celle qui ne sera possible que dans le futur. Mais parfois, ce parti pris sur la gratification instantanée pose des problèmes.

Pourquoi fumer quand on connaît les risques de cancer du poumon ? Pourquoi manger trop quand on sait qu'on peut devenir obèse ? Pourquoi avoir des relations sexuelles quand on sait qu'on peut contracter des maladies sexuellement transmissibles ? Une fois que vous avez compris

23. L'incohérence temporelle est également appelée l'actualisation hyperbolique.

comment le cerveau donne la priorité aux récompenses, les réponses deviennent claires : les conséquences des mauvaises habitudes sont différées alors que les récompenses sont immédiates. Fumer peut vous tuer dans dix ans, mais cela réduit le stress et vous rend accro à la nicotine. Trop manger est néfaste à long terme, mais agréable sur le moment. Les relations sexuelles (protégées ou non) procurent un plaisir immédiat. La maladie et l'infection ne se manifesteront pas avant des jours, des semaines, voire des années.

Chaque habitude produit de multiples résultats dans le temps. Malheureusement, ces résultats sont souvent décalés. Avec nos mauvaises habitudes, le résultat immédiat est généralement bon, mais le résultat final est mauvais. Avec de bonnes habitudes, c'est l'inverse : le résultat immédiat est désagréable, mais le résultat final est agréable. L'économiste français Frédéric Bastiat a expliqué le problème en écrivant : « Il arrive presque toujours que, lorsque la conséquence immédiate est favorable, les conséquences ultérieures soient funestes, et vice versa… Souvent, plus le premier fruit d'une habitude est doux, plus les autres sont amers. »

En d'autres termes, le coût de vos bonnes habitudes est dans le présent. Le coût de vos mauvaises habitudes est dans le futur.

La tendance du cerveau à donner la priorité au moment présent signifie que vous ne pouvez pas compter sur de bonnes intentions. Lorsque vous prévoyez de perdre du poids, d'écrire un livre ou d'apprendre une langue, vous faites des projets pour votre avenir. Et quand vous imaginez ce que vous voulez que votre vie soit, il est facile de voir l'intérêt de prendre des mesures ayant des avantages à long terme. Nous voulons tous un avenir meilleur. Toutefois, lorsque le moment de la décision arrive, la gratification instantanée gagne généralement. Vous ne faites plus de choix pour votre moi futur, qui rêve d'être en meilleure forme, plus riche ou plus heureux. Vous faites des choix pour votre moi actuel, qui veut être rassasié, choyé et diverti. En règle générale, plus l'action vous procure un plaisir immédiat, plus vous devriez vous demander si elle est conforme à vos objectifs à long terme[24].

Fort d'une meilleure compréhension de ce qui incite notre cerveau à répéter certains comportements et à en éviter d'autres, faisons une petite mise à jour sur la règle fondamentale du changement de comportement : une action recevant une récompense immédiate est répétée. Une action recevant une sanction immédiate est évitée.

Notre préférence pour la gratification instantanée révèle une vérité importante sur le succès : notre constitution nous incite à chercher des satisfactions rapides. Nous privilégions beaucoup moins les processus qui génèrent une gratification différée. Mais si vous êtes prêt(e) à attendre pour recevoir des récompenses, vous ferez face à moins de concurrence et obtiendrez souvent un gain plus important. Comme dit le proverbe, le dernier kilomètre est toujours le moins encombré.

---

24. Cela peut aussi influencer notre prise de décision. Le cerveau surestime le danger de tout ce qui semble être une menace immédiate, mais il n'y a pratiquement aucune probabilité que cela se produise réellement : votre avion s'écrase pendant une période de turbulences, un cambrioleur pénètre chez vous alors que vous êtes dans la maison, un terroriste fait exploser le bus où vous vous trouvez. Pendant ce temps, vous sous-estimez ce qui semble être une menace lointaine, mais qui, en réalité, est très probable : l'accumulation régulière de graisse due à la consommation d'aliments malsains, la diminution progressive de vos muscles due au fait d'être constamment assis à un bureau, la lente progression du désordre lorsque vous ne parvenez pas à ranger.

C'est précisément ce que la recherche a démontré. Les personnes qui réussissent mieux à différer la gratification ont des scores SAT plus élevés, des niveaux de toxicomanie moins élevés, une probabilité d'obésité inférieure, des réactions plus efficaces au stress et des aptitudes sociales supérieures. Nous en avons tous fait l'expérience dans nos propres vies. Faire ses devoirs et reporter le moment où on va regarder la télévision permet de mieux apprendre en cours et d'obtenir de meilleures notes. Si vous n'achetez pas de desserts et de frites au magasin, à coup sûr, vous mangerez des aliments plus sains à votre retour à la maison. À un moment donné, pour réussir, quel que soit le domaine, vous devez ignorer une récompense immédiate à la faveur d'une récompense différée.

Voici le problème : la plupart d'entre nous savent que différer la gratification est une approche judicieuse. Nous savons que les bonnes habitudes nous permettent d'être en bonne santé, d'optimiser notre productivité et d'être moins stressés sur le long terme. Mais ces résultats sont rarement nos premières préoccupations. Heureusement, il existe des techniques qui aident à différer la gratification. Il vous suffit d'ajouter une petite touche de plaisir aux habitudes qui vous rapportent à long terme et une petite touche de contrainte aux habitudes qui ne vous rapportent rien.

Comment tourner la gratification instantanée à votre avantage

Pour réussir, il est essentiel de se sentir bien, quelle que soit la méthode employée. Le sentiment de réussite est un signe que votre habitude a porté ses fruits et que le travail en valait la peine.

Dans un monde parfait, la récompense d'une bonne habitude est l'habitude elle-même. Dans le monde réel, les bonnes habitudes ont tendance à ne sembler valables que lorsqu'elles vous ont apporté quelque chose. Au début, tout est sacrifice. Vous êtes allé(e) à la salle de sport à quelques reprises, mais vous n'êtes pas plus fort(e), plus en forme ou plus rapide, du moins, pas à première vue. Ce n'est qu'au bout de quelques mois, une fois que vous avez perdu quelques kilos ou que vos bras ont pris du volume, que le sport vous semble de plus en plus facile. Au début, vous avez besoin d'une raison pour continuer sur cette voie. Voilà pourquoi les récompenses immédiates sont essentielles. Elles vous maintiennent motivé(e) alors que les récompenses différées s'accumulent en arrière-plan.

Quand nous parlons de récompenses immédiates, il s'agit de la fin d'un comportement. La fin de toute expérience est essentielle, car nous avons tendance à nous en souvenir plus que d'autres phases du processus. Vous voulez que la fin de votre habitude soit satisfaisante. La meilleure approche consiste à utiliser le renforcement, qui fait référence au processus d'utilisation d'une récompense immédiate pour augmenter le taux d'application d'un comportement. Le cumul d'habitudes, décrit au chapitre 5, lie votre habitude à un déclencheur immédiat, ce qui vous permet de savoir quand commencer. Le renforcement lie votre habitude à une récompense immédiate, ce qui la rend satisfaisante lorsque vous avez terminé.

Un renforcement immédiat peut être particulièrement utile pour gérer les habitudes d'évitement, qui sont des comportements que vous souhaitez arrêter. Il peut être difficile de suivre des habitudes telles que « pas d'achats inutiles » ou « pas d'alcool ce mois-ci », car rien ne se produit concrètement si vous évitez de commander des boissons pendant les *happy hours* ou si vous n'achetez pas cette paire de chaussures. Il peut être difficile de ressentir de la satisfaction si aucune action n'a été nécessaire au début du processus. Vous résistez seulement à des tentations, ni plus, ni moins, ce qui n'a rien de folichon…

Une des solutions possibles consiste à retourner la situation. Vous voulez rendre l'évitement visible. Ouvrez un compte d'épargne et nommez-le comme bon vous semble (par exemple : « Veste en cuir »). Chaque fois que vous évitez un achat, mettez la somme d'argent correspondante sur le compte. Vous avez manqué votre café au lait du matin ? Faites un virement de 5 dollars sur votre compte. Vous n'avez pas regardé Netflix pendant un mois ? Placez les 10,99 euros de votre abonnement sur le compte. C'est comme si vous aviez créé un programme de fidélité pour vous-même. La récompense immédiate de se voir économiser de l'argent pour acheter cette veste en cuir est beaucoup plus gratifiante que la privation sur le moment. Vous tirez une satisfaction des achats que vous évitez.

Un de mes lecteurs et sa femme ont mis en place une procédure similaire. Ils voulaient arrêter de trop manger et commencer à cuisiner plus ensemble. Ils ont ouvert un compte d'épargne et l'ont nommé « Voyage en Europe ». Chaque fois qu'ils ne sortaient pas au restaurant, ils ont placé 50 dollars sur ce compte. À la fin de l'année, ils ont utilisé cet argent pour partir en vacances.

Notez qu'il est important de choisir des récompenses à court terme qui renforcent votre comportement plutôt que celles qui vont à son encontre. Vous pouvez acheter une nouvelle veste si vous essayez de perdre du poids ou de lire plus de livres, mais cela ne fonctionne pas si vous essayez d'équilibrer votre budget et d'économiser de l'argent. En revanche, prendre un bain moussant ou marcher tranquillement sont de bons exemples de récompenses qui vous accordent du temps libre. Ces récompenses sont dans la lignée de votre objectif final pour gagner plus de liberté et d'indépendance financière. De même, si votre récompense après le sport est un bol de crème glacée, vous êtes en contradiction totale et le résultat final est nul. En revanche, votre récompense après le sport pourra être un massage, qui vous offre à la fois un instant de plaisir et un moment pour prendre soin de votre corps. Dans ce dernier cas de figure, la récompense à court terme correspond à votre vision à long terme d'être une personne en bonne santé.

Finalement, lorsque les récompenses intrinsèques telles qu'une meilleure humeur, plus d'énergie et une réduction du stress entrent en jeu, vous êtes moins préoccupé(e) par la recherche de la récompense secondaire. L'identité elle-même devient l'élément renforçant. Vous agissez ainsi parce que cela correspond à votre identité propre et cela vous fait du bien d'être vous-même. Plus une habitude fait partie de votre vie, moins vous avez besoin d'encouragements pour la mettre en application continuellement. Les encouragements peuvent être l'origine d'une habitude, mais l'identité lui permet de perdurer.

Cela dit, il faut du temps pour accumuler les éléments probants et faire émerger une nouvelle identité. Un renforcement immédiat aide à maintenir la motivation à court terme pendant que vous attendez les récompenses à long terme.

En résumé, une habitude doit être agréable pour durer. Des éléments simples de renforcement, comme un savon qui sent très bon, ou un dentifrice au goût rafraîchissant de menthe, ou 50 dollars placés sur votre compte d'épargne, peuvent vous procurer le plaisir de prendre l'habitude. Et le changement est facile quand il est agréable.

Résumé du chapitre

- La 4ᵉ loi du changement de comportement est la satisfaction.
- Nous sommes plus susceptibles de répéter un comportement lorsque l'expérience est satisfaisante.
- Le cerveau humain a évolué pour donner la priorité aux récompenses immédiates plutôt qu'aux récompenses différées.
- La règle fondamentale du changement de comportement : une action recevant une récompense immédiate est répétée, une action recevant une sanction immédiate est évitée.
- Pour rester fidèle à une habitude, vous devez avoir le sentiment de réussir immédiatement, même si la réussite est infime.
- Les trois premières lois du changement de comportement (l'évidence, l'attractivité, la facilité) augmentent les chances qu'un comportement soit appliqué dans ce cas de figure. La 4ᵉ loi du changement de comportement (la satisfaction) augmente les chances qu'un comportement soit répété une prochaine fois.

16

Comment rester fidèle à de bonnes habitudes chaque jour

En 1993, une banque située à Abbotsford, au Canada, embaucha un courtier en valeurs mobilières âgé de 23 ans, nommé Trent Dyrsmid. Abbotsford était une banlieue relativement peu étendue, située à la périphérie de Vancouver, principal centre des affaires. Étant donné le lieu et le fait que Dyrsmid était une jeune recrue, personne ne misait vraiment sur lui. Mais il fit des progrès rapides grâce à une simple habitude quotidienne.

Tous les matins, Dyrsmid posait deux pots sur son bureau. L'un était rempli de cent vingt trombones. L'autre était vide. Chaque jour, après s'être installé à son bureau, il passait un appel commercial. Immédiatement après, il déplaçait un trombone du pot plein vers le pot vide et le processus recommençait. « Tous les matins, je débutais la journée avec cent vingt trombones dans un bocal et je continuais à passer des appels jusqu'à ce que je les aie tous transférés dans le deuxième bocal », m'indiqua-t-il. En dix-huit mois, Dyrsmid rapporta 5 millions de dollars à l'entreprise. À 24 ans, il gagnait 75 000 dollars par an, soit l'équivalent de

125 000 dollars actuels. Peu de temps après, il décrocha un poste avec un salaire à six chiffres dans une autre entreprise.

J'aime appeler cette technique la stratégie du trombone. Au fil des années, des lecteurs se la sont appropriée de différentes manières. L'une de mes lectrices déplaçait une épingle à cheveux d'un récipient à un autre chaque fois qu'elle écrivait une page de son livre. Un autre lecteur déplaçait une bille d'une corbeille à l'autre après chaque série de pompes.

Il est satisfaisant de progresser et les outils d'évaluation visuelle, comme le déplacement de trombones, d'épingles à cheveux ou de billes, indiquent clairement que vous avez progressé. Ainsi, ils renforcent votre comportement et ajoutent un peu de satisfaction immédiate à toute activité. Les outils d'évaluation visuelle se présentent sous différentes formes : journaux alimentaires, journaux d'entraînement, cartes de fidélité perforées, barre de progression d'un téléchargement de logiciel, voire numéros de page d'un livre. Mais peut-être que le meilleur moyen de mesurer vos progrès est d'utiliser un système de suivi des habitudes.

Comment conserver vos habitudes sur la bonne voie

Un système de suivi des habitudes est un moyen simple de savoir si vous avez ou non pris une habitude. Le format le plus simple consiste à utiliser un calendrier et à rayer tous les jours au cours desquels vous appliquez votre routine. Par exemple, si vous méditez le lundi, le mercredi et le vendredi, vous devez cocher chacun de ces jours. Au fil du temps, vous enregistrez vos séries d'habitudes sur le calendrier.

D'innombrables personnes ont déjà mis en place des processus de suivi de leurs habitudes, mais le plus célèbre est sans doute Benjamin Franklin. À partir de ses 20 ans, Franklin emportait partout avec lui un petit carnet qu'il utilisait pour suivre treize qualités personnelles. Cette liste comprenait des objectifs tels que « Ne perds pas ton temps. Sois toujours engagé dans quelque chose d'utile » et « Évite les bavardages inutiles ». À la fin de chaque journée, Franklin ouvrait son carnet et notait sa progression.

Jerry Seinfeld utiliserait aussi un système de suivi d'habitudes pour l'aider à suivre son recueil de blagues. Dans le documentaire *Comedian*, il explique que son objectif est simplement de « ne jamais rompre la chaîne » d'écriture de blagues tous les jours. En d'autres termes, il ne se concentre pas sur la qualité d'une blague ou sur son inspiration, mais sur le moment où il va la sortir et l'ajouter à sa collection.

« Ne pas briser la chaîne » est un mantra puissant. Ne brisez pas la chaîne des appels commerciaux et vous vous constituerez un solide portefeuille de clients. Ne brisez pas la chaîne des entraînements et vous serez en forme plus rapidement que prévu. Ne brisez pas la chaîne de la création quotidienne et vous obtiendrez des résultats impressionnants. Le suivi des habitudes est efficace, car il met en application plusieurs lois de changement de comportement. Il rend un comportement à la fois évident, attrayant et satisfaisant.

Détaillons chacun de ces attributs.

Avantage n° 1 : Le suivi des habitudes est évident.

L'enregistrement de votre dernière action crée un déclencheur qui peut lancer votre prochaine action. Le suivi des habitudes crée naturellement une série de repères visuels, tels que la série de croix sur votre calendrier ou la liste des repas de votre journal alimentaire. Lorsque vous regardez le calendrier et que vous voyez votre séquence, cela vous rappelle d'agir à nouveau. Des recherches ont démontré que les personnes qui suivent leurs progrès face à des objectifs comme perdre du poids, arrêter de fumer et réduire leur tension artérielle ont toutes plus de chances de s'améliorer que celles qui ne le font pas. Une étude portant sur plus de seize mille personnes a révélé que celles qui tenaient un journal alimentaire quotidien perdaient deux fois plus de poids que celles qui n'en tenaient pas. Le simple fait de suivre un comportement peut susciter l'envie de le changer.

Le suivi des habitudes vous permet également de rester honnête. La plupart d'entre nous ont une vision déformée de notre propre comportement. Nous surestimons nos actions. L'outil d'évaluation nous permet de surmonter notre aveuglement face à notre propre comportement et de noter ce qui se passe réellement chaque jour. En jetant un coup d'œil aux trombones dans le bocal, vous savez immédiatement le volume de travail que vous avez accompli (ou pas). Lorsque la preuve est sous vos yeux, vous avez moins de chances de vous mentir.

Avantage n° 2 : Le suivi des habitudes est attrayant.

La méthode de motivation la plus efficace est la progression. Lorsque nous recevons un signal indiquant que nous progressons, nous nous motivons davantage pour continuer dans cette voie. Ainsi, le suivi des habitudes peut avoir un effet de dépendance à la motivation. Chaque petite victoire nourrit votre désir.

Cette approche peut être particulièrement utile quand on passe une mauvaise journée. Quand vous vous sentez déprimé(e), il est facile d'oublier tous les progrès que vous avez déjà accomplis. Le suivi des habitudes fournit une preuve visuelle des efforts que vous avez fournis, c'est un rappel discret du chemin parcouru. De plus, la case à cocher que vous voyez vide chaque matin peut vous motiver à commencer, car vous n'avez aucun intérêt à cesser de progresser en brisant la série des habitudes.

Avantage n° 3 : Le suivi des habitudes est satisfaisant.

C'est, de loin, l'avantage le plus important. Le suivi peut devenir sa propre forme de récompense. Il est satisfaisant de rayer un élément de votre liste de tâches, de remplir votre journal d'entraînement ou de marquer une croix sur le calendrier. Il est toujours agréable d'observer la progression de vos résultats (la taille de votre portefeuille de placements, la longueur de votre manuscrit). Et si vous voyez du positif, vous serez encore plus motivé(e) pour continuer.

Le suivi des habitudes vous aide également à maintenir le cap sur votre objectif : vous êtes concentré(e) sur le processus plutôt que sur le résultat. Vous n'êtes pas obsédé(e) par le fait d'avoir des abdominaux en béton, vous essayez simplement de maintenir une habitude de série de pompes pour vous mettre en forme.

En résumé, le suivi des habitudes (1) crée un repère visuel qui peut vous rappeler d'agir, (2) est intrinsèquement motivant, car vous voyez les progrès que vous faites et vous ne voulez pas perdre le bénéfice qu'ils vous apportent, et (3) vous vous sentez satisfait(e) chaque fois que vous avez l'occasion de mettre en application votre habitude. Le suivi des habitudes est également une preuve visuelle du type de personne que vous souhaitez devenir : une forme agréable de gratification immédiate et intrinsèque[25].

Vous vous demandez peut-être, si le suivi des habitudes est si utile, pourquoi j'ai attendu si longtemps pour en parler ?

Malgré tous ses avantages, j'ai laissé ce concept de côté jusqu'à présent pour une raison simple : beaucoup d'entre nous sont refroidis à l'idée de suivre une habitude et d'évaluer leur progression. Ce processus peut nous apparaître comme une corvée, car il nous oblige à adopter deux habitudes : l'habitude que l'on essaie de créer et l'habitude qui consiste à suivre cette première habitude. Compter les calories peut sembler être une corvée lorsque vous avez déjà du mal à suivre un régime. Consigner chaque appel commercial peut sembler fastidieux lorsque vous avez du travail à faire. Il est plus facile de dire : « Je mangerai simplement moins. » Ou : « Je ferai plus d'efforts. » Ou : « Je me souviendrai de le faire. » Les gens me disent fatalement des choses comme : « J'ai un journal des décisions, j'aimerais l'utiliser davantage. » Ou : « J'ai noté mes séances d'entraînement pendant une semaine, puis j'ai arrêté. » Je suis passé par là, moi aussi. J'ai déjà tenu un journal alimentaire pour suivre mes calories. J'ai réussi à le faire pour un repas, puis j'ai abandonné.

Le suivi n'est pas adapté à tout le monde et il n'est pas nécessaire de tout évaluer dans notre vie. Mais il peut être bénéfique à tous, même de façon temporaire.

25. Si vous êtes intéressé(e), vous trouverez un modèle de système de suivi des habitudes sur la page : atomichabits.com/tracker.

Que peut-on faire pour faciliter le suivi ?

Pour commencer, chaque fois que c'est possible, les évaluations doivent être automatisées. Vous serez sûrement surpris(e) de voir que vous effectuez déjà un suivi de ce que vous faites, sans le savoir. Votre relevé de carte de crédit indique à quelle fréquence vous sortez au restaurant. Votre Fitbit enregistre le nombre de pas que vous faites et la durée de votre sommeil. Votre calendrier enregistre le nombre de nouveaux lieux dans lesquels vous vous rendez chaque année. Une fois que vous savez où obtenir les données, ajoutez une note à votre calendrier pour la consulter chaque semaine ou chaque mois, ce qui est plus pratique que d'effectuer un suivi tous les jours.

Deuxièmement, le suivi manuel doit être limité à vos habitudes les plus importantes. Il est préférable de suivre systématiquement une habitude que d'en suivre sporadiquement dix.

Enfin, notez chaque évaluation immédiatement après que l'habitude s'est produite. La fin du comportement est le point de repère. Cette approche vous permet d'associer la méthode de la superposition des habitudes indiquée au chapitre 5 avec le suivi des habitudes.

La formule superposition des habitudes + suivi des habitudes est la suivante :

Après [HABITUDE ACTUELLE], je vais [EFFECTUER UN SUIVI DE MON HABITUDE].

- Après avoir raccroché le téléphone après un appel commercial, je déplacerai un trombone dans l'autre bocal.
- Après avoir terminé chaque série d'exercices à la salle de sport, je les noterai dans mon journal d'entraînement.
- Après avoir mis mon assiette dans le lave-vaisselle, je noterai ce que j'ai mangé.

Ces tactiques peuvent faciliter le suivi de vos habitudes. Même si vous n'êtes pas du genre à noter ce que vous faites, je pense que quelques semaines d'évaluation vous seront utiles. Il est toujours intéressant de voir comment se déroule une journée type.

Cela dit, chaque série d'habitudes se termine à un moment donné. Et, au-delà de l'évaluation, il est plus important encore de bien planifier vos habitudes pour éviter qu'elles ne dérapent.

Comment revenir à de bonnes habitudes après avoir « dérapé » ?

Quelle que soit la constance avec laquelle vous appliquez vos habitudes, les événements de la vie peuvent tout remettre en question. Il est impossible d'atteindre la perfection. Une situation d'urgence est vite arrivée : vous tombez malade, ou vous devez partir en déplacement pour le travail, ou votre famille a besoin que vous lui consacriez un peu plus de votre temps.

Chaque fois que cela m'arrive, j'essaie de me rappeler une règle simple : ne jamais manquer une occasion deux fois.

Si je manque un jour, j'essaie d'y remédier le plus rapidement possible. Je manque une séance d'entraînement, mais je ne vais pas en manquer deux de suite. Si je mange une pizza entière, je prendrai un repas plus sain la prochaine fois. Je ne peux pas être parfait, mais je peux éviter de faire deux fois la même erreur. Dès qu'une série se termine, j'enchaîne avec la suivante.

Une seule erreur n'est jamais signe de défaite. C'est la spirale d'erreurs répétées qui conduit à l'échec. Si vous manquez une séance, ce n'est pas bien grave. En revanche, si vous manquez une séance à deux reprises, vous commencez à prendre une nouvelle (mauvaise) habitude.

C'est ce qui différencie un état d'esprit gagnant d'un état d'esprit perdant. Tout le monde peut avoir un mauvais résultat, un mauvais entraînement ou une mauvaise journée de travail. Mais quand on a un mental de gagnant, on rebondit rapidement. Perdre une habitude n'a pas d'importance si on la reprend rapidement. Ce principe est si important qu'il faut s'y tenir, même s'il est difficile de poursuivre une habitude aussi correctement qu'on le souhaiterait. Trop souvent, nous tombons dans un cycle du tout ou rien. Le problème n'est pas la peur de déraper, mais le fait de penser que si nous ne parvenons pas à accomplir quelque chose de façon parfaite, nous ne devrions pas la faire du tout. Donc nous n'essayons même pas…

Vous ne réalisez pas à quel point il est utile de manifester, ne serait-ce que votre bonne volonté quand vous passez une mauvaise journée (ou une journée chargée). Les journées ratées font plus de dégâts que les journées réussies ne vous aident. Si vous commencez avec 100 euros, un gain de 50 % vous permettra d'atteindre 150 euros. Mais une perte de 33 % vous ramènera 100 euros. En d'autres termes, éviter une perte de 33 % est aussi important que de réaliser un gain de 50 %. Comme le dit Charlie Munger : « La première règle de la capitalisation : ne jamais arrêter inutilement. »

Ainsi, les « mauvaises » séances d'entraînement sont souvent les plus importantes. Les jours moroses et les séances d'entraînement qui se passent mal n'éliminent pas les gains que vous aviez accumulés les bons jours précédents. Le simple fait de faire quelque chose (dix squats, cinq sprints, une pompe, n'importe quel exercice) a un impact énorme. Ne remettez pas les compteurs à zéro. Suivez les conseils de Charlie Munger : ne laissez pas les pertes saper vos éléments de capitalisation.

Sachez également que tout ne se joue pas pendant l'entraînement. Il est également important que vous ne manquiez aucune séance d'entraînement. C'est facile d'aller faire du sport quand on se sent bien, mais il est très important d'y aller également quand on n'en a pas envie, même si on fait moins que ce qu'on souhaiterait. Aller à la salle de sport et y rester cinq minutes n'améliorera peut-être pas votre performance, mais cela réaffirmera votre identité.

Le cycle « tout ou rien » du changement de comportement n'est qu'un piège qui peut faire déraper vos habitudes. Si vous utilisez un système de suivi de vos habitudes, vous êtes également confronté(e) à un autre danger potentiel : évaluer le mauvais élément.

Savoir quand effectuer un suivi (ou pas) d'une habitude

Imaginez que vous êtes propriétaire d'un restaurant et que vous souhaitez savoir si votre chef fait du bon travail. Pour évaluer sa cote, vous pouvez effectuer un suivi du nombre de clients qui viennent manger chaque jour. Si vous accueillez de plus en plus de monde, cela signifie que les plats au menu sont bons ; si vous accueillez de moins en moins de monde, c'est que quelque chose ne va pas.

Cette évaluation des recettes quotidiennes ne donne qu'un aperçu limité de ce qui se passe réellement. Le simple fait de payer un repas ne signifie pas que les clients prennent le repas avec plaisir. Même si un client est insatisfait, il est peu probable qu'il mange son repas et parte sans payer. En fait, si vous évaluez uniquement les recettes, il est possible que les plats proposés soient de plus en plus mauvais, mais vous vous rattrapiez avec du marketing, des réductions ou une autre méthode. Il peut être plus efficace d'effectuer un suivi du nombre de clients qui terminent leur repas ou du pourcentage de clients qui laissent un pourboire généreux.

Le côté négatif du suivi d'un comportement particulier, c'est que nous donnons plus d'importance aux chiffres qu'à l'objectif recherché. Si vous évaluez votre réussite en fonction des bénéfices trimestriels, vous optimiserez les ventes, les revenus et la comptabilité pour engranger des bénéfices. Si votre objectif de réussite est d'avoir un chiffre inférieur sur la balance, vous ferez tout pour y parvenir, même si vous devez adopter un régime draconien, consommer des jus détox et prendre des pilules pour perdre du poids. Le cerveau humain veut toujours « gagner », quel que soit l'enjeu.

Ce piège est évident dans de nombreux domaines de la vie. Nous donnons plus d'importance aux heures passées sur un travail qu'à l'objectif final du travail. Nous donnons plus d'importance au fait de marcher pendant plusieurs kilomètres qu'à l'objectif final d'être en bonne santé. Nous enseignons et contrôlons les connaissances dans des tests standardisés au lieu de mettre l'accent sur l'apprentissage, la curiosité et la pensée critique. En bref, nous optimisons ce que nous évaluons. Si nous n'évaluons pas le bon élément, nous obtenons un mauvais comportement.

C'est ce que l'on appelle parfois la loi de Goodhart. Le principe de cette loi est le suivant : « Lorsqu'un élément d'évaluation devient un objectif, il cesse d'être un élément d'évaluation. » L'évaluation n'est utile que lorsqu'elle vous guide et élargit vos perspectives, pas quand elle vous met sous pression. Chaque chiffre est simplement un retour d'information dans un système global.

Dans notre monde axé sur les données, nous avons tendance à surévaluer les chiffres et à sous-évaluer tout ce qui est éphémère, modéré et difficile à quantifier. Nous pensons à tort que les facteurs que nous pouvons mesurer sont les seuls facteurs plausibles. Mais le fait de pouvoir évaluer quelque chose ne signifie pas que c'est la chose la plus importante. Et ce n'est pas parce que vous ne pouvez pas évaluer quelque chose que cette chose n'a aucune importance.

Tout ça pour dire qu'il est capital de garder le suivi des habitudes à sa place. Il peut sembler satisfaisant de noter une habitude et de suivre votre progression, mais l'évaluation n'est pas la seule chose qui compte. En outre, il existe de nombreuses façons de mesurer les progrès et il est parfois utile de vous concentrer sur autre chose.

Ainsi, les victoires non liées à la balance peuvent être efficaces pour perdre du poids. Les chiffres sur la balance peuvent être tenaces, donc si vous vous concentrez uniquement sur eux, votre motivation s'épuisera. En revanche, vous remarquerez peut-être que votre peau est plus ferme ou que vous vous réveillez plus tôt ou que votre libido est stimulée. Tous ces éléments constituent de bons moyens pour suivre votre amélioration. Si vous n'êtes pas motivé(e) par les chiffres sur la balance, pensez à vous concentrer sur un élément d'évaluation différent, qui vous indique plus de signaux de progression.

Quelle que soit la façon dont vous évaluez vos progrès, le suivi des habitudes constitue un moyen simple de rendre vos habitudes plus satisfaisantes. Chaque évaluation est une preuve infime que vous avancez dans la bonne direction et vous offre un bref instant de plaisir immédiat du travail bien fait.

Résumé du chapitre

- L'un des sentiments les plus satisfaisants est le sentiment de progresser.
- Un système de suivi des habitudes est un moyen simple de déterminer si vous avez mis en application une habitude, comme le fait de marquer une croix sur le calendrier.
- Les systèmes de suivi des habitudes et d'autres formes visuelles d'évaluation peuvent rendre vos habitudes satisfaisantes en fournissant des preuves claires de vos progrès.
- Ne brisez pas la chaîne. Essayez de maintenir vos habitudes.
- Ne manquez jamais une habitude deux fois de suite. Si vous manquez un jour, essayez de vous remettre sur la bonne voie le plus rapidement possible.
- Le fait de pouvoir évaluer quelque chose ne veut pas dire que c'est la chose la plus importante.

17

Comment un garant peut tout changer

Après avoir servi en tant que pilote pendant la Seconde Guerre mondiale, Roger Fisher étudia à la faculté de droit de Harvard et, durant trente-quatre ans, il se spécialisa dans la négociation et la gestion des conflits. Il fonda le Harvard Negotiation Project et collabora avec de nombreux pays et dirigeants mondiaux sur des processus de paix, des prises d'otages et autres conflits diplomatiques. Mais c'est dans les années 1970 et 1980, alors que la menace de guerre nucléaire enflait, que Fisher développa sans doute son idée la plus intéressante.

À l'époque, il avait pour objectif de concevoir des stratégies permettant d'empêcher une guerre nucléaire et il avait constaté un fait troublant. Tout président en exercice avait accès à des codes de lancement qui pourraient tuer des millions de personnes, mais ne verrait jamais personne mourir, car il se trouvait toujours à des milliers de kilomètres.

« Ma proposition était très simple, écrit-il en 1981. Mettez ce numéro de code [nucléaire] dans une petite capsule, puis implantez cette capsule juste à côté du cœur d'un volontaire. Le volontaire portera alors en lui le déclencheur d'une arme de destruction massive pendant qu'il accompagne le président. Si jamais le président souhaite utiliser l'arme nucléaire, il devra d'abord tuer un homme de ses mains. Le président dira : "George, je suis désolé, mais des dizaines de millions de personnes doivent mourir." Dans ce cas de figure, avant de déclencher l'arme nucléaire, le président doit réaliser de ses propres yeux ce que représente la mort d'un innocent. Le fait de verser du sang sur le tapis de la Maison-Blanche le mettra face à la réalité.

« Quand j'ai fait cette proposition à des amis du Pentagone, ils ont dit : "Mon Dieu, c'est terrible. Le fait de devoir tuer quelqu'un fausserait le jugement du président. Il pourrait ne jamais appuyer sur le bouton de l'arme nucléaire." »

Tout au long de notre discussion sur la 4e loi du changement de comportement, nous avons souligné l'importance de rendre immédiatement satisfaisantes les bonnes habitudes. La proposition de Fisher est une inversion de la 4e loi : rendre un comportement immédiatement insatisfaisant.

Tout comme nous sommes plus susceptibles de répéter une expérience qui aboutit à une fin satisfaisante, nous évitons également celle dont la fin promet d'être douloureuse. La douleur est un outil d'enseignement efficace. Si un échec est douloureux, il est corrigé. S'il est anodin, il est ignoré. Plus l'erreur est immédiate et coûteuse, plus vite vous en tirerez les leçons. La menace d'une mauvaise critique oblige un plombier à bien faire son travail. La possibilité qu'un client ne revienne jamais fait que les restaurants proposent de bons plats. Le risque et les graves conséquences de sectionner le mauvais vaisseau sanguin obligent un chirurgien à maîtriser l'anatomie humaine et à opérer avec précaution.

Quand les conséquences sont graves, on apprend généralement rapidement.

Plus la douleur est immédiate, moins il est probable qu'on adopte un comportement donné. Si vous souhaitez éviter les mauvaises habitudes et éliminer les comportements malsains, il faut ajouter une responsabilité instantanée à l'action pour réduire efficacement le risque que ces habitudes/comportements apparaissent ou se maintiennent.

Nous reproduisons les mauvaises habitudes parce qu'elles nous sont utiles d'une certaine manière, ce qui les rend difficiles à éliminer. Le meilleur moyen que je connaisse pour surmonter cette situation, c'est d'augmenter la vitesse d'apparition de la sanction associée au comportement. Il ne peut y avoir de décalage entre l'action et les conséquences.

Dès que les actions entraînent une conséquence immédiate, le comportement commence à changer. Les clients paient leurs factures dans les délais sinon des frais de retard leur sont facturés. Les étudiants se présentent en classe quand leur note est liée à l'assiduité. Nous faisons tout pour éviter une sanction immédiate.

Il y a bien sûr une limite à cela. Si vous comptez sur la sanction pour changer de comportement, la valeur de la sanction doit correspondre à la valeur relative du comportement qu'elle tente de corriger. Pour être productif, les conséquences de la procrastination doivent être supérieures aux conséquences de l'action. Pour être en bonne santé, les conséquences de la paresse doivent être supérieures aux conséquences de l'exercice. Recevoir une amende pour avoir fumé dans un restaurant ou avoir grillé un feu rouge ajoute une conséquence à une action. Le comportement ne change que si la punition est suffisamment douloureuse et effectivement appliquée.

En général, plus la conséquence est locale, concrète et immédiate, plus elle est susceptible d'influencer le comportement individuel. Plus la conséquence est globale, abstraite et différée, moins elle est susceptible de l'influencer.

Fort heureusement, il existe un moyen simple d'ajouter une conséquence immédiate à toute mauvaise habitude : créer un contrat d'habitude.

Le contrat d'habitude

La première loi sur le port de la ceinture de sécurité a été adoptée à New York le 1er décembre 1984. À l'époque, à peine 14 % des Américains portaient régulièrement leur ceinture de sécurité ; mais cela changea rapidement.

En cinq ans, plus de la moitié des États américains avait voté une loi sur la ceinture de sécurité. Aujourd'hui, le port de la ceinture de sécurité est obligatoire dans 49 des 50 États. Et il n'y a pas que la législation qui a changé, le nombre de personnes portant la ceinture de sécurité a également augmenté de façon spectaculaire. En 2016, plus de 88 % des Américains mettaient leur ceinture chaque fois qu'ils montaient dans une voiture. En un peu plus de trente ans, les habitudes de millions de personnes ont complètement changé.

Les lois et réglementations démontrent comment le gouvernement peut changer nos habitudes en créant un contrat social. Nous acceptons collectivement de respecter certaines règles et de les appliquer dans la société, puis dans un groupe. Chaque impact d'une nouvelle législation sur nos comportements (lois sur la ceinture de sécurité, interdiction de fumer dans les restaurants, recyclage obligatoire) est un exemple d'application du contrat social qui façonne nos habitudes. Le groupe s'engage à agir d'une certaine manière ; si vous ne suivez pas, vous serez sanctionné(e).

Tout comme les gouvernements utilisent les lois pour responsabiliser les citoyens, vous pouvez créer un contrat d'habitude pour vous responsabiliser. Il s'agit d'un accord verbal ou écrit dans lequel vous énoncez votre attachement à une habitude particulière et la sanction qui sera infligée si vous ne le respectez pas. Trouvez ensuite une ou deux personnes qui acceptent de jouer le rôle de garants et qui signent le contrat avec vous.

Bryan Harris, entrepreneur de Nashville, dans le Tennessee, est la première personne que j'ai vue appliquer cette stratégie. Peu de temps après la naissance de son fils, Bryan réalisa qu'il voulait perdre quelques kilos. Il signa un contrat d'habitude entre lui-même, son épouse et son coach personnel. La première version stipulait ceci : « L'objectif n° 1 de Bryan pour le premier trimestre de 2017 est de recommencer à manger sainement pour qu'il se sente mieux, qu'il soit plus mince et qu'il puisse atteindre son objectif de poids à long terme : 90 kilos pour 10 % de masse graisseuse. »

Sous l'énoncé de cet engagement, Bryan mit en place une feuille de route pour atteindre le résultat idéal :

- Phase n° 1 : Revenir à un régime strict avec peu de féculents au premier trimestre.
- Phase n° 2 : Démarrer un programme strict de suivi des macronutriments au deuxième trimestre.
- Phase n° 3 : Peaufiner et maintenir les résolutions de son régime alimentaire et de son programme d'entraînement au troisième trimestre.

Enfin, il écrivit chacune des habitudes quotidiennes qui le mèneraient à son objectif. Par exemple : « Noter tous les aliments consommés chaque jour et se peser chaque jour. »

Et puis il a indiqué la sanction qui tomberait en cas d'échec : « Si Bryan ne fait pas ces deux choses, la sanction suivante sera appliquée : il devra se mettre sur son trente-et-un chaque jour de travail et chaque dimanche matin pour le reste du trimestre. Autrement dit, il ne devra pas porter de jean, de tee-shirt, de sweat à capuche ou de short. Il donnera également à Joey [son coach] 200 dollars à dépenser à sa guise s'il oublie de remplir son carnet alimentaire pendant une journée. »

Au bas de la page, Bryan et ses garants, son épouse et son coach, signèrent le contrat.

Au début, je me suis dit qu'un contrat de ce type était trop formel et inutile, notamment pour les signatures. Mais Bryan m'a convaincu que la signature du contrat était un signe d'engagement. « Chaque fois que j'oublie cette partie, m'avait-il dit, je commence à me relâcher presque immédiatement. »

Trois mois plus tard, après avoir atteint ses objectifs pour le premier trimestre, Bryan releva le défi. Les conséquences s'intensifièrent également. S'il manquait ses objectifs en matière de glucides et de protéines, il devait verser 100 dollars à son coach. Et s'il ne se pesait pas, il devait donner 500 dollars à sa femme pour qu'elle achète ce qu'elle souhaitait. Pire encore, s'il oubliait de courir, il devait mettre une tenue habillée tous les jours et porter une casquette Alabama le reste du trimestre, la pire rivale de son équipe préférée des Auburn.

La stratégie fonctionna. Avec son épouse et son coach jouant les rôles de garants et le contrat d'habitude précisant exactement ce qu'il fallait faire chaque jour, Bryan perdit du poids[26].

26. Vous pouvez consulter les contrats d'habitude utilisés par Bryan Harris et en obtenir un modèle vierge sur la page atomichabits.com/contrat.

Pour rendre les mauvaises habitudes insatisfaisantes, la meilleure chose à faire est de les rendre difficiles sur le moment. Pour cela, mettez en place un contrat d'habitude : cette méthode est particulièrement efficace.

Même si vous ne souhaitez pas créer un contrat à part entière, il est utile d'avoir un garant. La comédienne Margaret Cho écrit une blague ou une chanson tous les jours. Elle relève le défi « Une chanson par jour » avec un ami, ce qui les aide tous les deux à rester motivés. Savoir que quelqu'un observe peut être un puissant facteur de motivation. Vous êtes moins susceptible de procrastiner ou d'abandonner, car vous risquez une conséquence immédiate. Si vous n'êtes pas assidu(e), on pourra vous considérer comme une personne peu fiable et partisane du moindre effort. Du coup, vous ne respectez ni les promesses que vous vous êtes faites, ni les promesses que vous avez faites aux autres.

Vous pouvez même automatiser ce processus. Thomas Frank, un entrepreneur de Boulder, au Colorado, se lève à 5 h 55 chaque matin. Et s'il ne le fait pas, il a automatiquement planifié l'envoi d'un tweet qui dit : « Il est 6 h 10 et je ne suis pas debout parce que je suis un flemmard ! Répondez à ce message pour recevoir 5 dollars *via* PayPal (offre réservée aux cinq premières réponses), dans la mesure où mon réveil a fonctionné correctement. »

Nous essayons toujours de nous présenter sous notre meilleur jour. Nous nous coiffons, nous nous brossons les dents et nous nous habillons avec soin, car nous savons que ces habitudes sont susceptibles de générer une réaction positive. Nous voulons obtenir de bonnes notes et des diplômes auprès des meilleures écoles pour impressionner les employeurs et les partenaires potentiels, ainsi que nos amis et notre famille. Nous nous soucions des opinions de ceux qui nous entourent, car cela nous aide de savoir que nous sommes appréciés. C'est précisément pour cette raison que la collaboration avec un garant ou la signature d'un contrat d'habitude fonctionne aussi bien.

Résumé du chapitre

- L'inversion de la 4e loi du changement de comportement consiste à rendre la tâche insatisfaisante.
- Nous avons moins de risques de répéter une mauvaise habitude si elle est contraignante ou insatisfaisante.
- Un partenaire de responsabilité peut nous imposer une conséquence immédiate en cas d'inaction de notre part. Nous nous soucions énormément de ce que les autres pensent de nous et nous ne voulons pas qu'ils aient une opinion négative.
- Un contrat d'habitude peut être utilisé pour ajouter une conséquence sociale à tout comportement. Tout manquement à vos promesses est connu de tous et devient ainsi encore plus difficile à assumer.
- Savoir que quelqu'un vous observe peut être un puissant facteur de motivation.

COMMENT CRÉER UNE BONNE HABITUDE

La 1re loi	L'évidence
1.1	Remplissez le Tableau de bord des habitudes. Écrivez vos habitudes actuelles pour en prendre conscience.
1.2	Utilisez la formule de l'intention de mise en place : « Je vais [COMPORTEMENT] à [MOMENT] dans[LIEU]. »

1.3	Utilisez la formule de la superposition des habitudes : « Après [HABITUDE ACTUELLE], je vais [NOUVELLE HABITUDE]. »
1.4	Réaménagez votre environnement. Rendez les déclencheurs de bonnes habitudes évidents et visibles.
La 2e loi	**L'attractivité**
2.1	Utilisez le regroupement des tentations. Associez une action que vous voulez faire à une action que vous devez faire.
2.2	Adoptez une culture dans laquelle votre comportement souhaité est un comportement normal.
2.3	Créez un rituel de motivation. Faites quelque chose que vous appréciez juste avant une habitude fastidieuse.
La 3e loi	**La facilité**
3.1	Réduisez les contraintes. Limitez le nombre d'étapes à franchir pour adopter vos bonnes habitudes.
3.2	Adaptez l'environnement. Préparez votre environnement pour faciliter les actions futures.
3.3	Maîtrisez le moment décisif. Optimisez les petits choix qui produisent un impact considérable.
3.4	Utilisez la règle des deux minutes. Réduisez la durée de vos habitudes jusqu'à ce qu'elles soient réalisables en deux minutes ou moins.
3.5	Automatisez vos habitudes. Misez sur la technologie et les achats ponctuels qui conditionnent vos comportements futurs.

La 4e loi	La satisfaction
4.1	Utilisez le renforcement. Donnez-vous une récompense immédiate lorsque vous accomplissez votre habitude.
4.2	Arrangez-vous pour que le fait de ne « rien faire » soit agréable. Lorsque vous évitez une mauvaise habitude, mettez en place un moyen qui vous permettra d'en voir les avantages.
4.3	Utilisez un système de suivi d'habitude. Gardez une trace de vos habitudes et « ne brisez pas la chaîne ».
4.4	Ne manquez jamais un acte deux fois. Lorsque vous oubliez d'appliquer une habitude, remettez-vous immédiatement sur les rails.

COMMENT BRISER UNE MAUVAISE HABITUDE

Inversion de la 1re loi	L'invisibilité
1.5	Réduisez l'exposition. Supprimez de votre environnement les déclencheurs de vos mauvaises habitudes.
Inversion de la 2e loi	**La non-attractivité**
2.4	Redéfinissez votre état d'esprit. Mettez en avant les avantages d'éviter vos mauvaises habitudes.
Inversion de la 3e loi	**La difficulté**
3.6	Augmentez les contraintes. Augmentez le nombre d'étapes à franchir pour appliquer vos mauvaises habitudes.

3.7	Utilisez un dispositif d'engagement. Limitez vos choix futurs à ceux qui vous sont bénéfiques.
Inversion de la 4e loi	**L'insatisfaction**
4.5	Sollicitez un partenaire de responsabilité. Demandez à quelqu'un de surveiller votre comportement.
4.6	Créez un contrat d'habitude. Rendez les conséquences de vos mauvaises habitudes publiques et contraignantes.

Tactiques élaborées

Comment passer du statut de « simplement bon » à « vraiment très bon »

18

La vérité sur le talent (inné ou acquis ?)

Tout le monde ou presque connaît Michael Phelps, l'un des plus grands athlètes de tous les temps. Phelps a remporté plus de médailles olympiques que n'importe quel nageur, mais aussi plus que n'importe quel athlète olympique, tous sports confondus.

Peu de gens connaissent Hicham El Guerrouj, pourtant ce fut un athlète fantastique. El Guerrouj est un coureur marocain qui remporta deux médailles d'or olympiques et qui est l'un des plus grands coureurs de demi-fond de tous les temps. Durant de nombreuses années, il a détenu le record du monde du *mile* ainsi que du 1 500 mètres et du 2 000 mètres. En 2004, aux jeux Olympiques d'Athènes, il remporta la médaille d'or du 1 500 mètres et du 5 000 mètres.

Ces deux athlètes sont extrêmement différents à bien des égards. L'un concourait sur terre et l'autre dans l'eau. Mais surtout, leurs tailles sont très différentes. El Guerrouj mesure 1,76 mètre, alors que Phelps mesure 1,94 mètre. Malgré cet écart de taille, les deux hommes ont un point commun : ils ont la même longueur de jambes.

Comment est-ce possible ? Phelps a des jambes relativement courtes pour sa taille et un très long torse, la morphologie idéale pour la natation. El Guerrouj a des jambes incroyablement longues et un torse court, la morphologie idéale pour la course à pied.

Maintenant, imaginez que ces athlètes de classe mondiale doivent changer de sport. Compte tenu de sa forme remarquable, Michael Phelps pourrait-il devenir un coureur de distance olympique avec suffisamment d'entraînement ? C'est peu probable. Au meilleur de sa forme physique, Phelps pesait 87 kilos, soit 40 % de plus que El Guerrouj, qui courait avec un poids ultraléger de 62 kilos. Les coureurs les plus grands sont des coureurs plus lourds, et chaque kilo supplémentaire est une charge supplémentaire lorsqu'on est coureur de fond. Phelps partirait vaincu dès le début.

De même, El Guerrouj peut être l'un des meilleurs coureurs de l'histoire, il est peu probable qu'il se qualifie un jour pour les jeux Olympiques en tant que nageur. Depuis 1976, les médaillés d'or olympiques du 1 500 mètres masculin mesurent en moyenne 1,77 mètre. En comparaison, la taille moyenne des médaillés d'or olympiques au 100 mètres libre masculin est de 1,93 mètre. Les nageurs ont tendance à être grands et à avoir un dos et des bras longs, ce qui est idéal pour évoluer dans l'eau. El Guerrouj serait très désavantagé avant même de plonger dans la piscine.

Le secret pour optimiser vos chances de réussite est de choisir le bon domaine de compétition. Cela s'applique aussi bien au sport qu'aux affaires. Les habitudes sont plus faciles à exécuter et plus satisfaisantes si elles sont dans la lignée de vos dispositions et capacités naturelles. Comme Michael Phelps dans la piscine ou Hicham El Guerrouj sur la piste, choisissez une discipline dans laquelle vous excellez.

Pour adopter cette stratégie, il faut accepter que chacun naisse avec des capacités différentes. Certains pensent qu'il n'y a pas matière à discuter sur le sujet. En apparence, vos gènes semblent être figés et il n'y a aucun intérêt à parler de choses que vous ne pouvez pas contrôler. De plus, des expressions comme le déterminisme biologique laissent à penser que certains individus sont voués au succès et d'autres à l'échec. Mais cette vision de l'influence des gènes sur le comportement est plutôt limitée.

La force de la génétique est aussi sa faiblesse. Les gènes sont difficilement modifiables, ce qui signifie qu'ils offrent un avantage considérable dans des circonstances favorables et un inconvénient considérable dans des circonstances défavorables. Si vous voulez être un bon *dunkeur* au basket, il est très utile de mesurer plus de 2 mètres. Si vous souhaitez pratiquer la gymnastique, mesurer 2 mètres sera plutôt un frein. Notre environnement détermine la pertinence de nos gènes et l'utilité de nos talents naturels. Lorsque notre environnement change, il en va de même pour les qualités qui déterminent notre réussite.

Cela s'applique non seulement aux caractéristiques physiques, mais aussi aux qualités mentales. Si vous me demandez de vous parler des habitudes et du comportement humain, je pourrai vous répondre, car je suis spécialiste du domaine. En revanche, si vous me demandez conseil sur le tricot, la propulsion de fusée ou des accords de guitare, n'ayant aucune compétence dans ces domaines, je ne pourrai pas vous aider. La compétence dépend essentiellement du contexte.

Les personnes au sommet dans tout domaine compétitif sont non seulement bien entraînées, mais également bien adaptées à la tâche. Par conséquent, si vous voulez être vraiment bon(ne), choisissez le domaine dans lequel vous avez des prédispositions. En bref : les gènes ne déterminent pas votre destin. Ils déterminent vos domaines de compétences. Comme le note le médecin Gabor Mate : « Les gènes peuvent prédisposer, mais ils ne sont pas prédéterminés. » Les domaines pour lesquels vous êtes génétiquement prédisposé(e) à la réussite sont ceux dans lesquels les habitudes ont plus de chances d'être satisfaisantes. L'essentiel est d'orienter vos efforts vers des domaines qui vous passionnent et qui correspondent à vos compétences naturelles, afin de définir vos objectifs en fonction de vos capacités.

La question évidente est la suivante : « Comment puis-je savoir dans quel domaine j'ai plus de chances de réussir ? Comment puis-je identifier les opportunités et les habitudes qui me conviennent ? » Pour trouver des réponses, commençons par comprendre votre personnalité.

Comment votre personnalité influence vos habitudes

Vos gènes fonctionnent dans l'ombre de vos habitudes, autrement dit, dans l'ombre de vos comportements. Il a été démontré que les gènes ont une influence sur tout, du nombre d'heures que vous passez à regarder la télévision à votre probabilité de vous marier ou de divorcer, en passant par votre tendance à devenir dépendant(e) des drogues, de l'alcool ou de la cigarette. Ils influencent aussi le degré d'obéissance ou de rébellion face à l'autorité, le degré de vulnérabilité ou de résistance aux événements stressants, le degré de proactivité ou de réactivité que vous ressentez, et même la sensation d'intérêt ou d'ennui que vous ressentez quand vous assistez à un concert. Comme Robert Plomin, généticien spécialiste du comportement au King's College de Londres, me l'a dit :

« Nous en sommes maintenant au point où nous avons arrêté les tests pour voir si les traits de caractère ont une composante génétique, car nous ne pouvons littéralement pas en trouver un qui ne soit pas influencé par nos gènes. »

Regroupées, vos caractéristiques génétiques uniques vous prédisposent à une personnalité particulière. Votre personnalité est l'ensemble des caractéristiques qui sont constantes d'une situation à l'autre. L'analyse scientifique des traits de personnalité la plus pertinente est connue sous le nom de « *Big Five* » : elle décompose les traits de personnalité en cinq spectres de comportement.

1. Ouverture à l'expérience : curieux et inventif d'un côté, prudent et constant de l'autre.
2. Conscience/rigueur : organisé et efficace d'un côté, facile à vivre et spontané de l'autre.
3. Extraversion : extraverti et énergique d'un côté, solitaire et réservé de l'autre (vous les connaissez probablement sous les qualificatifs d'extraverti ou d'introverti).
4. Amabilité : amical et empathique d'un côté, difficile et indifférent de l'autre.
5. Neuroticisme : anxieux et sensible d'un côté, confiant, calme et stable de l'autre.

Ces cinq caractéristiques ont des bases biologiques. L'extraversion, par exemple, peut être observée dès la naissance. Si quelqu'un fait du bruit dans la salle des soins infirmiers, certains bébés se tournent vers cette personne tandis que d'autres se détournent. Les chercheurs qui suivirent des enfants tout au long de leur vie découvrirent que les bébés qui se tournaient vers le bruit étaient plus susceptibles de devenir extravertis. Ceux qui se détournaient étaient plus susceptibles d'être introvertis.

Les personnes douées d'une grande amabilité sont gentilles, attentionnées et chaleureuses. Elles ont également tendance à avoir des niveaux d'ocytocine naturels plus élevés. Cette hormone joue un rôle important dans l'établissement de liens sociaux, augmente le sentiment de confiance et peut agir en tant qu'antidépresseur naturel. Vous pouvez facilement imaginer qu'une personne ayant un taux d'ocytocine plus élevé pourra adopter des habitudes telles que la rédaction de notes de remerciement ou l'organisation d'événements sociaux.

Prenons un troisième exemple : le neuroticisme, qui est un trait de personnalité que chacun possède à des degrés divers. Les personnes qui ont une forte névrose ont tendance à être anxieuses et à s'inquiéter plus que les autres. Ce trait a été associé à l'hypersensibilité de l'amygdale, la partie du cerveau qui détecte les menaces. En d'autres termes, les personnes plus sensibles aux signaux négatifs de leur environnement ont plus de chances de présenter un niveau élevé de neuroticisme.

Nos habitudes ne sont pas uniquement déterminées par nos personnalités, mais il ne fait aucun doute que nos gènes nous poussent dans une certaine direction. Nos préférences profondément ancrées rendent certains comportements plus faciles pour certaines personnes que pour d'autres. Vous n'avez pas à vous excuser pour ces différences ni à vous sentir coupable, mais vous devez vous en accommoder. Par exemple, une personne dont le niveau de conscience est moins élevé aura moins tendance à être ordonnée par nature et devra peut-être compter davantage sur l'aménagement d'un environnement favorable pour conserver de bonnes habitudes. (Rappel à nos amis lecteurs les moins consciencieux, l'aménagement de l'environnement est une stratégie dont nous avons discuté aux chapitres 6 et 12.)

En conclusion, vous devez créer des habitudes qui correspondent à votre personnalité[27]. On peut facilement se faire avoir en imaginant qu'en s'entraînant comme un culturiste, on parviendra à quelque chose… Si le culturisme ne fait pas partie de vos centres d'intérêt, si vous préférez l'escalade, le cyclisme ou l'aviron, créez vos habitudes d'exercice en fonction de vos intérêts. Si un de vos amis suit un régime pauvre en glucides, mais si vous trouvez que le régime pauvre en matières grasses fonctionne pour vous, adoptez le régime qui vous convient et il aura ainsi plus de chances de fonctionner. Dans vos habitudes de lecture, ne soyez pas gêné(e) si vous préférez les romans torrides à d'autres types d'ouvrages. Lisez tout ce qui vous fascine[28]. Vous n'avez pas à créer les habitudes que tout le monde vous dit de créer. Choisissez l'habitude qui vous convient le mieux, pas celle qui est la plus répandue.

Il existe une version de chaque habitude qui peut vous apporter joie et satisfaction. Trouvez-la. Les habitudes doivent être agréables pour durer. C'est l'idée fondamentale de la 4e loi.

Adapter vos habitudes à votre personnalité est un bon début, mais ce n'est pas la seule chose à faire. Portons maintenant notre attention sur la recherche et la mise en place de situations dans lesquelles vous bénéficiez d'un avantage naturel.

---

27. Si vous souhaitez effectuer un test de personnalité, vous trouverez sur cette page des liens vers les tests les plus fiables : atomichabits.com/personality.

28. Si vous lisez et relisez tous les tomes de *Harry Potter*, comme je vous comprends !

Comment trouver un domaine où les chances de réussite sont de votre côté

Il est essentiel de privilégier un domaine où les chances sont en votre faveur pour maintenir votre motivation et favoriser votre réussite. En théorie, vous pouvez apprécier presque tout. En pratique, vous êtes plus susceptible d'apprécier les choses que vous faites facilement. Les personnes qui ont du talent dans un domaine particulier ont tendance à être plus compétentes dans cette tâche et sont ensuite félicitées pour leur bon travail. Elles restent motivées parce qu'elles progressent là où d'autres ont échoué et qu'elles sont récompensées par un meilleur salaire et de plus grandes opportunités, ce qui les rend non seulement plus heureuses, mais les incite également à produire un travail de qualité supérieure. C'est un cycle vertueux.

Choisissez la bonne habitude et vous progresserez facilement. Choisissez la mauvaise habitude et vous lutterez pour progresser.

Comment choisir la bonne habitude ? La première étape a déjà été abordée dans la 3e loi : la facilité. Dans la majorité des cas, lorsqu'on choisit la mauvaise habitude, cela signifie simplement qu'on choisit une habitude trop difficile. Quand une habitude est facile, vous avez plus de chances de réussir. Lorsque vous réussissez, vous êtes plus susceptible de vous sentir satisfait(e). Il faut toutefois tenir compte d'un autre paramètre. À long terme, si vous continuez à progresser et à vous améliorer, n'importe quel domaine peut devenir difficile. À un moment donné, vous devez vous assurer d'avoir choisi le domaine adapté à vos compétences. Comment faire ?

L'approche la plus fréquemment adoptée est la suivante : faire des essais et commettre des erreurs. Bien entendu, cette stratégie pose un problème : la vie est courte. Vous n'allez pas passer votre vie à essayer toutes sortes de professions, à sortir avec tous les célibataires que vous rencontrez ou à jouer de tous les instruments de musique. Fort heureusement, il existe un moyen efficace de gérer cette situation : adoptez l'approche de l'exploration/exploitation.

Au début d'une nouvelle activité, il devrait y avoir une période d'exploration. Dans les relations, on appelle ça des rencontres. À l'université, on appelle ça les arts libéraux ou la culture générale. En affaires, cela s'appelle les tests fractionnés. L'objectif est d'essayer de nombreuses possibilités, de rechercher un large éventail d'idées et de créer un vaste réseau d'opportunités.

Après cette période d'exploration initiale, concentrez-vous sur la meilleure solution que vous avez trouvée, mais continuez à expérimenter à l'occasion. Trouvez le bon équilibre entre vos réussites et vos échecs. Si vous réussissez, exploitez, exploitez, exploitez. Si vous échouez, continuez d'explorer, explorer, explorer.

À long terme, il est probablement plus efficace de travailler sur la stratégie qui semble produire les meilleurs résultats environ 80 à 90 % du temps et de continuer à explorer les 10 à 20 % restants. Tout le monde sait que Google demande aux employés de consacrer 80 % de la semaine de travail à leur travail officiel et 20 % à des projets de leur choix, ce qui a conduit à la création de produits phares tels que AdWords et Gmail.

L'approche optimale dépend également du temps dont vous disposez. Si vous avez beaucoup de temps, par exemple au début de votre carrière, il est plus logique d'explorer, car, une fois que vous avez fait le bon choix, vous avez encore suffisamment de temps pour l'exploiter. Si vous êtes pressé(e) par le temps (disons, au fur et à mesure que vous avancez vers la date limite d'un projet), vous devez mettre en œuvre la meilleure solution que vous avez trouvée jusqu'à présent et obtenir des résultats.

Lorsque vous explorez différentes options, posez-vous des questions pour définir continuellement les habitudes et les domaines les plus satisfaisants pour vous :

Qu'est-ce qui est un jeu d'enfant pour moi, mais une corvée pour les autres ? Le fait de savoir si vous êtes fait(e) pour une tâche ne consiste pas à savoir si vous l'aimez, mais plutôt à savoir si vous pouvez gérer la difficulté de la tâche plus facilement que la plupart des gens. Quand vous amusez-vous pendant que d'autres personnes se plaignent ? Toute tâche que vous faites avec facilité, mais qui est une corvée pour les autres, est LA tâche pour laquelle vous êtes fait(e).

Qu'est-ce qui me fait perdre la notion du temps ? Le *flow* est l'état mental dans lequel vous entrez lorsque vous êtes tellement concentré(e) sur la tâche à accomplir que le reste du monde disparaît. Ce mélange de bonheur et de performance maximale est ce que les athlètes et les artistes expérimentent lorsqu'ils se trouvent « au top ». Il est presque impossible de faire l'expérience d'un état de *flow* si l'on ne trouve pas une tâche satisfaisante, au moins dans une certaine mesure.

Dans quel domaine puis-je obtenir une meilleure performance que la personne lambda ? Nous nous comparons continuellement à ceux qui nous entourent et un comportement a plus de chances d'être satisfaisant lorsque la comparaison nous est favorable. Quand j'ai commencé à écrire sur jamesclear.com, ma liste de diffusion s'est très vite étoffée. Je ne savais pas trop pourquoi, mais je savais que les résultats semblaient arriver plus vite pour moi que pour certains de mes collègues, ce qui me motivait à continuer à écrire.

Qu'est-ce que je fais naturellement ? Oubliez un instant ce que vous avez appris. Oubliez ce que la société vous dit. Oubliez ce que les autres attendent de vous. Regardez en vous-même et demandez-vous : « Qu'est-ce qui est naturel pour moi ? Quand est-ce que je me suis senti(e) en vie ? Quand est-ce que j'ai eu l'impression d'être moi-même ? » Sans jugement interne ou volonté de faire plaisir aux autres. Sans sentiment de doute ni autocritique. Simplement avec un sentiment d'implication et de plaisir. Chaque fois que vous vous sentez authentique et légitime, vous prenez la bonne direction.

Pour être honnête, une partie de ce processus repose principalement sur la chance. Michael Phelps et Hicham El Guerrouj ont eu la chance de naître avec un ensemble de capacités rares, hautement valorisées par la société, et d'être placés dans l'environnement idéal pour mettre en application ces capacités. Nous restons peu de temps sur cette planète et ceux qui marquent leur passage sont non seulement ceux qui travaillent dur, mais qui ont également la chance de saisir des opportunités qui les favorisent.

Mais que faire si vous ne voulez pas laisser le hasard et la chance décider pour vous ?

Si vous ne pouvez pas trouver un domaine où les chances en votre faveur sont nombreuses, créez-en un. Scott Adams, le dessinateur de *Dilbert*, déclara : « Chacun a au moins quelques domaines dans lesquels il pourrait faire partie des 25 % les plus performants s'il s'en donne un peu la peine. Dans mon cas, je dessine mieux que la plupart des gens, mais je ne suis pas un artiste. Et je ne suis pas plus drôle que l'humoriste lambda qui ne réussit jamais à se faire connaître, mais je suis plus drôle que la plupart des gens. L'avantage, c'est que peu de gens savent bien dessiner et écrire des blagues. C'est la combinaison des deux qui rend ce que je fais si rare. Et quand j'ai ajouté mon expérience professionnelle préalable à ces deux atouts, j'ai instantanément eu un sujet que peu de dessinateurs pouvaient espérer comprendre sans le vivre. »

Quand vous ne pouvez pas réussir en étant meilleur, vous pouvez réussir en étant différent. En associant vos compétences, vous limitez la concurrence, ce qui vous permet de vous démarquer. Vous pouvez limiter la nécessité d'un avantage génétique (ou de plusieurs années de pratique) en écrivant vos propres règles. Un bon joueur travaille dur pour gagner le jeu auquel tout le monde joue. Un grand joueur crée un nouveau jeu qui met en avant ses forces et évite ses faiblesses.

À l'université, j'ai créé ma propre majeure, la biomécanique, qui associait physique, chimie, biologie et anatomie. Je n'étais pas assez intelligent pour me démarquer parmi les grands noms de la physique ou de la biologie, j'ai donc créé mon propre domaine de prédilection. Et comme cela me convenait (je ne suivais que les cours qui m'intéressaient), étudier me paraissait moins être une corvée. Il m'était également plus facile de ne pas tomber dans le piège de me comparer à tout le monde. Après tout, personne ne suivait la même combinaison de cours que moi, alors qui pourrait dire s'il était meilleur ou moins bon ?

La spécialisation est un moyen efficace de réussir si la génétique vous a oublié(e). Plus vous maîtrisez une compétence spécifique, plus il est difficile pour les autres de rivaliser avec vous. De nombreux culturistes sont plus forts que le compétiteur de bras de fer moyen, mais même un culturiste massif peut perdre au bras de fer parce que le champion du bras de fer a une force très spécifique. Même si vous n'êtes pas le plus doué naturellement, vous pouvez gagner en étant le meilleur d'une catégorie très limitée.

L'eau bouillante ramollit une pomme de terre, mais durcit un œuf. Vous ne pouvez pas savoir si vous allez réagir comme une pomme de terre ou un œuf, mais vous pouvez décider de jouer à un jeu où il vaut mieux être dur ou souple. Si vous pouvez trouver un environnement plus favorable, vous pouvez transformer une situation où les chances sont contre vous en une situation où elles sont en votre faveur.

Comment tirer le meilleur de vos gènes

Nos gènes n'éliminent pas les efforts. Ils les définissent. Ils nous disent sur quoi porter nos efforts. Une fois que nous avons pris conscience de nos forces, nous savons à quoi consacrer notre temps et notre énergie. Nous savons quels types d'opportunités rechercher et quels types d'obstacles éviter. Mieux nous comprenons notre nature, meilleure sera notre stratégie.

Les différences biologiques comptent. Toutefois, il est plus productif de chercher à savoir si vous exploitez votre potentiel au maximum que de vous comparer à quelqu'un d'autre. Le fait que vous ayez une limite naturelle à une capacité spécifique n'a rien à voir avec le fait que vous atteigniez le maximum de vos capacités. On est bien souvent bloqué par nos limites alors qu'il suffit de quelques efforts pour les surmonter ou du moins s'en rapprocher.

Sachez également que pour réussir, les gènes ne suffisent pas. Il faut déployer une bonne dose d'efforts pour avancer. Oui, il est possible que le coach au physique impressionnant de la salle de sport ait de meilleurs gènes, mais si vous ne vous entraînez pas comme lui, il est impossible de dire si votre génétique est meilleure ou pire. Tant que vous n'aurez pas travaillé aussi dur que ceux que vous admirez, n'essayez pas d'expliquer leur succès par la chance.

En résumé, l'un des meilleurs moyens de vous assurer que vos habitudes vous donnent satisfaction à long terme est de choisir des comportements qui correspondent à votre personnalité et à vos compétences. Travaillez dur sur les choses que vous faites facilement.

Résumé du chapitre

- Le secret pour optimiser vos chances de réussite est de choisir le bon domaine de compétition.
- Choisissez la bonne habitude et vous progresserez facilement. Choisissez la mauvaise habitude et vous progresserez à grand-peine.
- Les gènes sont difficilement modifiables, ce qui signifie qu'ils offrent un avantage considérable dans des circonstances favorables et un inconvénient considérable dans des circonstances défavorables.
- Les habitudes sont plus faciles à suivre quand elles sont dans la lignée de vos capacités naturelles. Choisissez les habitudes qui vous conviennent le mieux.
- Choisissez un domaine qui met en avant vos points forts. Si vous ne trouvez pas de domaine qui vous soit favorable, créez-en un.
- Nos gènes n'éliminent pas les efforts. Ils les définissent. Ils nous disent sur quoi porter nos efforts.

19

Le principe de Boucles d'Or : comment rester motivé dans la vie et au travail

En 1955, Disneyland venait d'ouvrir à Anaheim, en Californie, lorsqu'un garçon de 10 ans se présenta pour y travailler. La législation du travail était souple à l'époque et le garçon réussit à obtenir un poste de vente de guides à 0,50 dollar l'unité.

En moins d'un an, il avait obtenu un poste dans le magasin de magie de Disney, où il apprit les astuces auprès des employés plus expérimentés. Il s'entraînait à faire des blagues et proposait toujours les mêmes numéros lorsqu'il accueillait les visiteurs. Il découvrit rapidement que ce qu'il aimait, ce n'était pas la magie, mais le spectacle d'une manière générale. Il voulait devenir comédien.

Dès son adolescence, il commença à se produire dans de petits clubs de Los Angeles. Le public n'était pas nombreux et son spectacle était court : il restait rarement plus de cinq minutes sur scène. La plupart des personnes du public étaient trop occupées à boire un verre ou à parler avec des amis pour faire attention à son spectacle. Il lui arriva même de jouer son spectacle dans une salle vide.

Ce n'était pas très gratifiant, mais sans aucun doute, cette expérience lui permettait de s'améliorer. Ses premières représentations ne duraient qu'une ou deux minutes. Au lycée, il commença à inclure un numéro de cinq minutes et, quelques années plus tard, son spectacle durait dix minutes. À 19 ans, il se produisait toutes les semaines pendant vingt minutes. Il devait lire trois poèmes pendant le spectacle pour que ce soit suffisamment long, mais il continuait de progresser.

Il passa une autre décennie à expérimenter, à fignoler et à travailler son spectacle. Il devint ensuite scénariste pour la télévision et, peu à peu, il commença à faire quelques apparitions dans des talk-shows. Au milieu des années 1970, il était devenu un invité régulier du *Tonight Show* et du *Saturday Night Live*.

Au final, après près de quinze années de dur travail, le jeune homme s'est fait un nom. Il s'est rendu dans soixante villes en soixante-trois jours. Puis soixante-douze villes en quatre-vingts jours. Puis quatre-vingt-cinq villes en quatre-vingt-dix jours. 18 695 personnes ont assisté à son spectacle dans l'Ohio. 45 000 places supplémentaires ont été vendues pour le spectacle qu'il donna pendant trois jours à New York. Il se propulsa au sommet dans son domaine et devint l'un des comédiens les plus réputés de son époque.

Son nom est Steve Martin.

L'histoire de Martin offre une perspective fascinante sur ce qu'il faut faire pour conserver ses habitudes à long terme. La comédie n'est pas une discipline faite pour les timides. Il est difficile d'imaginer une situation plus terrorisante que celle de jouer seul sur scène et de ne pas voir un seul spectateur rire. Et pourtant, Steve Martin a dû affronter cette peur chaque semaine pendant dix-huit ans. Selon ses propres mots, « dix ans d'apprentissage, quatre ans de peaufinage et 4 ans de succès fulgurant ».

Pourquoi certaines personnes, comme Steve Martin, suivent-elles une routine, qu'il s'agisse de faire rire, de dessiner des caricatures ou de jouer de la guitare, alors que la plupart d'entre nous ont du mal à rester motivés ? Comment pouvons-nous créer des habitudes qui durent plutôt que des habitudes qui s'estompent au fil du temps ? Les scientifiques étudient cette question depuis de nombreuses années. Bien qu'il reste encore beaucoup à apprendre, l'une des conclusions les plus cohérentes est la suivante : pour maintenir la motivation et atteindre un niveau d'envie maximal, il faut travailler sur des tâches qui présentent une « difficulté supportable ».

Le cerveau humain aime les défis, mais seulement s'ils se trouvent dans une zone de difficulté optimale. Si vous aimez le tennis et essayez de jouer un match contre un enfant de 4 ans, vous allez vite vous ennuyer. C'est trop facile. Vous gagnerez chaque point. En revanche, si vous jouez avec un joueur de tennis professionnel comme Roger Federer ou Serena Williams, vous perdrez rapidement votre motivation, car le match est trop difficile.

Maintenant, imaginez que vous jouiez au tennis contre quelqu'un de votre niveau. Au fur et à mesure que le jeu avance, vous gagnez quelques points et vous en perdez quelques-uns. Vous avez de bonnes chances de gagner, mais uniquement si vous vous en donnez les moyens. Vous êtes concentré(e), les distractions disparaissent et vous vous retrouvez totalement investi(e) dans la tâche à accomplir. Il s'agit d'une difficulté tout à fait supportable et c'est un excellent exemple du principe de Boucles d'Or.

Selon le principe de Boucles d'Or, nous sommes extrêmement motivés lorsque nous exécutons des tâches qui sont à la limite de nos capacités du moment. Pas trop difficiles. Pas trop faciles. Juste au bon niveau de difficulté.

La carrière de Steve Martin dans la comédie est un excellent exemple du principe de Boucles d'Or. Chaque année, il augmentait la durée de son spectacle, seulement d'une minute ou deux. Il ajoutait toujours de nouveaux éléments, mais il gardait aussi quelques blagues, valeurs sûres qui lui garantissaient des rires dans la salle. Il remportait suffisamment de petites victoires pour rester motivé et faisait suffisamment d'erreurs pour travailler encore plus.

LE PRINCIPE DE BOUCLES D'OR

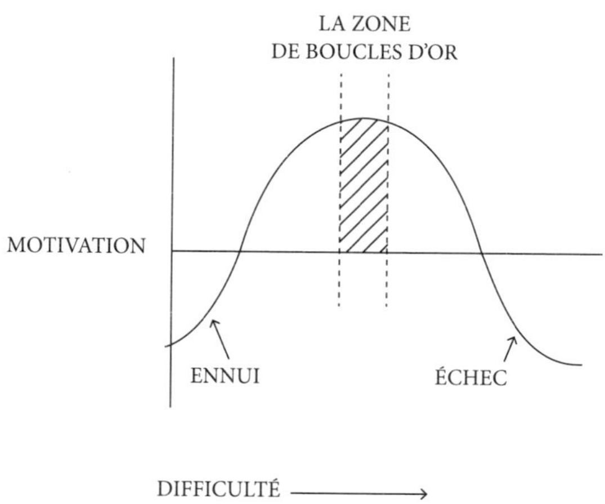

FIGURE 15 : La motivation maximale intervient lorsque vous êtes confronté(e) à un défi qui présente une difficulté supportable. Dans les recherches en psychologie, on appelle cette approche la loi de Yerkes-Dodson, qui définit le niveau d'éveil ou d'excitation comme le point médian entre l'ennui et la peur.

Lorsque vous commencez une nouvelle habitude, il est important que le comportement soit aussi simple que possible afin que vous puissiez vous y tenir, même lorsque les conditions ne sont pas optimales. C'est une idée que nous avons traitée en détail dans la 3e loi du changement de comportement.

Néanmoins, une fois que l'habitude est établie, il est important de continuer de progresser petit à petit. Ces petites améliorations et nouveaux défis vous maintiennent motivé(e). Et si vous atteignez véritablement la « zone de Boucles d'Or », vous pouvez atteindre l'état de *flow*[29].

Quand vous êtes en état de *flow*, vous êtes « dans la zone » et complètement immergé(e) dans une activité. Les scientifiques ont essayé de quantifier ce sentiment. Ils ont constaté que pour atteindre un état de *flow*, une tâche doit vous demander environ 4 % d'efforts supplémentaires par rapport à votre capacité du moment. Dans la vie quotidienne, il

29. J'ai une théorie favorite sur ce qui se passe lorsque nous atteignons un état de *flow*. Elle n'a pas été vérifiée et se base simplement sur mes déductions. Les psychologues considèrent généralement que le cerveau fonctionne selon deux modes : Système 1 et Système 2. Le Système 1 est rapide et instinctif. En règle générale, les processus que vous pouvez exécuter très rapidement (comme les habitudes) sont régis par le Système 1. Parallèlement, le Système 2 contrôle les processus de réflexion demandant plus d'efforts et plus de temps, comme le calcul de la réponse à un problème mathématique difficile. Concernant l'état de *flow*, j'aime bien imaginer que les Systèmes 1 et 2 se trouvent à chacune des extrémités du spectre de la pensée. Plus un processus cognitif est automatique, plus il penche vers le côté Système 1 du spectre. Plus une tâche est laborieuse, plus elle penche vers le Système 2. À mon avis, le *flow* se situe à la limite entre le Système 1 et le Système 2. Vous utilisez au maximum toutes vos connaissances automatiques et implicites relatives à la tâche tout en mettant tout en œuvre pour relever un défi au-delà de vos capacités. Les deux modes cérébraux sont complètement engagés. Le conscient et l'inconscient fonctionnent en parfaite synchronisation.

est généralement impossible de quantifier la difficulté d'une action de cette façon, mais l'idée principale du principe de Boucles d'Or reste la même : s'atteler à relever des défis présentant une difficulté supportable (dans la limite de vos capacités) semble capital pour maintenir la motivation.

Toute amélioration nécessite un équilibre délicat. Vous devez régulièrement rechercher les défis repoussant vos limites tout en continuant à progresser suffisamment pour rester motivé(e). Les comportements doivent demeurer innovants pour rester attrayants et satisfaisants. Sans variété, nous nous ennuyons. Et l'ennui est peut-être le plus grand ennemi dans toute quête d'amélioration personnelle.

Comment rester concentré(e) quand vous vous lassez de travailler sur vos objectifs

Après avoir arrêté le base-ball, j'ai cherché un autre sport. J'ai rejoint une équipe d'haltérophilie et un jour, un entraîneur réputé est venu dans notre salle de sport. Il avait travaillé avec des milliers d'athlètes au cours de sa longue carrière, y compris quelques athlètes olympiques. Je me suis présenté et nous avons commencé à parler du processus d'amélioration.

« Qu'est-ce qui fait que certains athlètes sont meilleurs que d'autres ? lui ai-je demandé. Qu'est-ce que les gens qui ont le plus de succès font que les autres ne font pas ? »

Il a cité tous les facteurs auxquels on pense tous : la génétique, la chance, le talent. Mais il a ensuite dit une chose à laquelle je ne m'attendais pas : « À un moment donné, ceux qui réussissent ont une capacité que les autres n'ont pas : ils ne se lassent pas de s'entraîner chaque jour, en levant encore et toujours les mêmes poids, pendant des heures et des heures. »

Sa réponse m'a surpris, car c'est une façon différente de penser à l'éthique du travail. Les gens parlent de se « mettre en condition » pour atteindre leurs objectifs. Que ce soit dans les affaires, dans les sports ou dans les arts, on dit bien souvent : « Tout se résume à de la passion » ou « Vous devez vraiment le vouloir ». En conséquence, beaucoup d'entre nous sont déprimés lorsque nous perdons notre concentration ou notre motivation, parce que nous pensons que les gens qui réussissent ont toujours la passion en eux. Mais cet entraîneur disait que les personnes qui réussissent vraiment ressentent le même manque de motivation que tout le monde. La différence est qu'ils trouvent toujours un moyen de continuer malgré le sentiment d'ennui.

La maîtrise nécessite de la pratique. Mais plus vous pratiquez quelque chose, plus cela devient ennuyeux et routinier. Au début, vous êtes ravi(e) des bénéfices que vous tirez de cette pratique. Après, vous savez à quoi vous attendre, donc l'intérêt commence à s'estomper. Parfois, c'est encore plus rapide. Vous allez à la salle de sport quelques jours de suite ou vous publiez quelques articles sur votre blog à la date prévue : laisser passer un jour sans rien faire vous semblera normal. Vous trouvez logique de prendre des jours « off » quand vous avez mis en place une routine efficace pour vous.

La plus grande menace au succès n'est pas l'échec, mais l'ennui. On s'ennuie des habitudes parce qu'elles nous lassent au fil du temps. On connaît déjà le résultat. Et à mesure que nos habitudes deviennent ordinaires, nous commençons à ralentir notre envie d'innovation. C'est peut-être pour cette raison que nous sommes pris dans un cycle sans fin, passant d'une séance d'entraînement à l'autre, d'un régime à l'autre, d'une idée d'entreprise à l'autre. Dès que nous éprouvons la moindre baisse de motivation, nous commençons à chercher une nouvelle stratégie, même si l'ancienne fonctionnait toujours. Comme l'écrit Machiavel, « les hommes désirent la nouveauté à un point tel que ceux qui s'en sortent bien souhaitent autant un changement que ceux qui s'en sortent mal ».

C'est peut-être pour cette raison que la plupart des produits qui créent le plus d'habitudes sont ceux qui fournissent des formes continues de nouveauté. Les jeux vidéo offrent une nouveauté visuelle. Le porno propose des nouveautés sexuelles. La malbouffe apporte une nouveauté culinaire. Chacune de ces expériences offre des éléments de surprise continus.

En psychologie, on appelle ça une récompense variable[30]. Les machines à sous sont l'exemple du monde réel le plus probant. Un joueur gagne le jackpot de temps en temps, mais pas à un intervalle prévisible. Le rythme des récompenses varie. Cette variation provoque des pics de dopamine importants, améliore le rappel à la mémoire et accélère la formation d'habitudes.

Les récompenses variables ne créent pas une envie, c'est-à-dire que vous ne pouvez pas choisir une récompense qui n'intéresse pas, la donner à un intervalle variable, et espérer que cela changera un comportement ; mais elles sont un moyen efficace d'amplifier les envies que nous ressentons déjà parce qu'elles réduisent le sentiment d'ennui.

---

30. La découverte des récompenses variables s'est produite par accident. Un jour, dans son laboratoire, le célèbre psychologue de Harvard B. F. Skinner manquait de granulés pendant une expérience et leur fabrication était fastidieuse, car il devait les produire lui-même à l'aide d'une machine. Cette situation l'amena à se demander « pourquoi il fallait renforcer chaque pression sur le levier ». Il décida de ne donner que des friandises aux rats de façon intermittente et, à sa grande surprise, varier la distribution de nourriture ne diminua pas leur comportement, mais le fit réellement augmenter.

Le point idéal du désir se trouve à mi-chemin entre le succès et l'échec. La moitié du temps, vous obtenez ce que vous voulez. La moitié du temps, vous n'obtenez pas ce que vous voulez. Il vous faut juste assez de « gains » pour éprouver de la satisfaction et juste assez de « volonté » pour expérimenter le désir. C'est l'un des avantages de suivre le principe de Boucles d'Or. Si vous êtes déjà intéressé(e) par une habitude, travailler sur des défis présentant une difficulté supportable est un bon moyen de maintenir votre intérêt pour cette habitude.

Bien sûr, toutes les habitudes n'ont pas un élément de récompense variable, et ce n'est pas ce que vous recherchez. Si Google ne fournissait parfois que des résultats de recherche inutiles, je passerais rapidement à un concurrent. Si Uber ne me servait qu'à la moitié de mes trajets, je doute que j'utiliserais ce service très longtemps. Et si je passais un fil dentaire tous les soirs sans garantie systématique de résultats, je pense que j'aurais arrêté depuis longtemps.

Récompenses variables ou non, aucune habitude ne peut conserver un intérêt perpétuel. À un moment donné, tout le monde est confronté au même défi sur le chemin de l'amélioration de soi : vous devez apprécier l'ennui.

Nous avons tous des objectifs que nous aimerions atteindre et des rêves que nous aimerions réaliser. Mais, quel que soit le domaine dans lequel vous essayez de devenir meilleur(e), si vous ne faites des efforts que lorsque ça vous arrange ou motive, vous ne suivrez jamais un processus constant permettant d'obtenir des résultats visibles.

Je peux vous garantir que si vous parvenez à prendre une habitude et que vous continuez à vous y tenir, il y aura des jours où vous aurez envie d'abandonner. Lorsqu'on démarre une entreprise, il y a des jours où on n'a pas envie d'y aller.

Lorsqu'on va à la salle de sport, il y a des jours où on n'a pas le courage de finir des séries d'exercices. Lorsqu'on doit écrire un livre ou un article, il y a des jours où on n'a pas envie de taper sur le clavier. En revanche, si on prend les choses en main quand la situation paraît ennuyeuse, difficile ou fatigante, c'est là qu'on voit la différence entre un véritable professionnel et un amateur.

Un professionnel respecte le calendrier fixé ; un amateur se laisse déborder. Un professionnel sait ce qui est important pour lui et travaille dessus avec détermination. Un amateur est toujours rattrapé par les aléas de la vie.

David Cain, auteur et professeur de méditation, encourage ses élèves à ne pas être « méditants du dimanche ». De même, vous n'avez pas envie d'être un athlète, un écrivain, etc. du dimanche… Quand une habitude est vraiment importante pour vous, vous devez être prêt(e) à vous y tenir, quelle que soit votre humeur. Les professionnels agissent même lorsque la conjoncture n'est pas bonne. Ils peuvent avoir des difficultés à continuer, mais ils trouvent le moyen de mettre en application les actions routinières répétées.

Il y a beaucoup de séries d'exercices que j'ai bien cru ne jamais terminer, mais je n'ai jamais regretté de faire une séance d'entraînement. Il y a eu beaucoup d'articles que j'ai eu du mal à écrire, mais je n'ai jamais regretté ce que j'ai publié en respectant à chaque fois les délais. Il y a eu beaucoup de jours où j'ai eu envie de me détendre, mais je n'ai jamais regretté d'avoir agi et travaillé sur quelque chose qui était important pour moi.

La seule façon de devenir excellent est d'être fasciné sans cesse en faisant la même chose encore et encore. Vous devez apprécier l'ennui.

Résumé du chapitre

- Selon le principe de Boucles d'Or, nous sommes extrêmement motivés lorsque nous exécutons des tâches qui sont à la limite de nos capacités du moment.
- La plus grande menace au succès n'est pas l'échec, mais l'ennui.
- À mesure que les habitudes deviennent des routines, elles génèrent moins d'intérêt et de satisfaction. Nous tombons dans l'ennui.
- On peut tous travailler dur quand on se sent motivé. C'est la capacité à continuer quand le travail n'est pas motivant qui fait la différence.
- Un professionnel respecte le calendrier fixé ; un amateur se laisse déborder.

20

Les inconvénients de la création de bonnes habitudes

Les habitudes sont les fondations de la maîtrise. Aux échecs, ce n'est qu'après que les déplacements de base des pièces sont devenus automatiques qu'un joueur peut se concentrer sur le niveau suivant de la partie. Chaque bloc d'information mémorisé amène l'espace mental vers une réflexion plus poussée. Cela s'applique à tout type d'initiative. Si vous maîtrisez parfaitement les mouvements simples, vous pouvez les exécuter sans y penser et vous êtes libre de porter attention aux détails du niveau suivant. Les habitudes sont ainsi la structure fondamentale de toute quête d'excellence.

Toutefois, les avantages des habitudes ont un coût. Au début, chaque répétition développe fluidité, vitesse et compétences. Mais quand une habitude devient automatique, vous portez moins d'importance aux retours. Vous tombez dans la répétition sans réflexion. Les erreurs apparaissent plus facilement. Lorsque vous pouvez faire une chose « assez bien » en pilote automatique, vous ne pensez plus à la meilleure façon de la faire.

L'avantage des habitudes, c'est que nous pouvons faire des choses sans réfléchir. L'inconvénient des habitudes, c'est que vous vous habituez à faire les choses d'une certaine manière et que vous cessez de faire attention aux petites erreurs. Vous supposez que vous évoluez de manière positive parce que vous gagnez de l'expérience. En réalité, vous ne faites que renforcer vos habitudes actuelles et non les améliorer. En fait, des recherches ont révélé qu'une fois qu'une compétence a été maîtrisée, il y a généralement une légère baisse de performance au fil du temps.

La plupart du temps, cette légère baisse des performances ne vous inquiète pas. Vous n'avez pas besoin d'un système pour améliorer continuellement la façon dont vous vous brossez les dents, lacez vos chaussures ou préparez votre tasse de thé du matin. Pour ces habitudes, « assez bien » est généralement suffisant. Moins vous dépensez d'énergie à faire des choix inutiles, plus vous pourrez la dépenser dans des tâches qui sont vraiment utiles.

Néanmoins, si vous souhaitez optimiser votre potentiel et atteindre de hauts niveaux de performance, vous devez adopter une approche plus nuancée. Vous ne pouvez pas répéter les mêmes choses et vous attendre à devenir exceptionnel(le). Les habitudes sont nécessaires, mais pas suffisantes pour la maîtrise. Vous avez besoin d'appliquer une combinaison d'habitudes automatiques et d'exercices volontaires.

Habitudes + Exercices volontaires = Maîtrise

Pour devenir excellent dans un domaine, certaines compétences doivent devenir automatiques. Les basketteurs doivent être capables de dribbler sans réfléchir avant de pouvoir maîtriser les *layups* avec leur main non dominante. Les chirurgiens doivent répéter la première incision tellement de fois qu'ils pourraient le faire les yeux fermés, ils peuvent ainsi se concentrer sur les centaines de paramètres qui sont susceptibles d'intervenir pendant une opération de chirurgie. Mais une fois que vous maîtrisez une habitude, vous devez revenir à la partie laborieuse du processus et commencer à construire l'habitude suivante.

MAÎTRISER UNE HABITUDE

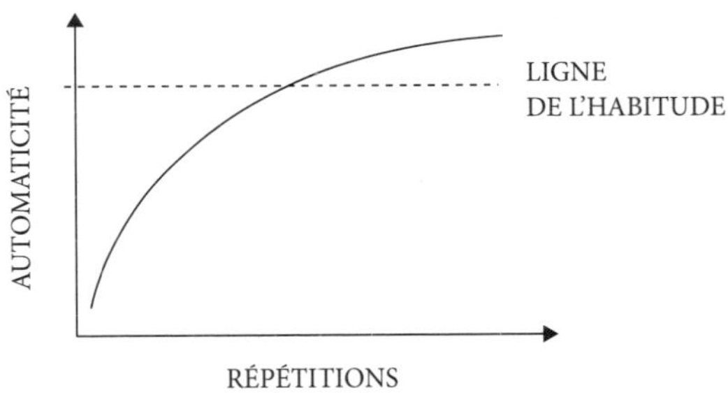

MAÎTRISER UN DOMAINE

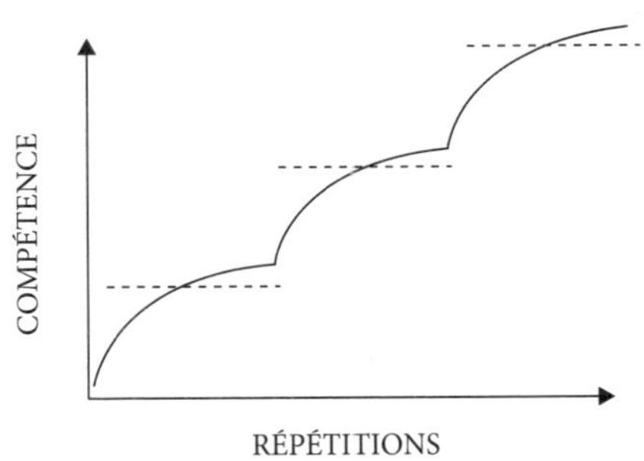

FIGURE 16 : Le processus de la maîtrise exige que vous superposiez progressivement les améliorations les unes sur les autres, chaque habitude s'appuyant sur la dernière, jusqu'à atteindre un nouveau niveau de performance et à intérioriser un plus grand éventail de compétences.

La maîtrise consiste à réduire votre objectif à un élément infime du succès, à le répéter jusqu'à ce que vous l'ayez intériorisé, puis à utiliser cette nouvelle habitude comme base pour avancer vers la prochaine limite de votre évolution. Les tâches anciennes deviennent plus faciles à mesure qu'on les répète. Mais ça ne veut pas dire que tout est plus facile, vous devez ensuite consacrer votre énergie au défi suivant. Chaque habitude ouvre la voie au niveau suivant de performance. C'est un cycle sans fin.

Bien que les habitudes soient efficaces, vous avez besoin d'un moyen de rester conscient(e) de votre performance au fil du temps, de sorte que vous puissiez continuer à vous améliorer. C'est précisément au moment où vous commencez à sentir que vous maîtrisez une compétence, juste au moment où les choses commencent à sembler automatiques et que vous êtes de plus en plus à l'aise, que vous devez éviter de tomber dans le piège du laisser-aller.

La solution ? Mettez en place un système de réflexion et d'évaluation.

Comment évaluer vos habitudes et faire des ajustements

En 1986, les Lakers de Los Angeles étaient l'une des équipes de basket-ball les plus talentueuses jamais constituées, mais on se souvient rarement d'elle sur ce point. L'équipe démarra la saison NBA 1985-1986 avec un score record époustouflant de 29 à 5. Après cette saison et selon les dires de l'entraîneur principal, Pat Riley : « Les experts disaient que nous pourrions être la meilleure équipe de l'histoire du basket. » Étonnamment, les Lakers ont perdu pendant les séries éliminatoires de 1986 et ont connu une fin de saison désastreuse pendant les finales de la Western Conference. La soi-disant « meilleure équipe de l'histoire du basket-ball » n'a même pas joué pour le championnat de la NBA.

Après ce coup dur, Riley était fatigué d'entendre parler du talent de ses joueurs et des promesses de son équipe. Il ne voulait pas voir des éclairs de génie suivis d'une baisse progressive des performances. Il voulait que les Lakers exploitent leur potentiel constamment. Pendant l'été 1986, il mit en place un programme qu'il appela le *Career Best Effort* ou CBE.

« Quand un joueur intègre l'équipe des Lakers pour la première fois, explique Riley, nous suivons ses statistiques de basket jusqu'au lycée. J'appelle ça “noter ses résultats”. Nous cherchons un critère d'évaluation précis de ce qu'un joueur peut faire, puis nous l'intégrons dans notre programme pour l'équipe en nous basant sur le fait qu'il maintiendra et améliorera ensuite ses moyennes. »

Après avoir déterminé le niveau de performance de base d'un joueur, Riley ajouta une étape clé. Il demanda à chaque joueur d'améliorer sa performance d'au moins 1 % au cours de la saison. S'ils réussissaient, ils avaient alors appliqué un CBE ou *Career Best Effort* (meilleur effort de carrière). Comme l'équipe de cyclisme britannique dont nous avons parlé au chapitre 1, les Lakers cherchèrent à obtenir des performances optimales en s'améliorant chaque jour un peu plus.

Riley prit soin de préciser que le CBE ne concernait pas uniquement des points ou des statistiques, mais aussi que chaque joueur « donne tout spirituellement, mentalement et physiquement ». Les joueurs gagnaient des points quand ils « laissaient un adversaire courir vers eux en sachant qu'il ferait une faute, en cherchant des balles perdues, en cherchant les rebonds, qu'ils récupèrent le ballon ou non, en aidant un coéquipier lorsque le joueur qu'il marque l'a semé et en accomplissant d'autres actes de "héros de l'ombre" ».

Par exemple, disons que Magic Johnson, le joueur vedette des Lakers de l'époque, totalise 11 points, 8 rebonds, 12 passes décisives, 2 interceptions et 5 *turnovers* dans une partie. Magic gagne également des points de mérite avec un acte de « héros de l'ombre » en plongeant sur un ballon perdu (+ 1). Enfin, il joue un total de 33 minutes dans ce match imaginaire.

Les chiffres positifs (11 + 8 + 12 + 2 + 1) donnent un total de 34. Ensuite, nous soustrayons les 5 *turnovers* (34 – 5) pour obtenir 29. Enfin, nous divisons 29 par 33 minutes jouées.

$$29 / 33 = 0{,}879$$

Le chiffre CBE de Magic serait ici de 879. Ce chiffre était calculé pour l'ensemble des matchs d'un joueur. Il s'agissait du CBE moyen qu'un joueur avait été encouragé à améliorer de 1 % au cours de la saison. Riley comparait le CBE du moment de chaque joueur à ses performances passées, mais également à celles d'autres joueurs de la ligue. Comme Riley le disait, « nous classons les membres de l'équipe en les comparant aux adversaires de la ligue qui jouent à un poste ayant des caractéristiques similaires ».

La journaliste sportive Jackie MacMullan avait même noté que « chaque semaine, Riley mettait les meilleurs joueurs de la ligue en caractères gras sur le tableau noir et les comparait avec les joueurs correspondants sur sa propre liste. Les joueurs sérieux et fiables obtenaient généralement un score supérieur à 600 points, tandis que les joueurs excellents obtenaient plus de 800 points. Magic Johnson, qui a fait 138 triples-doubles au cours de sa carrière, a souvent gagné plus de 1 000 points ».

Les Lakers misaient également sur les progrès réalisés d'une année sur l'autre, en faisant des comparaisons historiques des données de CBE. Riley avait déclaré ceci : « Nous avons comparé le mois de novembre 1986 au mois de novembre 1985, et avons montré aux joueurs si leurs performances étaient meilleures ou moins bonnes au même moment la saison dernière. Nous leur avons ensuite montré leurs performances de décembre 1986 comparativement à celles du mois de novembre. »

Les Lakers commencèrent à utiliser le système du CBE en octobre 1986. Huit mois plus tard, ils étaient champions de la NBA. L'année suivante, Pat Riley permit à son équipe de remporter un nouveau titre puisque les Lakers sont devenus la première équipe en vingt ans à remporter deux championnats consécutifs de la NBA. Il déclara par la suite que « maintenir un effort est la chose la plus importante pour toute entreprise. Pour réussir, il faut apprendre à bien faire les choses, puis les faire de la même manière à chaque fois ».

Le programme CBE est un excellent exemple du pouvoir de la réflexion et de l'évaluation. Les Lakers étaient déjà talentueux, mais le CBE les aida à tirer le meilleur parti de leurs compétences et à faire en sorte que leurs habitudes s'améliorent au lieu de s'estomper.

La réflexion et l'évaluation permettent d'améliorer à long terme toutes les habitudes, car elles vous permettent de prendre conscience de vos erreurs et vous aident à envisager des pistes d'amélioration. Sans réflexion, nous pouvons toujours trouver de bonnes excuses et nous mentir à nous-mêmes. Nous ne disposons d'aucun processus permettant de déterminer si nos performances sont meilleures ou moins bonnes qu'hier.

Les personnes les plus performantes, quel que soit leur domaine de prédilection, appliquent des processus simples de réflexion et d'évaluation. Le coureur kenyan Eliud Kipchoge est l'un des plus grands marathoniens de tous les temps et un médaillé d'or olympique. Il prend toujours des notes après chaque pratique en passant en revue ses entraînements de la journée et cherche des éléments pouvant être améliorés. De même, la nageuse médaillée d'or Katie Ledecky tient un journal de son état général sur une échelle de 1 à 10 et y insère des notes sur sa nutrition et son sommeil. Elle consigne également les temps des autres nageurs. À la fin de chaque semaine, son entraîneur passe en revue ses notes et ajoute ses propres réflexions.

Cela ne s'applique pas qu'aux athlètes. Quand le comédien Chris Rock prépare un nouveau spectacle, il se produit des dizaines de fois dans de petites discothèques et teste des centaines de blagues. Il apporte un bloc-notes sur scène et note les passages qui passent bien et ceux qu'il doit modifier. Les quelques phrases accrocheuses qu'il conserve constitueront la structure de base de son nouveau spectacle.

Je connais des dirigeants et des investisseurs qui tiennent un « journal de décisions » dans lequel ils notent les principales décisions qu'ils prennent chaque semaine, la raison pour laquelle ils les ont prises et ce qu'ils attendent du résultat. Ils évaluent leurs choix à la fin de chaque mois ou de chaque année pour voir s'ils ont eu raison et où ils ont fait fausse route[31].

31. J'ai créé un modèle pour les lecteurs qui souhaitent tenir un journal de décisions. Vous le trouverez avec le journal des habitudes, sur la page atomichabits.com/journal.

L'amélioration ne consiste pas seulement à apprendre des habitudes, il faut également les peaufiner. La réflexion et l'évaluation vous permettent de consacrer votre temps aux choses utiles et d'apporter des corrections en cours de route, chaque fois que cela est nécessaire, comme Pat Riley qui ajuste l'effort de ses joueurs chaque soir. Si une habitude devient inefficace, on a tendance à vouloir l'abandonner.

J'utilise deux modes principaux de réflexion et d'évaluation. Chaque mois de décembre, je réalise un bilan annuel dans lequel je pose des réflexions sur l'année qui vient de s'écouler. Je note mes habitudes de l'année en comptant le nombre d'articles que j'ai publiés, le nombre de séances d'entraînement que j'ai effectuées, le nombre de nouveaux lieux visités, etc.[32]. Puis, je réfléchis à ma progression (ou absence de progression) en répondant à trois questions :

1. Que s'est-il bien passé cette année ?
2. Qu'est-ce qui n'a pas si bien fonctionné cette année ?
3. Qu'ai-je appris ?

Six mois plus tard, lorsque l'été arrive, je rédige un « rapport d'intégrité ». Comme tout le monde, je fais beaucoup d'erreurs. Mon rapport d'intégrité m'aide à comprendre les erreurs que j'ai commises et me motive à revenir vers le cap que je me suis fixé. Je l'utilise comme un outil qui m'aide à revoir mes valeurs fondamentales et à déterminer si j'ai mis en application ces valeurs. C'est à ce moment-là que je réfléchis à mon identité et à la manière dont je peux travailler pour devenir le type de personne que je souhaite devenir[33].

---

32. Vous pouvez consulter mes anciens bilans annuels sur la page jamesclear.com/annual-review.
33. Vous pouvez consulter mes anciens rapports d'intégrité sur la page jamesclear.com/integrity.

Mon rapport d'intégrité annuel répond à trois questions :

1. Quelles sont les valeurs fondamentales qui animent ma vie personnelle et mon travail ?

2. Comment j'applique la valeur d'intégrité à ma vie personnelle et à mon travail en ce moment ?

3. Comment puis-je m'améliorer à l'avenir ?

Ces deux rapports ne prennent pas beaucoup de temps, juste quelques heures par an, mais ce sont des moments essentiels d'amélioration et de mise au point. Ils permettent d'éviter le laisser-aller quand je ne prête pas attention à ce que je fais. Ils me rappellent chaque année de revenir sur l'identité souhaitée et me permettent de réfléchir à la manière dont mes habitudes m'aident à devenir le type de personne auquel j'aspire. Ils indiquent à quel moment je devrais améliorer mes habitudes et relever de nouveaux défis, à quel moment je devrais faire marche arrière et me concentrer sur les fondamentaux.

La réflexion peut également apporter une certaine perspective. Les habitudes quotidiennes sont efficaces de par leur conception, mais s'inquiéter de chaque choix que l'on fait quotidiennement revient à nous regarder dans le miroir de trop près. Vous finissez par détecter chaque imperfection et ignorer votre image globale. À l'inverse, ne jamais revoir ses habitudes, c'est comme ne jamais se regarder dans le miroir. Vous ne connaissez pas les imperfections faciles à effacer : une tache sur votre chemise, un peu de nourriture dans les dents. Une réflexion et une évaluation régulières, c'est comme vous regarder dans le miroir, mais à une distance suffisante. Vous pouvez voir les changements importants que vous devriez apporter sans perdre de vue votre image globale. Dans la nature, cela revient à voir toute la chaîne de montagnes, sans être obsédé par chaque sommet et chaque vallée.

Finalement, le processus de réflexion et d'évaluation est le moment idéal pour revenir sur l'un des aspects les plus importants du changement de comportement : l'identité.

Comment en finir avec les croyances qui vous bloquent

Au début, il est essentiel de répéter une habitude pour définir l'identité que vous souhaitez adopter. Mais si vous adoptez cette nouvelle identité, vos croyances peuvent vous empêcher de passer au niveau supérieur de développement. Si vous travaillez contre vos intérêts, votre identité crée une sorte de « fierté » qui vous encourage à nier vos points faibles et vous empêche de grandir véritablement. C'est l'un des plus grands inconvénients du processus de construction des habitudes.

Plus une idée nous paraît sacrée, c'est-à-dire qu'elle est plus étroitement liée à notre identité, plus nous la défendons avec force contre la critique. On le constate dans tous les secteurs. L'instituteur qui ignore les méthodes d'enseignement novatrices et s'en tient à ses méthodes d'enseignement éprouvées. Le responsable expérimenté qui fait les choses « à sa manière ». Le chirurgien qui rejette les idées de ses plus jeunes collègues. Le groupe qui produit un premier album exceptionnel, puis reste bloqué sur le même style. Plus nous nous attachons à une identité, plus il devient difficile de s'en détacher et d'évoluer.

Une solution consiste à éviter de faire de chaque aspect de votre identité une partie importante de votre personnalité. Selon les mots de l'investisseur Paul Graham, « limitez la taille et donc l'influence de votre identité ». Plus vous laissez une conviction vous définir, moins vous êtes capable de vous adapter lorsque la vie vous place devant une difficulté.

Si vous faites tout pour devenir dirigeant ou associé d'une entreprise, ou pour être le premier dans un quelconque domaine, et si vous perdez ce statut par la suite, cela risque de vous détruire. Si vous êtes végan et développez un problème de santé qui vous oblige à modifier votre régime alimentaire, vous aurez une crise d'identité à gérer. Quand on s'accroche trop à une identité, on devient fragile. Si l'on perd cette chose, on se perd soi-même.

Pendant presque toute ma jeunesse, être un athlète était un élément important de mon identité. Quand j'ai arrêté le base-ball, j'ai eu du mal à me retrouver. Quand vous passez toute votre vie à vous définir par rapport à un élément qui disparaît, vous n'avez plus rien qui vous permette de vous identifier…

Les anciens combattants et les anciens entrepreneurs ressentent ce vide. Si votre identité est totalement dépendante d'une conviction du type « Je suis un grand soldat », que se passe-t-il lorsque votre carrière dans l'armée prend fin ? De même, pour de nombreux entrepreneurs, leur identité s'apparente à « Je suis le P-DG » ou « Je suis le fondateur ». Si vous avez passé chaque jour de votre vie à travailler pour votre entreprise, que ressentirez-vous après sa vente ?

Pour soulager ces « pertes d'identité », essayez de vous redéfinir en conservant les aspects importants de votre identité même si votre rôle change.

- « Je suis un athlète » se transforme en « Je suis une personne qui a une force mentale importante et qui aime les efforts physiques ».
- « Je suis un grand soldat » se transforme en « Je suis une personne disciplinée, fiable et un excellent élément dans une équipe ».

- « Je suis le P-DG » se transforme en « Je suis une personne qui bâtit et crée des choses ».

Lorsqu'elle est choisie judicieusement, une identité peut être flexible plutôt que fragile. Comme l'eau contourne un obstacle, votre identité fonctionne en s'adaptant à l'environnement changeant plutôt qu'en luttant contre lui.

La citation suivante du *Tao te King* résume parfaitement les idées que nous venons d'aborder :

> Quand l'homme vient au monde, il est tendre et souple ;
> quand il meurt, il est raide et dur.
> Quand les arbres et les plantes naissent,
> ils sont souples et flexibles ;
> quand ils meurent, ils sont secs et cassants.
> Solidité et rigidité
> sont les compagnes de la mort.
> Souplesse et fluidité
> sont les compagnes de la vie.
> Ce qui est raide et dur rompt.
> Ce qui est tendre et souple triomphe.
> — Lao Tseu

Les habitudes offrent de nombreux avantages, mais l'inconvénient, c'est qu'elles peuvent nous enfermer dans nos anciens schémas de réflexion et d'action, même lorsque le monde évolue autour de nous. Tout est éphémère. La vie change constamment, vous devez donc vérifier régulièrement si vos anciennes habitudes et croyances vous sont encore utiles.

Le manque de conscience de soi est un poison. Le processus de réflexion et d'évaluation en est l'antidote.

Résumé du chapitre

- L'avantage des habitudes, c'est qu'elles nous permettent de faire les choses sans réfléchir. L'inconvénient, c'est que nous cessons de prêter attention aux petites erreurs.
- Habitudes + Exercices volontaires = Maîtrise.
- Le processus de réflexion et d'évaluation vous permet de rester conscient(e) de votre performance au fil du temps.
- Plus nous nous attachons à une identité, plus il est difficile de s'en détacher.

Conclusion

Le secret des résultats durables

Il existe une ancienne parabole grecque appelée le paradoxe sorite[34], qui parle de l'impact qu'une petite action peut avoir lorsqu'elle est répétée suffisamment de fois. Voici une des formulations du paradoxe : une pièce de monnaie peut-elle enrichir une personne ? Si vous donnez dix pièces à une personne, vous ne pouvez pas dire qu'elle est riche. En revanche, si vous en ajoutez une autre ? Et une autre ? Et ainsi de suite… À un moment donné, vous devrez admettre que la richesse d'une personne dépend du nombre de pièces qu'elle possède.

Ce paradoxe sorite s'applique parfaitement aux petites habitudes. Un petit changement peut-il transformer votre vie ? Il est peu probable que vous l'admettiez. Mais si vous en ajoutez un ? Puis un autre ? Et ainsi de suite… À un moment donné, vous devrez admettre que votre vie a été transformée par de petits changements.

Le Saint Graal du changement d'habitude n'est pas une simple amélioration de 1 %, mais un millier d'améliorations.

34. Sorite vient du mot grec *sorós*, qui signifie « tas » ou « pile ».

C'est un tas de petites habitudes, chacune constituant une unité fondamentale du système global.

Au début, de petites améliorations peuvent sembler dénuées de sens, car elles sont balayées par le poids du système. Tout comme une pièce de monnaie ne vous rendra pas riche, un changement positif, comme méditer pendant une minute ou lire une page par jour, ne produira probablement pas une différence notable.

Cependant, au fur et à mesure que vous accumulez d'infimes changements, les choses commencent à bouger. Chaque amélioration équivaut à ajouter un grain de sable sur le côté positif de la balance, faisant basculer lentement les choses en votre faveur. Au final, si vous suivez ce processus, vous atteignez un tournant décisif. Du coup, il est plus facile de s'en tenir aux bonnes habitudes. Le poids du système travaille en votre faveur plutôt que contre vous.

Au fil de ce livre, nous avons analysé des dizaines d'histoires sur des personnages symboles de réussite. Nous avons parlé de médaillés d'or olympiques, d'artistes primés, de chefs d'entreprise, de médecins qui sauvent des vies et de comédiens vedettes qui ont tous utilisé la technique des petites habitudes pour maîtriser leur art et se hisser au sommet dans leur domaine. Chacune des personnes, des équipes et des entreprises que nous avons présentées a été confrontée à des circonstances différentes, mais a finalement progressé de la même manière : en s'engageant à appliquer des améliorations minimes, durables et continues.

Le succès n'est pas un objectif à atteindre ni une ligne d'arrivée à franchir. C'est un système qui doit être amélioré, un processus qui doit être sans cesse peaufiné. Au chapitre 1, je vous disais : « Si vous avez du mal à changer vos habitudes, le problème ne vient pas de vous, mais du système et des moyens que vous utilisez. Les mauvaises habitudes se répètent encore et encore, non pas parce que vous ne voulez pas changer, mais parce que vous employez le mauvais système pour changer. »

Alors que ce livre tire à sa fin, j'espère qu'il vous a apporté les clés. Avec les quatre lois du changement de comportement, vous disposez d'un ensemble d'outils et de stratégies que vous pouvez utiliser pour créer de meilleurs systèmes et mettre en place de meilleures habitudes. Parfois, une habitude sera difficile à maintenir, vous devrez donc trouver le moyen de la rendre évidente. D'autres fois, vous n'aurez pas envie de commencer une habitude, donc vous devrez la rendre attractive. Dans de nombreux cas, vous constaterez peut-être qu'une habitude sera trop difficile à suivre et que vous devrez vous faciliter la tâche. Et parfois, vous ne voudrez plus suivre une habitude, donc vous devrez faire en sorte qu'elle soit satisfaisante.

Comportements ne demandant pas d'efforts	Comportements demandant des efforts
Évident	**Invisible**
Attrayant	**Non-attrayant**
Facile	**Difficile**
Satisfaisant	**Insatisfaisant**

Vous souhaitez pousser vos bonnes habitudes vers le côté gauche du spectre en les rendant évidentes, attrayantes, faciles et satisfaisantes. Parallèlement, vous souhaitez pousser vos mauvaises habitudes vers le côté droit du spectre en les rendant invisibles, peu attrayantes, difficiles et insatisfaisantes.

C'est un processus continu. Il n'y a pas de ligne d'arrivée. Il n'y a pas de solution unique et définitive. Chaque fois que vous cherchez à vous améliorer, vous pouvez passer d'une loi du changement de comportement à l'autre, jusqu'à rencontrer l'obstacle suivant. Rendez-le évident. Rendez-le attrayant. Rendez-le facile. Rendez-le satisfaisant. Encore et encore. Toujours en quête du prochain pourcentage d'amélioration réalisé.

Pour obtenir des résultats sur la durée, le secret est de ne jamais cesser d'apporter des améliorations. Vous n'imaginez pas tout ce que vous pouvez construire si vous apportez des améliorations continuellement. Vous n'imaginez même pas l'entreprise que vous pouvez développer si vous travaillez continuellement. Vous n'imaginez même pas le corps que vous pouvez avoir si vous vous entraînez continuellement. Vous n'imaginez pas le volume de connaissances que vous pouvez cumuler si vous n'arrêtez pas d'apprendre. Vous n'imaginez pas la fortune que vous pouvez amasser si vous épargnez continuellement. Vous n'imaginez pas les amitiés que vous pouvez nouer si vous faites continuellement preuve de bienveillance. Les petites habitudes ne s'additionnent pas indépendamment. Elles s'accumulent pour former un tout.

C'est le pouvoir des petites habitudes ! Des changements minimes pour des résultats visibles !

Annexes

Pistes de lectures complémentaires

Merci beaucoup d'avoir pris le temps de lire ce livre. Ce fut un plaisir de partager mon travail avec vous.

Si vous avez apprécié *Un rien peut tout changer*, vous serez peut-être intéressé par les articles que je publie dans ma newsletter hebdomadaire gratuite. Les abonnés sont également les premiers à être informés de mes derniers livres et projets. Enfin, chaque année, en plus de mon propre travail, j'envoie une liste de lecture de mes livres préférés d'autres auteurs sur un large éventail de sujets.

Vous pouvez vous inscrire sur cette page :
atomichabits.com/newsletter.

Petits enseignements tirés des quatre lois

Dans ce livre, j'ai présenté un modèle en quatre étapes pour le comportement humain : déclencheur, envie, réponse, récompense. Ce cadre nous apprend non seulement à créer de nouvelles habitudes, mais révèle également des informations intéressantes sur le comportement humain.

Phase du problème		**Phase de la solution**	
1. Déclencheur	2. Envie	3. Réponse	4. Récompense

Dans cette section, j'ai réuni quelques enseignements (et quelques réflexions de bon sens) tirés du modèle. Le but de ces exemples est d'expliquer à quel point ce cadre est utile et varié pour décrire le comportement humain. Une fois que vous avez compris le modèle, vous en voyez des exemples partout.

La conscience vient avant le désir. Une envie est créée lorsque vous attribuez un sens à un déclencheur. Votre cerveau construit une émotion ou un sentiment pour décrire votre situation actuelle, ce qui signifie qu'un état de manque ne peut apparaître qu'après avoir remarqué une opportunité.

Le bonheur est simplement l'absence de désir. Lorsque vous observez un déclencheur, sans vouloir modifier votre état, vous vous contentez de la situation actuelle. Le bonheur ne concerne pas la réalisation du plaisir (qui est la joie ou la satisfaction), mais l'absence de désir. Il arrive quand vous n'avez pas besoin de ressentir les choses différemment. Le bonheur est l'état dans lequel vous entrez lorsque vous ne voulez plus changer d'état.

Toutefois, le bonheur est éphémère, car un nouveau désir survient toujours. Comme le dit Caed Budris, « le bonheur est l'espace entre un désir qui se réalise et un nouveau désir qui se forme ». De même, la souffrance est l'espace entre l'envie de changer d'état et la réalisation de ce changement.

C'est l'idée de plaisir que nous recherchons. Nous recherchons l'idée du plaisir que nous avons à l'esprit. Au moment de l'action, nous ne savons pas ce que donnera concrètement cette idée (ni même si elle nous satisfera). Le sentiment de satisfaction ne vient que par la suite. C'est ce que le neurologue autrichien Victor Frankl voulait dire quand il disait que le bonheur ne peut être recherché, il doit être une conséquence. Le désir est poursuivi. Le plaisir est une conséquence de l'action.

Vous êtes en paix lorsque vous ne transformez pas vos observations en problèmes. La première étape de tout comportement est l'observation. Vous remarquez une information, un événement. Si vous ne désirez pas agir sur ce que vous observez, vous êtes en paix.

L'envie, c'est vouloir tout réparer. Observer sans envie, c'est réaliser que vous n'avez rien à réparer. Vos désirs ne sont pas omniprésents. Vous n'avez pas besoin d'un changement d'état. Votre esprit ne génère pas de problème à résoudre. Vous observez et existez tout simplement.

Un grand « Pourquoi » peut vous aider à surmonter n'importe quel « Comment ». Friedrich Nietzsche, le philosophe et poète allemand, écrit : « Celui qui possède un "Pourquoi" qui lui tient lieu de but peut vivre avec n'importe quel "Comment". » Cette phrase recèle une vérité importante sur le comportement humain. Si votre motivation et votre désir sont suffisants (c'est-à-dire pourquoi vous agissez), vous agirez même lorsque cela sera assez difficile. Une forte envie peut générer une grande action, même lorsque la contrainte est élevée.

Il vaut mieux être curieux et motivé qu'intelligent, car cela conduit à l'action. L'intelligence seule ne produira jamais de résultats, car elle n'incite pas à agir. C'est le désir, et non l'intelligence, qui déclenche un comportement. Comme le dit Naval Ravikant : « Ma stratégie pour faire quelque chose, c'est de commencer par cultiver le désir de le faire. »

Les émotions conditionnent le comportement. Chaque décision est une décision émotionnelle à un certain niveau. Quelles que soient les raisons logiques de vos actions, vous ne vous sentez obligé(e) d'agir que par émotion. En fait, les personnes atteintes de lésions des centres émotionnels du cerveau peuvent avoir de nombreuses raisons d'agir, mais elles ne le veulent pas, car aucune émotion ne les y invite. L'envie intervient ainsi avant la réponse. Le sentiment vient en premier, puis déclenche le comportement.

Nous ne pouvons être rationnels et logiques qu'après avoir été émotifs. Le cerveau fonctionne principalement à partir de ce qu'on ressent. Ce n'est qu'en deuxième lieu que la pensée intervient. Notre première réponse, déclenchée par la partie rapide et inconsciente de notre cerveau, est optimisée pour ressentir et anticiper. Notre deuxième réponse, la partie lente et consciente de notre cerveau, est la partie qui « pense ».

Les psychologues désignent ces processus par des termes spécifiques : le Système 1 (sentiments et jugements rapides) et le Système 2 (analyse rationnelle). Le sentiment vient en premier lieu (Système 1) ; la rationalité n'intervient que plus tard (Système 2). Cela fonctionne bien lorsque les deux sont synchronisés. Dans le cas contraire, il en résulte une pensée illogique et émotionnelle.

Votre réponse a tendance à suivre vos émotions. Nos pensées et nos actions sont influencées par ce que nous trouvons attrayant, pas nécessairement ce qui est logique. Deux personnes peuvent remarquer les mêmes faits et réagir très différemment, car chacune les traite à l'aide de son filtre émotionnel unique. C'est l'une des raisons pour lesquelles nous faisons généralement plus appel à nos émotions qu'à la raison. Si un thème suscite des émotions, il est rare que son contenu suscite de l'intérêt. Les émotions ne sont donc pas bonnes conseillères à la prise de décision éclairée.

En d'autres termes, nous pensons tous que la réponse raisonnable est celle qui nous est bénéfique : celle qui satisfait nos désirs. Aborder une situation en adoptant une approche émotionnelle plus neutre vous permet de baser votre réponse sur le contenu plutôt que sur l'émotion.

La souffrance est le moteur du progrès. Le désir d'un changement d'état est à l'origine de toute souffrance, mais aussi de tout progrès. Le désir de changer d'état est le moteur de votre action. C'est le fait de vouloir plus qui pousse l'humanité à chercher à s'améliorer, à développer de nouvelles technologies et à atteindre un niveau supérieur. Quand nous ressentons l'envie, nous sommes insatisfaits, mais motivés. Quand nous ne ressentons aucune envie, nous sommes satisfaits, mais manquons d'ambition.

Vos actions révèlent à quel point vous voulez quelque chose. Si vous continuez à dire que quelque chose est une priorité, mais que vous n'agissez jamais, cela signifie que vous ne le voulez pas vraiment. Soyez honnête avec vous-même. Vos actions révèlent vos véritables motivations.

La récompense est le revers du sacrifice. La réponse (sacrifice d'énergie) précède toujours la récompense (la récolte de ressources). L'« ivresse du coureur » ne vient qu'après la course difficile. La récompense ne vient que lorsque l'énergie est dépensée.

Il est difficile d'avoir une certaine maîtrise de soi, car elle ne génère pas un état de satisfaction. La récompense est un résultat qui satisfait votre envie. Dans ce cas, la maîtrise de soi est inefficace, car le fait d'inhiber nos désirs ne les élimine généralement pas. Le fait de résister à la tentation ne satisfait pas votre envie. Vous l'ignorez simplement, ce qui crée de l'espace pour l'envie. La maîtrise de soi nécessite de se libérer d'un désir plutôt que de le satisfaire.

Nos attentes déterminent notre satisfaction. La différence entre ce que nous désirons (envie) et ce que nous obtenons (récompense) détermine notre degré de satisfaction après avoir agi. Si nous obtenons plus que ce que nous désirions (résultat positif : surprise et plaisir), il est plus probable que nous répétions un comportement à l'avenir. Si nous obtenons moins que ce que nous espérions (résultat négatif :

déception et frustration), nous sommes moins susceptibles de reproduire un comportement.

Par exemple, si vous espérez 10 euros et recevez au final 100 euros, vous êtes satisfait(e). Si vous espérez 100 euros et recevez au final 10 euros, vous êtes déçu(e). Votre satisfaction dépend de votre attente. Une expérience moyenne précédée d'attentes élevées est une déception. Une expérience moyenne précédée de faibles attentes est un plaisir. Si vous considérez qu'aimer et vouloir sont plus ou moins synonymes, vous éprouvez un sentiment de satisfaction.

Satisfaction = Aimer – Vouloir

Cette équation s'appuie sur la sagesse de la célèbre citation de Sénèque : « Le pauvre n'est pas celui qui a peu, mais celui qui en veut toujours plus. » Si vous ne vous contentez pas de ce que vous avez, vous serez toujours insatisfait(e). Vous pointerez toujours le problème plutôt que la solution.

Le bonheur est relatif. Quand j'ai commencé à publier mes écrits, il m'a fallu trois mois pour obtenir un millier d'abonnés. Une fois cette étape franchie, j'en ai parlé à mes parents et à ma petite amie. Nous avons fêté cette réussite ; j'étais enthousiaste et motivé pour continuer. Quelques années plus tard, j'ai réalisé que mille personnes s'inscrivaient chaque jour. Et pourtant, je n'ai même pas pensé à le dire à quelqu'un. C'était normal. J'obtenais des résultats quatre-vingt-dix fois plus rapidement qu'auparavant, mais je n'éprouvais que peu de plaisir. Ce n'est que quelques jours plus tard que j'ai réalisé à quel point il était absurde de ne pas célébrer quelque chose qui me semblait être un rêve illusoire quelques années auparavant.

La douleur de l'échec est corrélée à la hauteur des attentes. Quand le désir est élevé, il est douloureux de ne pas apprécier le résultat. Ne pas obtenir quelque chose que vous voulez est plus douloureux que ne pas obtenir quelque chose auquel vous n'aviez pas aspiré. C'est la raison pour laquelle certains se disent : « Je ne veux pas avoir des attentes trop élevées. »

Les sentiments viennent à la fois avant et après le comportement. Avant d'agir, il y a un sentiment qui vous pousse à agir : l'envie. Après avoir agi, il y a un sentiment qui vous apprend à répéter l'action dans le futur : la récompense.

Déclencheur > Envie (sentiment) > Réponse
> Récompense (sentiment)

La façon dont nous ressentons les choses influence notre façon d'agir, et la façon dont nous agissons influence notre façon de ressentir les choses.

Le désir déclenche un comportement. Le plaisir l'entretient. Vouloir et aimer sont les deux moteurs du comportement. Si vous ne désirez pas une chose, vous n'avez aucune raison de chercher à l'obtenir. Le désir et l'envie sont les éléments déclencheurs d'un comportement. Si le résultat n'est pas agréable, vous n'avez aucune raison de reproduire ce comportement. Le plaisir et la satisfaction sont les éléments qui entretiennent un comportement. La motivation vous pousse à agir. La réussite vous encourage à recommencer.

Au fil du temps, l'espoir d'atteindre un objectif s'estompe et est remplacé par l'acceptation de l'état du moment. La première fois qu'une opportunité se présente, nous avons l'espoir d'atteindre un certain objectif. Vos attentes (envies) sont uniquement basées sur une promesse de résultats. La deuxième fois, vos attentes se basent sur la réalité. Vous commencez à comprendre comment fonctionne le processus et votre espoir est progressivement remplacé par une anticipation plus précise et une acceptation du résultat potentiel.

C'est l'une des raisons pour lesquelles nous essayons toujours de mettre en application le dernier programme « révolutionnaire » pour perdre du poids ou devenir riche rapidement. Ce type de programme est toujours source d'espoir, car nous n'avons aucune expérience en fonction de laquelle définir nos attentes. Les nouvelles stratégies semblent toujours plus attrayantes que les anciennes, car elles nous offrent un espoir sans bornes. Comme le dit Aristote : « La jeunesse se laisse facilement leurrer, car elle est prompte à espérer. » Autrement dit : « La jeunesse est facilement trompée, car elle ne fait qu'espérer. » Il n'y a aucune expérience sur laquelle peut se baser l'attente. Il n'y a que l'espoir d'obtenir un résultat.

Comment appliquer ces idées au monde de l'entreprise

Au fil des années, il m'est arrivé de discuter avec des représentants des entreprises du classement Fortune 500 et de jeunes start-up de la façon dont on pouvait appliquer la technique des petites habitudes au monde des affaires afin de gérer plus efficacement les entreprises et de créer de meilleurs produits. J'ai réuni plusieurs des stratégies les plus pratiques dans un bref chapitre supplémentaire. Je pense qu'il pourra vous êtes utile, car il constitue un parfait complément aux idées développées dans *Un rien peut tout changer.*

Vous pouvez télécharger ce chapitre sur cette page : atomichabits.com/business.

Comment appliquer ces idées à l'éducation des enfants

L'une des questions que les lecteurs me posent le plus fréquemment est la suivante : « Comment puis-je faire en sorte que mes enfants appliquent cette méthode ? » Les idées développées dans *Un rien peut tout changer* sont destinées à s'appliquer de manière générale à tous les comportements humains (y compris à ceux des adolescents). Vous devriez donc trouver de nombreux exemples de stratégies utiles dans cet ouvrage. Cela dit, l'éducation des enfants a son lot de difficultés propres. J'ai ainsi rédigé dans un autre chapitre supplémentaire un guide sur la façon dont on peut appliquer les principes du livre à l'éducation des enfants.

Vous pouvez télécharger ce chapitre sur cette page : atomichabits.com/parenting.

Notes et références

Dans cette partie, j'ai inclus une liste détaillée de notes, de références et de citations pour chaque chapitre du livre. J'espère que cette liste vous sera utile. Toutefois, je suis bien conscient que la littérature scientifique évolue et que les références de ce livre devront peut-être être mises à jour. Il est également fort probable que des erreurs se soient glissées quelque part dans ce livre : j'ai peut-être attribué la paternité d'une idée à la mauvaise personne ou omis totalement d'attribuer la paternité d'une idée à la bonne personne. (Si vous détectez une/des erreurs, n'hésitez pas à m'en faire part et envoyez-moi un e-mail à l'adresse james@jamesclear.com afin que je puisse pallier la situation le plus rapidement possible.)

Outre les notes ci-dessous, vous trouverez une liste complète des notes de fin d'ouvrage et des corrections mises à jour sur le site atomichabits.com/endnotes.

INTRODUCTION

12 Nous sommes tous confrontés un jour ou l'autre à des échecs. Quel rôle joue la chance, me direz-vous ? Le hasard joue un rôle, dans une certaine mesure. Les habitudes ne sont pas les seuls éléments qui exercent un impact sur la réussite, mais elles sont probablement le facteur le plus important que vous seul(e) pouvez contrôler. La seule stratégie d'auto-amélioration qui ait du sens consiste à vous concentrer sur ce que vous pouvez contrôler.

14 Naval Ravikant (@naval), « Pour écrire un bon livre, vous devez d'abord vivre ce livre ». Twitter, 15 mai 2018, https://twitter.com/naval/status/996460948029362176.

15 B. F. Skinner, *The Behavior of Organisms.* Appleton-Century-Crofts, 1938.

15 Charles Duhigg, *Le Pouvoir des habitudes : Changer un rien pour tout changer.* Flammarion, 2016. Traduit par : Johan-Frédérik Hel-Guedj.

CHAPITRE 1

19 Matt Slater, « How GB Cycling Went from Tragic to Magic ». *BBC Sport*, 14 avril 2008, http://news.bbc.co.uk/sport2/hi/olympics/cycling/7534073.stm.

19 Tom Fordyce, « Tour de France 2017: Is Chris Froome Britain's Least Loved Great Sportsman? ». *BBC Sport*, 23 juillet 2017, https://www.bbc.com/sport/cycling/40692045.

19 Richard Moore, *Mastermind: How Dave Brailsford Reinvented the Wheel.* Glasgow : BackPage Press, 2013.

20 Matt Slater, « Olympics Cycling: Marginal Gains Underpin Team GB Dominance ». *BBC*, 8 août 2012, https://www.bbc.com/sport/olympics/19174302.

20 Tim Harford, « Marginal Gains Matter but Gamechangers Transform », Tim Harford. Avril 2017, http://timharford.com/2017/04/marginal-gains-matter-but-gamechangers-transform.

20 Eben Harrell, « How 1% Performance Improvements Led to Olympic Gold ». *Harvard Business Review*, 30 octobre 2015, https://hbr.org/2015/10/how-1-performance-improvements-led-to-olympic-gold ; Kevin Clark, « How a Cycling Team Turned the Falcons Into NFC Champions ». *The Ringer*, 12 septembre 2017, https://www.theringer.com/nfl/2017/9/12/16293216/atlanta-falcons-thomas-dimitroff-cycling-team-sky.

21 Les Britanniques remportèrent 57 % des médailles sur route et sur piste aux jeux Olympiques de 2008. Quatorze médailles d'or pouvaient être remportées dans les épreuves de cyclisme sur route et sur piste. Les Britanniques en ont remporté huit.

21 « World and Olympic Records Set at the 2012 Summer Olympics ». *Wikipedia*, 8 décembre 2017, https://en.wikipedia.org/wiki/World_and_Olympic_records_set_at_the_2012_Summer_Olympics#Cycling.

21 Andrew Longmore, « Bradley Wiggins ». *Encyclopaedia Britannica*, https://www.britannica.com/biography/Bradley-Wiggins. Dernière modification : le 21 avril 2018.

21 Karen Sparks, « Chris Froome », *Encyclopaedia Britannica*, https://www.britannica.com/biography/Chris-Froome. Dernière modification : le 23 octobre 2017.

21 « Medals won by the Great Britain Cycling Team at world championships, Olympic Games and Paralympic Games since 2000 ». *British Cycling*, https://www.britishcycling.org.uk/gbcyclingteam/

article/Gbrst_gb-cyclingteam-GB-Cycling-Team-Medal-History—0?c=EN#K0dWAPjq84CV8Wzw.99, consulté le 8 juin 2018.

22 Jason Shen, entrepreneur et écrivain, ayant reçu une première ébauche de ce livre. Après avoir lu ce chapitre, il a fait remarquer : « Si les gains étaient linéaires, vous prévoiriez une amélioration de 3,65 fois. Mais comme elle est exponentielle, l'amélioration est en réalité 10 fois supérieure ». Le 3 avril 2018.

23 Pour faire un parallèle avec la finance, les habitudes sont l'intérêt composé : beaucoup d'entre nous notent combien les habitudes se multiplient avec le temps. Voici quelques-uns de mes articles et livres préférés sur le sujet : Leo Babauta, « The Power of Habit Investments », *Zen Habits*, 28 janvier 2013, https://zenhabits.net/bank ; Morgan Housel, « The Freakishly Strong Base », *Collaborative Fund*, 31 octobre 2017, http://www.collaborativefund.com/blog/the-freakishly-strong-base ; Darren Hardy, *L'Effet cumulé*. Success Books, 2012, Traduit de l'anglais par : Charles Mourey.

26 « Un petit gain de productivité, cumulé sur cinquante ans, peut faire beaucoup. » Sam Altman. « Productivity », 10 avril 2018, http://blog.samaltman.com/productivity.

26 Jason Hreha (@jhreha), « Les habitudes sont une arme à double tranchant ». Twitter, 21 février 2018, https://twitter.com/jhreha/status/966430907371433984.

26 Michael (@mmay3r), « La base de la productivité, ce sont les habitudes. Plus vous agissez automatiquement, plus vous serez libre de faire des choses. Les effets se cumulent »., Twitter, 10 avril 2018, https://twitter.com/mmay3r/status/983837519274889216.

26 Chaque livre que vous lisez n'est pas qu'un outil d'enseignement : l'idée qui consiste à considérer qu'apprendre de nouvelles idées donne une valeur ajoutée à vos anciennes idées est un principe dont j'ai entendu parler pour la première fois par Patrick O'Shaughnessy, qui écrit : « Voilà pourquoi les connaissances se cumulent. Les connaissances anciennes, qui valent un 4/10, peuvent passer à 10/10 grâce à la valeur ajoutée à l'avenir par un autre livre ». http://investorfieldguide.com/reading-tweet-storm.

28 « How to Live a Longer, Higher Quality Life, with Peter Attia, M.D. », *Investor's Field Guide*, 7 mars 2017, http://investorfieldguide.com/attia.

29 Matt Moore, « NBA Finals: A Rock, Hammer and Cracking of Spurs' Majesty in Game 7 », *CBS Sports*, 21 juin 2013, https://www.cbssports.com/nba/news/nba-finals-a-rock-hammer-and-cracking-of-spurs-majesty-in-game-7.

29 La graine de chaque habitude : ce paragraphe s'inspire d'une citation du compte Twitter de M. Mircea, qui écrit :
« Chaque habitude débuta son cycle par une simple décision ». https://twitter.com/mistermircea.

30 L'inspiration pour cette illustration est venue d'un tweet intitulé « Déceptiondel'approchelinéaireparrapportàl'approcheexponentielle »

de @MlichaelW. 19 mai 2018. https://twitter.com/MlichaelW/status/997878086132817920.

33 L'objectif ne peut pas être ce qui différencie les gagnants des perdants : remerciement au coach de CrossFit, Ben Bergeron, qui a inspiré cette citation lors d'une conversation que j'ai eue avec lui le 28 février 2017.

35 Vous revenez au niveau de vos moyens : cette phrase est inspirée de la citation suivante d'Archiloque : « Nous n'atteignons pas le niveau de nos attentes, nous retombons au niveau de notre formation. »

CHAPITRE 2

38 Vous pouvez les imaginer comme les couches d'un oignon : remerciement à Simon Sinek. Son principe du *Cercle d'or* est similaire dans sa conception, mais aborde différents sujets. Pour en savoir plus, lisez son ouvrage *Commencer par le pourquoi : Comment les grands leaders nous inspirent à passer à l'action*. Performance Édition, février 2014, traduit de l'anglais par : Josée Amesse, 37.

41 J'ai fini par me résoudre à arrêter de me ronger les ongles : les citations utilisées sont présentées comme une conversation pour en faciliter la lecture, mais elles ont été écrites à l'origine par Clark. Cf. : Brian Clark, « The Powerful Psychological Boost that Helps You Make and Break Habits », *Further*, 14 novembre 2017, https://further.net/pride-habits.

43 Des recherches ont démontré que lorsqu'une personne croit en un aspect particulier de son identité… : Christopher J. Bryan et al., « Motivating Voter Turnout by Invoking the Self », *Proceedings of the National Academy of Sciences 108*, n° 31 (2011) : 12653-12656.

44 Leon Festinger, *Une théorie de la dissonance cognitive*. Enrick B. Editions, 2017, traduit de l'anglais par : Hélène Vassine.

46 Votre identité est littéralement votre « être répété » : en fait, *identidem* est un mot du bas latin. Merci également à Tamar Shippony, lectrice de jamesclear.com, qui m'avait initialement parlé de l'étymologie du mot *identité*, qu'elle a trouvée dans l'*American Heritage Dictionary*.

47 Nous changeons petit à petit : c'est une autre raison pour laquelle les petites habitudes sont une forme de changement si efficace. Si vous changez votre identité trop rapidement et devenez du jour au lendemain une personne radicalement différente, vous avez l'impression de vous perdre vous-même. Mais si vous transformez et développez votre identité progressivement, vous deviendrez une personne totalement nouvelle et pourtant familière. Petit à petit, vous vous habituerez à votre nouvelle identité. Les petites habitudes et l'amélioration progressive sont les clés du changement d'identité sans perdre son identité.

CHAPITRE 3

53 Peter Gray, *Psychology*, 6th ed. New York: Worth, 2011, 108-109.

53 Edward L. Thorndike, « Animal Intelligence: An Experimental Study of the Associative Processes in Animals », *Psychological Review: Monograph Supplements 2*, n° 4 (1898), doi:10.1037/h0092987.

54 « Comportements suivis de conséquences satisfaisantes » : il s'agit d'une version abrégée de la citation originale de Thorndike : « Les réponses qui produisent un effet satisfaisant dans une situation particulière ont plus de chances de se reproduire dans cette situation, et les réponses qui produisent un effet inconfortable sont moins susceptibles de se reproduire dans cette situation. » Pour en savoir plus, cf. : Peter Gray, *Psychology*, 6th ed. New York: Worth, 2011, 108-109.

55 Charles Duhigg, *Le Pouvoir des habitudes. Changer un rien pour tout changer.* Éditions Saint-Simon, 12 septembre 2013, Traduit de l'anglais par : Johan-Frédérik Hel-Guedj, 15 ; Ann M. Graybiel, « Network-Level Neuroplasticity in Cortico-Basal Ganglia Pathways », *Parkinsonism and Related Disorders 10*, n° 5 (2004), doi:10.1016/j.parkreldis.2004.03.007.

56 Jason Hreha, « Why Our Conscious Minds Are Suckers for Novelty », *Revue*, https://www.getrevue.co/profile/jason/issues/why-our-conscious-minds-are-suckers-for-novelty-54131, consulté le 8 juin 2018.

56 John R. Anderson, « Acquisition of Cognitive Skill », *Psychological Review 89*, n° 4 (1982), doi:10.1037/0033-295X.89.4.369.

56 Shahram Heshmat, « Why Do We Remember Certain Things, But Forget Others », *Psychology Today*, 8 octobre 2015, https://www.psychologytoday.com/us/blog/science-choice/201510/why-do-we-remember-certain-things-forget-others.

57 William H. Gladstones, Michael A. Regan et Robert B. Lee, « Division of Attention: The Single-Channel Hypothesis Revisited », *Quarterly Journal of Experimental Psychology*, Section A 41, n° 1 (1989), doi:10.1080/14640748908402350.

57 Daniel Kahneman, *Système 1 / Système 2 : Les deux vitesses de la pensée.* Flammarion, 28 septembre 2012. Traduit de l'anglais par : Raymond Clarinard.

57 John R. Anderson, « Acquisition of Cognitive Skill », *Psychological Review 89*, n° 4 (1982), doi:10.1037/0033-295X.89.4.369.

61 Antonio R. Damasio, *L'Ordre étrange des choses : La vie, les émotions et la fabrique de la culture.* Odile Jacob, 2 novembre 2017 ; Lisa Feldman Barrett, *How Emotions Are Made.* London: Pan Books, 2018.

CHAPITRE 4

71 Le psychologue Gary Klein : à l'origine, Daniel Kahneman m'avait parlé de cette histoire, mais elle m'a été confirmée par Gary Klein dans un courrier électronique du 30 mars 2017. Klein l'évoque également dans son livre et utilise des citations légèrement différentes : Gary A. Klein, *Sources of Power: How People Make Decisions.* Cambridge, MA: MIT Press, 1998, 43–44.

72 Gary A. Klein, *Sources of Power: How People Make Decisions.* Cambridge, MA: MIT Press, 1998, 38–40.

72 L'histoire du kouros Getty, citée dans le livre *La Force de l'intuition* de Malcolm Gladwell, en est un exemple célèbre. Pocket, 2007, traduit de l'anglais par : Danielle Charron. La sculpture, initialement supposée

provenir de la Grèce antique, a été achetée pour 10 millions de dollars. La controverse entourant la sculpture est arrivée plus tard lorsqu'un expert l'a identifiée comme étant un faux dès le premier coup d'œil.

72 Siddhartha Mukherjee, « The Algorithm Will See You Now », *New Yorker*, 3 avril 2017, https://www.newyorker.com/magazine/2017/04/03/ai-versus-md.

72 Le médecin allemand Hermann von Helmholtz a développé l'idée selon laquelle le cerveau est une « machine à prédire ».

74 Helix van Boron, « What's the Dumbest Thing You've Done While Your Brain Is on Autopilot », *Reddit*, 21 août 2017, https://www.reddit.com/r/AskReddit/comments/6v1t91/whats_the_dumbest_thing_youve_done_while_your/dlxa5y9.

74 SwordOfTheLlama, « What Strange Habits Have You Picked Up from Your Line of Work », Reddit, 4 janvier 2016, https://www.reddit.com/r/AskReddit/comments/3zckq6/what_strange_habits_have_you_picked_up_from_your/cyl3nta.

74 SwearImaChick, « What Strange Habits Have You Picked Up from Your Line of Work », *Reddit*, 4 janvier 2016, https://www.reddit.com/r/AskReddit/comments/3zckq6/what_strange_habits_have_you_picked_up_from_your/cyl681q.

75 « Jusqu'à ce que vous rendiez conscient votre inconscient » : Bien que cette citation de Jung soit populaire, j'ai eu du mal à retrouver la source. C'est probablement une paraphrase de ce passage (traduction libre) : « Le principe psychologique dit que quand une situation intérieure n'est pas rendue consciente, elle se produit à l'extérieur, c'est ce qu'on appelle le destin. En d'autres termes, lorsque l'individu reste indivisible et ne prend pas conscience de son opposition intérieure, le monde doit forcément être en conflit et se déchirer en deux moitiés opposées. » Pour en savoir plus, voir l'ouvrage de Carl Jung *Aïon : Études sur la phénoménologie du soi*. Albin Michel, 1989, traduit de l'allemand par : Étienne Perrot et Marie-Martine Louzier-Sahler.

76 Alice Gordenker, « JR Gestures », *Japan Times*, 21 octobre 2008, https://www.japantimes.co.jp/news/2008/10/21/reference/jr-gestures/#.WvIG49Mvzu1.

76 Allan Richarz, « Why Japan's Rail Workers Can't Stop Pointing at Things », *Atlas Obscura*, 29 mars 2017, https://www.atlasobscura.com/articles/pointing-and-calling-japan-trains.

CHAPITRE 5

83 Sarah Milne, Sheina Orbell et Paschal Sheeran, « Combining Motivational and Volitional Interventions to Promote Exercise Participation: Protection Motivation Theory and Implementation Intentions », *British Journal of Health Psychology 7* (mai 2002): 163-184.

84 Peter Gollwitzer et Paschal Sheeran, « Implementation Intentions and Goal Achievement: A Meta-Analysis of Effects and Processes », *Advances in Experimental Social Psychology 38* (2006): 69-119.

84 Katherine L. Milkman, John Beshears, James J. Choi, David Laibson et Brigitte C. Madrian, « Using Implementation Intentions Prompts to Enhance Influenza Vaccination Rates », *Proceedings of the National Academy of Sciences 108*, n° 26 (juin 2011): 10415-10420.

84 Katherine L. Milkman, John Beshears, James J. Choi, David Laibson et Brigitte C. Madrian, « Planning Prompts as a Means of Increasing Preventive Screening Rates », *Preventive Medicine 56*, n° 1 (janvier 2013): 92-93.

85 David W. Nickerson et Todd Rogers, « Do You Have a Voting Plan? Implementation Intentions, Voter Turnout, and Organic Plan Making », *Psychological Science 21*, n° 2 (2010): 194–199.

85 « Policymakers around the World Are Embracing Behavioural Science », *The Economist*, 18 mai 2017, https://www.economist.com/news/international/21722163-experimental-iterative-data-driven-approach-gaining-ground-policymakers-around.

85 Edwin Locke et Gary Latham, « Building a Practically Useful Theory of Goal Setting and Task Motivation: A 35-Year Odyssey », *American Psychologist 57*, n° 9 (2002): 705–717, doi:10.1037//0003–066x.57.9.705.

86 Hengchen Dai, Katherine L. Milkman et Jason Riis, « The Fresh Start Effect: Temporal Landmarks Motivate Aspirational Behavior », *PsycEXTRA Dataset*, 2014, doi:10.1037/e513702014–058.

87 Interview de l'écrivain Jason Zweig, « Elevate Your Financial IQ: A Value Packed Discussion with Jason Zweig », par Shane Parrish, *The Knowledge Project, Farnam Street*, audio, https://www.fs.blog/2015/10/jason-zweig-knowledge-project.

87 Plusieurs façons d'utiliser les intentions de mise en place : je dois le terme « superposition d'habitudes » à S. J. Scott, qui a écrit le livre *Habit Stacking*. D'après ce que j'ai compris, son concept est légèrement différent, mais j'aime bien le terme et je pensais qu'il était approprié de l'utiliser dans ce chapitre. D'autres auteurs tels que Courtney Carver et Julien Smith ont également utilisé précédemment le terme « superposition d'habitudes », mais dans des contextes différents.

87 « Denis Diderot », *New World Encyclopedia*, http://www.newworldencyclopedia.org/entry/Denis_Diderot, dernière modification : 26 octobre 2017.

87 La robe de chambre : *Encyclopaedia Britannica*, vol. 8 (1911), s.v. « Denis Diderot ». La robe de chambre de Diderot est souvent décrite comme un cadeau d'une amie. Mais je n'ai trouvé aucune source prétendant que c'était un cadeau ni aucune mention de l'ami qui avait offert la robe. Si vous connaissez des historiens qui auraient la réponse, n'hésitez pas à me mettre en contact avec eux afin que nous puissions clarifier le mystère de la source de la célèbre robe de chambre de Diderot.

88 Denis Diderot, *Regrets sur ma vieille robe de chambre*. Gallimard, 2019.

88 Juliet Schor, *The Overspent American: Why We Want What We Don't Need*. HarperPerennial, 1999.

89 Créé par B. J. Fogg : dans ce chapitre, j'ai utilisé le terme « superposition d'habitudes » pour désigner le fait de lier une nouvelle habitude à une ancienne. Je remercie BJ Fogg pour cette idée.

Dans son travail, Fogg utilise le terme d'ancrage pour décrire cette approche, car votre ancienne habitude agit comme une « ancre » qui maintient la nouvelle habitude en place. Peu importe le terme que vous préférez utiliser, je pense que c'est une stratégie très efficace. Pour en savoir plus sur le travail de Fogg et sa méthode Tiny Habits : https://www.tinyhabitudes.com.

92 Dev Basu (@devbasu), Quand j'achète un article, je me sépare d'un autre. Twitter, 11 février 2018, https://twitter.com/devbasu/status/962778141965000704.

CHAPITRE 6

97 Anne N. Thorndike et al., « A 2-Phase Labeling and Choice Architecture Intervention to Improve Healthy Food and Beverage Choices », *American Journal of Public Health 102*, n° 3 (2012), doi:10.2105/ajph.2011.300391.

98 Choisir des produits non pas pour ce qu'ils sont : de nombreuses études ont montré que la simple vue de la nourriture peut nous donner faim même lorsque nous n'avons pas réellement faim physiologiquement. Selon un chercheur, « les comportements alimentaires sont en grande partie la conséquence de réponses automatiques aux signaux alimentaires contextuels ». Pour plus d'informations, voir D.-A. Cohen et S.-H. Babey, « Contextual Influences on Eating Behaviours: Heuristic Processing and Dietary Choices », *Obesity Reviews 13*, n° 9 (2012), doi:10.1111/j.1467–789x.2012.01001.x ; et Andrew J. Hill, Lynn D. Magson et John E. Blundell, « Hunger and Palatability: Tracking Ratings of Subjective Experience Before, during and after the Consumption of Preferred and Less Preferred Food », *Appetite 5*, n° 4 (1984), doi:10.1016/s0195–6663(84)80008–2.

99 Kurt Lewin, *Principles of Topological Psychology.* New York: McGraw-Hill, 1936.

99 Hawkins Stern, « The Significance of Impulse Buying Today », *Journal of Marketing 26*, n° 2 (1962), doi:10.2307/1248439.

100 Michael Moss, « Nudged to the Produce Aisle by a Look in the Mirror », *New York Times*, 27 août 2013, https://www.nytimes.com/2013/08/28/dining/wooing-us-down-the-produce-aisle.html?_r=0.

100 Les gens boivent du Bud Light parce qu'ils sont incités : plus on est exposé à des produits alimentaires, plus on risque de les acheter ou de les manger/boire. T. Burgoine et al., « Associations between Exposure to Takeaway Food Outlets, Takeaway Food Consumption, and Body Weight in Cambridgeshire, UK: Population Based, Cross Sectional Study », *British Medical Journal 348*, n° 5 (2014), doi:10.1136/bmj.g1464.

101 Timothy D. Wilson, *Strangers to Ourselves: Discovering the Adaptive Unconscious.* Cambridge, MA: Belknap Press, 2004, 24.

101 B. R. Sheth et al., « Orientation Maps of Subjective Contours in Visual Cortex », *Science 274*, n° 5295 (1996), doi:10.1126/science.274.5295.2110.

102 Quand leur consommation d'énergie était évidente et facile à suivre : cette histoire a été racontée à Donella Meadows lors d'une conférence à

Kollekolle, au Danemark, en 1973. Pour plus d'informations : Donella Meadows et Diana Wright, *Thinking in Systems: A Primer.* White River Junction, VT: Chelsea Green, 2015, 109.

102 Les petits autocollants en forme de points réduisent les coûts de nettoyage des toilettes : l'estimation réelle était de 8 %, mais compte tenu des variables utilisées, l'estimation raisonnable serait plus de cet ordre : des économies annuelles comprises entre 5 et 10 %. Blake Evans-Pritchard, « Aiming to Reduce Cleaning Costs », *Works That Work*, Winter 2013, https://worksthatwork.com/1/urinal-fly.

105 « Des techniques impliquant le contrôle de stimulus ont même été utilisées avec succès pour aider les personnes souffrant d'insomnie. En bref, on a demandé à des personnes qui avaient du mal à s'endormir de ne se coucher que lorsqu'elles étaient fatiguées. Si elles ne pouvaient pas s'endormir, on leur demandait de se lever et de changer de pièce. Étrange conseil, mais au fil du temps, les chercheurs ont découvert qu'en associant le lit à l'heure du coucher et non à d'autres activités (lire un livre, rester simplement allongé, etc.), les participants ont finalement pu s'endormir rapidement grâce au processus répété : il est devenu presque automatique de s'endormir dans leur lit, car un déclencheur efficace avait été mis en place. » Pour en savoir plus : Charles M. Morin et al., « Psychological and Behavioral Treatment of Insomnia: Update of the Recent Evidence (1998–2004) », *Sleep 29*, n° 11 (2006), doi:10.1093/sleep/29.11.1398 ; et Gregory Ciotti, « The Best Way to Change Your Habits? Control Your Environment », *Sparring Mind*, https://www.sparringmind.com/changing-habits.

105 S. Thompson, J. Michaelson, S. Abdallah, V. Johnson, D. Morris, K. Riley et A. Simms, « "Moments of Change" as Opportunities for Influencing Behaviour: A Report to the Department for Environment, Food and Rural Affairs » (*London: Defra, 2011*), http://randd.defra.gov.uk/Document.aspx?Document=MomentsofChangeEV0506FinalReportNov2011(2).pdf.

106 Lorsque vous sortez de votre environnement normal : plusieurs études ont montré qu'il est plus facile de changer de comportement lorsque votre environnement change. Par exemple, les élèves modifient leurs habitudes de regarder la télévision lorsqu'ils changent d'école. Wendy Wood et David T. Neal, « Healthy through Habit: Interventions for Initiating and Maintaining Health Behavior Change », *Behavioral Science and Policy 2*, n° 1 (2016), doi:10.1353/bsp.2016.0008 ; W. Wood, L. Tam et M. G. Witt, « Changing Circumstances, Disrupting Habits », *Journal of Personality and Social Psychology 88*, n° 6 (2005), doi:10.1037/0022-3514.88.6.918

106 Vous n'êtes pas aux prises avec de vieux signaux environnementaux : c'est peut-être la raison pour laquelle 36 % des changements de comportement réussis sont associés à un déménagement dans un nouvel endroit. Melissa Guerrero-Witt, Wendy Wood et Leona Tam, « Changing Circumstances, Disrupting Habits », *PsycEXTRA Dataset 88*, n° 6 (2005), doi:10.1037/e529412014-144.

CHAPITRE 7

109 Lee N. Robins et al., « Vietnam Veterans Three Years after Vietnam: How Our Study Changed Our View of Heroin », *American Journal on Addictions 19*, n° 3 (2010), doi:10.1111/j.1521–0391.2010.00046.x.

109 « Excerpts from President's Message on Drug Abuse Control », *New York Times*, 18 juin 1971, https://www.nytimes.com/1971/06/18/archives/excerpts-from-presidents-message-on-drug-abuse-control.html.

110 Lee N. Robins, Darlene H. Davis et David N. Nurco, « How Permanent Was Vietnam Drug Addiction? », *American Journal of Public Health 64*, n° 12 (suppl.) (1974), doi:10.2105/ajph.64.12_suppl.38.

110 Bobby P. Smyth et al., « Lapse and Relapse following Inpatient Treatment of Opiate Dependence », *Irish Medical Journal 103*, n° 6 (Juin 2010).

111 Wilhelm Hofmann et al., « Everyday Temptations: An Experience Sampling Study on How People Control Their Desires », *PsycEXTRA Dataset 102*, n° 6 (2012), doi:10.1037/e634112013–146.

111 « Notre modèle de maîtrise de soi est représenté par un ange et un diable qui se battent… Nous avons tendance à penser que les personnes ayant une forte volonté sont capables de mener cette bataille entre le bien et le mal plus efficacement. En fait, les personnes qui sont vraiment douées pour la maîtrise de soi n'ont jamais à mener cette lutte entre le bien et le mal. » Pour en savoir plus : Brian Resnick, « The Myth of Self-Control », *Vox*, 24 novembre 2016, https://www.vox.com/science-and-health/2016/11/3/13486940/self-control-psychology-myth.

111 Wendy Wood et Dennis Rünger, « Psychology of Habit », *Annual Review of Psychology 67*, n° 1 (2016), doi:10.1146/annurev-psych-122414–033417.

112 « The Biology of Motivation and Habits: Why We Drop the Ball », *Therapist Uncensored*, 20:00, http://www.therapistuncensored.com/biology-of-motivation-habits, consulté le 8 juin 2018.

112 Sarah E. Jackson, Rebecca J. Beeken, and Jane Wardle, « Perceived Weight Discrimination and Changes in Weight, Waist Circumference, and Weight Status », *Obesity*, 2014, doi:10.1002/oby.20891.

112 Kelly McGonigal, *The Upside of Stress: Why Stress Is Good for You, and How to Get Good at It*. New York: Avery, 2016, xv.

113 Fran Smith, « How Science Is Unlocking the Secrets of Addiction », *National Geographic*, septembre 2017, https://www.nationalgeographic.com/magazine/2017/09/the-addicted-brain.

CHAPITRE 8

119 Nikolaas Tinbergen, *The Herring Gull's World* (London: Collins, 1953) ; « Nikolaas Tinbergen », *New World Encyclopedia*, http://www.newworldencyclopedia.org/entry/Nikolaas_Tinbergen, dernière modification : 30 septembre 2016.

120 James L. Gould, *Ethology: The Mechanisms and Evolution of Behavior*. New York: Norton, 1982, 36–41.

121 Steven Witherly, *Why Humans Like Junk Food*. New York: IUniverse, 2007.

121 « Tweaking Tastes and Creating Cravings », *60 Minutes*, 27 novembre 2011. https://www.youtube.com/watch?v=a7Wh3uq1yTc.

121 Steven Witherly, *Why Humans Like Junk Food*. New York: IUniverse, 2007.

122 Michael Moss, *Salt, Sugar, Fat: How the Food Giants Hooked Us*. London: Allen, 2014.

122 Cette citation est tirée de l'article de Stephan Guyenet, « Why Are Some People "Carboholics"? », datée du 26 juillet 2017, http://www.stephanguyenet.com/why-are-some-people-carboholics. La version adaptée est donnée avec la permission de l'auteur accordée dans un e-mail daté d'avril 2018.

124 « L'importance de la dopamine a été découverte par accident. En 1954, James Olds et Peter Milner, deux neuroscientifiques de l'université Mc-Gill, ont décidé d'implanter une électrode au centre du cerveau d'un rat. Le placement précis de l'électrode était en grande partie lié au hasard ; à l'époque, la géographie de l'esprit restait un mystère. Mais Olds et Milner ont eu de la chance. Ils ont inséré l'aiguille juste à côté du noyau accumbens (NAcc), partie du cerveau générant des sensations agréables. Chaque fois que vous mangez un morceau de gâteau au chocolat, écoutez votre chanson préférée ou regardez votre équipe préférée remporter les World Series, c'est votre NAcc qui vous procure cette sensation de satisfaction. Mais Olds et Milner ont rapidement découvert que trop de plaisir pouvait être néfaste. Ils ont placé les électrodes dans le cerveau de plusieurs rongeurs, puis ont fait passer un léger courant dans chaque fil, provoquant ainsi l'excitation continue des NAcc. Les scientifiques ont remarqué que les rongeurs avaient perdu tout intérêt. Ils ont arrêté de manger et de boire, ne cherchant même plus à copuler. Les rats se blottissaient dans les coins de leurs cages, comme subjugués par leur état d'extase. En quelques jours, tous les animaux ont péri. Ils sont morts de soif. » Pour en savoir plus : Jonah Lehrer, *Faire le bon choix – Comment notre cerveau prend ses décisions*. Robert Laffont, 2010, Traduit de l'anglais par : Hayet Dhifallah.

124 James Olds et Peter Milner, « Positive Reinforcement Produced by Electrical Stimulation of Septal Area and Other Regions of Rat Brain », *Journal of Comparative and Physiological Psychology 47*, n° 6 (1954), doi:10.1037/h0058775. 105 Les rats ont perdu toute envie de vivre : Qun-Yong Zhou et Richard D. Palmiter, « Dopamine-Deficient Mice Are Severely Hypoactive, Adipsic, and Aphagic », *Cell 83*, n° 7 (1995), doi:10.1016/0092-8674(95)90145-0.

124 Kent C. Berridge, Isabel L. Venier et Terry E. Robinson, « Taste Reactivity Analysis of 6-Hydroxydopamine-Induced Aphagia: Implications for Arousal and Anhedonia Hypotheses of Dopamine Function », *Behavioral Neuroscience 103*, n° 1 (1989), doi:10.1037//0735-7044.103.1.36.

124 Ross A. Mcdevitt et al., « Serotonergic versus Nonserotonergic Dorsal Raphe Projection Neurons: Differential Participation in Reward Circuitry », *Cell Reports 8*, n° 6 (2014), doi:10.1016/j.cel rep.2014.08.037.

124 Natasha Dow Schüll, *Addiction by Design: Machine Gambling in Las Vegas*. Princeton, NJ: Princeton University Press, 2014, 55.

125 Les habitudes sont une boucle d'actions dépendant de la dopamine : la première fois que j'ai entendu parler de ce processus, c'est par Chamath Palihapitiya. Pour en savoir plus : « Chamath Palihapitiya, Founder and CEO Social Capital, on Money as an Instrument of Change », *Stanford Graduate School of Business*, 13 novembre 2017, https://www.youtube.com/watch?v=PMotykw0SIk.

125 La dopamine… joue un rôle central dans de nombreux processus neurologiques : des chercheurs ont découvert par la suite que les endorphines et les opioïdes étaient à l'origine des réactions de plaisir. Pour en savoir plus : V.-S. Chakravarthy, Denny Joseph et Raju S. Bapi, « What Do the Basal Ganglia Do? A Modeling Perspective », *Biological Cybernetics 103*, n° 3 (2010), doi:10.1007/s00422-010-0401-y.

125 Wolfram Schultz, « Neuronal Reward and Decision Signals: From Theories to Data », *Physiological Reviews 95*, n° 3 (2015), doi:10.1152/physrev.00023.2014, fig. 8 ; Fran Smith, « How Science Is Unlocking the Secrets of Addiction », *National Geographic*, septembre 2017, https://www.nationalgeographic.com/magazine/2017/09/the-addicted-brain.

125 Chaque fois que le taux de dopamine augmente, votre motivation augmente aussi. La dopamine vous oblige à rechercher, explorer et agir : « Ce système de RECHERCHE mésolimbique alimenté par la dopamine, provenant de l'aire tegmentale ventrale (ATV), encourage la recherche de nourriture, l'exploration, l'investigation, la curiosité, l'intérêt et l'espérance. La dopamine se déclenche chaque fois que le rat (ou l'homme) explore son environnement… Je peux observer l'animal et dire quand je stimule son système de RECHERCHE parce qu'il explore et renifle. » Pour en savoir plus, voir : Karin Badt, « Depressed? Your "SEEKING" System Might Not Be Working: A Conversation with Neuroscientist Jaak Panksepp », *Huffington Post*, 6 décembre 2017, http://www.huffingtonpost.com/karin-badt/depressed-your-seeking-sy_b_3616967.html.

125 Wolfram Schultz, « Multiple Reward Signals in the Brain », *Nature Reviews Neuroscience 1*, n° 3 (2000), doi:10.1038/35044563.

126 Kent Berridge, conversation avec l'auteur, 8 mars 2017.

128 Hackster Staff, « Netflix and Cycle! », *Hackster*, 12 juillet 2017, https://blog.hackster.io/netflix-and-cycle-1734d0179deb.

128 « Cycflix: Exercise Powered Entertainment », *Roboro*, 8 juillet 2017, https://www.youtube.com/watch?v=-nc0irLB-iY.

128 Jeanine Poggi, « Shonda Rhimes Looks Beyond ABC's Nighttime Soaps », *AdAge*, 16 mai 2016, http://ad age.com/article/special-report-tv-upfront/shonda-rhimes-abc-soaps/303996.

130 Jon E. Roeckelein, *Dictionary of Theories, Laws, and Concepts in Psychology*. Westport, CT: Greenwood Press, 1998, 384.

CHAPITRE 9

133 Harold Lundstrom, « Father of 3 Prodigies Says Chess Genius Can Be

Taught », *Deseret News*, 25 décembre 1992, https://www.deseretnews.com/article/266378/FATHER-OF-3-PRODIGIES-SAYS-CHESS-GENIUS-CAN-BE-TAUGHT.html?pg=all.

136 Peter J. Richerson et Robert Boyd, *Not by Genes Alone: How Culture Transformed Human Evolution*. Chicago: University of Chicago Press, 2006.

137 Nicholas A. Christakis et James H. Fowler, « The Spread of Obesity in a Large Social Network over 32 Years », *New England Journal of Medicine 357*, n° 4 (2007), doi:10.1056/nejmsa066082. J. A. Stockman, « The Spread of Obesity in a Large Social Network over 32 Years », *Yearbook of Pediatrics 2009* (2009), doi:10.1016/s0084-3954(08)79134-6.

137 Amy A. Gorin et al., « Randomized Controlled Trial Examining the Ripple Effect of a Nationally Available Weight Management Program on Untreated Spouses », *Obesity 26*, n° 3 (2018), doi:10.1002/oby.22098.

138 Mike Massimino, « Finding the Difference Between "Improbable" and "Impossible" », entretien avec James Altucher, *The James Altucher Show*, Janvier 2017, https://jamesaltucher.com/2017/01/mike-massimino-i-am-not-good-enough.

138 Ryan Meldrum, Nicholas Kavish et Brian Boutwell, « On the Longitudinal Association Between Peer and Adolescent Intelligence: Can Our Friends Make Us Smarter? », *PsyArXiv*, 10 février 2018, doi:10.17605/OSF.IO/TVJ9Z.

139 Harold Steere Guetzkow, *Groups, Leadership and Men: Research in Human Relations*. Pittsburgh, PA: Carnegie Press, 1951, 177-190.

141 Avant la fin de l'expérience, près de 75 % des sujets étaient d'accord avec la réponse du groupe : des études de suivi montrent que s'il n'y avait qu'un acteur dans le groupe qui était en désaccord avec le groupe, le sujet était beaucoup plus susceptible d'affirmer sa véritable conviction selon laquelle les lignes avaient des longueurs différentes. Lorsque vous avez une opinion qui diverge de la tribu, il est beaucoup plus facile de la défendre si vous avez un allié. Lorsque vous avez besoin de force pour vous imposer face à la norme sociale, trouvez un partenaire. Pour en savoir plus : Solomon E. Asch, « Opinions and Social Pressure », *Scientific American 193*, n° 5 (1955), doi:10.1038/scientificamerican1155-31 ; et William N. Morris et Robert S. Miller, « The Effects of Consensus-Breaking and Consensus-Preempting Partners on Reduction of Conformity », *Journal of Experimental Social Psychology 11*, n° 3 (1975), doi:10.1016/s0022-1031(75)80023-0. Près de 75 % des sujets ont fait le mauvais choix au moins une fois. Néanmoins, compte tenu du nombre total de réponses au cours de l'expérience, environ les deux tiers étaient correctes. Quoi qu'il en soit, le problème est clair : la pression du groupe peut considérablement altérer notre capacité à prendre des décisions éclairées.

142 Lydia V. Luncz, Giulia Sirianni, Roger Mundry et Christophe Boesch. « Costly culture: differences in nut-cracking efficiency between wild chimpanzee groups », *Animal Behaviour 137* (2018): 63-73.

CHAPITRE 10

147 Compte Twitter simpolism (@simpolism) : « Prolongeons cette métaphore. Si la société était un corps humain, l'État serait le cerveau. Les humains ne sont pas conscients de leurs motivations. Si on vous demandait "Pourquoi mangez-vous ?", vous pourriez répondre "Parce que la nourriture est bonne" et "Parce que j'ai besoin de nourriture pour survivre". Que pourrait être la nourriture d'un État ? (indice : peut-on considérer que les comprimés sont des aliments ?) », Twitter, 7 mai 2018, https://twitter.com/simpolism/status/993632142700826624.

151 Antoine Bechara et al., « Insensitivity to Future Consequences following Damage to Human Prefrontal Cortex », *Cognition 50*, n° 1-3 (1994), doi:10.1016/0010–0277(94)90018–3.

151 « When Emotions Make Better Decisions—Antonio Damasio », 11 août 2009. https://www.youtube.com/watch?v=1wup_K2WN0I.

152 Tu « n'as pas l'obligation de faire », tu « fais » : je suis infiniment reconnaissant envers mon entraîneur d'université, Mark Watts, qui m'a transmis ce puissant mantra et qui a changé ma vie.

152 RedheadBanshee, « What Is Something Someone Said That Forever Changed Your Way of Thinking », *Reddit*, 22 octobre 2014, https://www.reddit.com/r/AskReddit/comments/2jzn0j/what_is_something_someone_said_that_forever/clgm4s2.

152 WingedAdventurer, « Instead of Thinking 'Go Run in the Morning,' Think 'Go Build Endurance and Get Fast.' Make Your Habit a Benefit, Not a Task », *Reddit*, 19 janvier 2017, https://www.reddit.com/r/selfimprovement/comments/5ovrqf/instead_of_thinking_go_run_in_the_morning_think/?st=izmz9pks&sh=059312db.

153 Alison Wood Brooks, « Get Excited: Reappraising Pre-Performance Anxiety as Excitement with Minimal Cues », *PsycEXTRA Dataset*, Juin 2014, doi:10.1037/e578192014–321 ; Caroline Webb, *How to Have a Good Day*. London: Pan Books, 2017, 238. « Wendy Berry Mendes et Jeremy Jamieson ont mené un certain nombre d'études [qui] montrent qu'une personne obtient de meilleurs résultats si elle considère que son rythme cardiaque rapide est "une ressource ou un moteur qui contribue à la performance" ».

154 Ed Latimore (@EdLatimore), Découverte étrange : Ma concentration augmente simplement en mettant mon casque [d'écoute] pendant que j'écris. Je n'ai même pas besoin d'écouter de la musique. Twitter, 7 mai 2018, https://twitter.com/EdLatimore/status/993496493171662849.

CHAPITRE 11

162 En fin de compte, leurs efforts étaient minimes : cette histoire est tirée de la page 29 d'*Art & Fear* de David Bayles et Ted Orland. Dans une conversation par e-mail avec Orland le 18 octobre 2016, j'ai découvert les origines de l'histoire. « Oui, l'histoire du professeur de poterie dans *Art & Fear* est bien vraie ; elle offre un certain crédit au récit. Elle est tirée d'une histoire vraie du photographe Jerry Uelsmann qui

utilisa un stratagème pour motiver ses étudiants débutants en photographie à l'université de Floride. Comme le raconte *Art & Fear*, je restitue fidèlement la scène telle que Jerry me l'a racontée, sauf que j'ai remplacé la photographie par la poterie. Certes, il aurait été plus facile de conserver la photographie, mais David Bayles (coauteur) et moi sommes tous deux photographes nous-mêmes et, à l'époque, nous essayions d'élargir le panel de références de l'ouvrage. Le plus fascinant, c'est que la forme d'expression artistique utilisée importe peu : la morale de l'histoire semble également s'appliquer à l'ensemble des disciplines artistiques (voire au-delà). » Plus tard, dans ce même courrier électronique, Orland disait : « Je vous autorise à réutiliser tout ou partie de ce passage dans votre prochain livre. » Finalement, je me suis décidé à publier une version adaptée, qui est un mélange de son récit et de l'histoire des étudiants en photographie d'Uelsmann. David Bayles et Ted Orland, *Petit éloge des arts – repérer et surmonter les peurs propres à toute pratique artistique*. Retz Eds, 2007, Traduit de l'anglais par : Patricia Landry, 29.

162 Voltaire, *La Bégueule. Conte Moral* (1772).

163 La potentialisation à long terme : Terje Lømo a découvert ce concept en 1966. Il a notamment découvert que lorsqu'une série de signaux étaient transmis de manière répétée par le cerveau, il existait un effet qui perdurait, ce qui facilitait la transmission de ces signaux dans l'environnement futur.

164 Donald O. Hebb, *The Organization of Behavior: A Neuropsychological Theory*. New York: Wiley, 1949.

164 S. Hutchinson, « Cerebellar Volume of Musicians », *Cerebral Cortex 13*, n° 9 (2003), doi:10.1093/cercor/13.9.943.

164 A. Verma, « Increased Gray Matter Density in the Parietal Cortex of Mathematicians: A Voxel-Based Morphometry Study », *Yearbook of Neurology and Neurosurgery 2008* (2008), doi:10.1016/s0513-5117(08)79083-5.

164 Eleanor A. Maguire et al., « Navigation-Related Structural Change in the Hippocampi of Taxi Drivers », *Proceedings of the National Academy of Sciences 97*, n° 8 (2000), doi:10.1073/pnas.070039597 ; Katherine Woollett et Eleanor A. Maguire, « Acquiring 'the Knowledge' of London's Layout Drives Structural Brain Changes », *Current Biology 21*, n° 24 (décembre 2011), doi:10.1016/j.cub.2011.11.018 ; Eleanor A. Maguire, Katherine Woollett et Hugo J. Spiers, « London Taxi Drivers and Bus Drivers: A Structural MRI and Neuropsychological Analysis », *Hippocampus 16*, n° 12 (2006), doi:10.1002/hipo.20233.

165 George Henry Lewes, *The Physiology of Common Life*. Leipzig: Tauchnitz, 1860.

165 La répétition est une forme de changement : apparemment, Brian Eno nous explique la même chose dans son excellent jeu de cartes Stratégies obliques, que je ne connaissais pas quand j'ai écrit ces lignes ! Les grands esprits se rencontrent…

165 Phillippa Lally et al., « How Are Habits Formed: Modelling Habit Formation in the Real World », *European Journal of Social Psychology 40*, n° 6 (2009), doi:10.1002/ejsp.674.

166 Hermann Ebbinghaus est le premier à avoir décrit les courbes d'apprentissage dans son livre écrit en 1885 *La Mémoire, Recherches de psychologie expérimentale*. L'Harmattan, 2010, Traduit de l'allemand par : Serge Nicola.

CHAPITRE 12

169 Jared Diamond, *De l'inégalité parmi les sociétés*. Gallimard, 2000, Traduit de l'anglais par : Pierre-Emmanuel Dauzat.

171 Deepak Chopra utilise l'expression « Loi du moindre effort » pour décrire l'une de ses sept lois spirituelles du yoga. Ce concept n'est pas lié au principe que je développe ici.

173 Un tuyau d'arrosage plié au milieu : cette analogie est une version modifiée d'une idée citée par Josh Waitzkin dans son entretien avec Tim Ferriss. « The Tim Ferriss Show, Episode 2: Josh Waitzkin », 2 mai 2014, audio, https://soundcloud.com/tim-ferriss/the-tim-ferriss-show-episode-2-josh-waitzkin.

175 James Surowiecki, « Better All the Time », *New Yorker*, 10 novembre 2014, https://www.newyorker.com/magazine/2014/11/10/better-time.

175 L'addition par soustraction est un exemple d'un principe plus vaste appelé inversion ; sujet sur lequel j'ai déjà écrit : https://jamesclear.com/inversion. Je remercie Shane Parrish d'avoir inspiré mes réflexions sur ce sujet en écrivant sur les raisons pour lesquelles « il est plus facile d'éviter de passer pour quelqu'un de stupide que de chercher à passer pour quelqu'un d'intelligent ». Shane Parrish, « Avoiding Stupidity Is Easier Than Seeking Brilliance », *Farnam Street*, juin 2014, https://www.fs.blog/2014/06/avoiding-stupidity. 155 Ces points de pourcentage représentent des millions de livres en recettes fiscales : Owain Service et al., « East: Four Simple Ways to Apply Behavioural Insights », *Behavioural Insights Team*, 2015, http://38r8om2xjhhl25mw24492dir.wpengine.netdna-cdn.com/wp-content/uploads/2015/07/BIT-Publication-EAST_FA_WEB.pdf.

176 Oswald Nuckols est un alias, utilisé à la demande de la personne concernée.

177 Saul_ Panzer_ NY, « [Question] What One Habit Literally Changed Your Life? », *Reddit*, 5 juin 2017, https://www.reddit.com/r/getdisciplined/comments/6fgqbv/question_what_one_habit_literally_changed_your/diieswq.

CHAPITRE 13

182 Twyla Tharp et Mark Reiter, *The Creative Habit: Learn It and Use It for Life: A Practical Guide*. New York: Simon and Schuster, 2006.

182 Wendy Wood, « Habits Across the Lifespan », 2006, https://www.researchgate.net/publication/315552294_Habits_Across_the_Lifespan.

182 Benjamin Gardner, « A Review and Analysis of the Use of "Habit" in Understanding, Predicting and Influencing Health-Related Behaviour », *Health Psychology Review 9*, n° 3 (2014), doi:10.1080/17437199.2013.876238.

182 Merci infiniment à Henri Cartier-Bresson, l'un des plus grands photographes de rue de tous les temps, qui a inventé le terme « instant décisif », mais dans un but totalement différent : capturer des images extraordinaires au bon moment.
183 Merci à David Allen, dont la version de la Règle des deux minutes dit ceci : « Si cela prend moins de deux minutes, faites-le maintenant. » Pour en savoir plus : David Allen, *S'organiser pour réussir*. Éditions Leduc.s, 2008, Traduit de l'anglais par : Michel Edéry.
184 L'auteur Cal Newport utilise un rituel d'arrêt au cours duquel il vérifie une dernière fois sa boîte de réception, prépare sa liste de tâches à effectuer pour le lendemain et dit « extinction totale des feux » pour terminer sa journée de travail. Pour en savoir plus : Cal Newport, *Deep Work – Retrouver la concentration dans un monde de distractions*. Éditions Leduc.s/À contre-courant, 2017, Traduit de l'anglais par : Christophe Billon.
188 Greg McKeown, *Essentialisme*. Éditions Contre-dires, 2018, Traduit de l'anglais par : Elisa Guenon, 78.
188 Gail B. Peterson, « A Day of Great Illumination: B.-F. Skinner's Discovery of Shaping », *Journal of the Experimental Analysis of Behavior 82*, n° 3 (2004), doi:10.1901/jeab.2004.82-317.

CHAPITRE 14

193 Adèle Hugo et Charles E. Wilbour, *Victor Hugo raconté par un témoin de sa vie*. Lacroix & Verboeckhoven & Cie, 1863/1964 – La Gibecière à mots, 2015.
194 Gharad Bryan, Dean Karlan et Scott Nelson, « Commitment Devices », *Annual Review of Economics 2*, n° 1 (2010), doi:10.1146/annurev.economics.102308.124324.
194 Peter Ubel, « The Ulysses Strategy », *The New Yorker*, 11 décembre 2014, https://www.newyorker.com/business/currency/ulysses-strategy-self-control.
195 « Nir Eyal: Addictive Tech, Killing Bad Habits & Apps for Life Hacking—# 260 », entretien avec Dave Asprey, *Bulletproof*, 13 novembre 2015, https://blog.bulletproof.com/nir-eyal-life-hacking-260/.
196 « John H. Patterson — Ringing Up Success with the Incorruptible Cashier », *Dayton Innovation Legacy*, http://www.daytoninnovationlegacy.org/patterson.html, consulté le 8 juin 2016.
197 James Clear (@james_ clear), « Quelles sont les actions ponctuelles qui seront toujours payantes ? » Twitter, 11 février 2018, https://twitter.com/james_clear/status/962694722702790659.
199 La civilisation évolue en augmentant le nombre d'actions que nous pouvons effectuer sans y penser : Alfred North Whitehead, *Introduction to Mathematics*. Cambridge, UK: Cambridge University Press, 1911, 166.
200 La personne lambda passe plus de deux heures par jour sur les réseaux sociaux : « GWI social », *GlobalWebIndex*, 2017, Q3, https://cdn2.hubspot.net/hubfs/304927/Downloads/GWI%20Social%20Summary%20Q3%202017.pdf.

CHAPITRE 15

207 « Population Size and Growth of Major Cities, 1998 Census », *Population Census Organization*, http://www.statpak.gov.pk/depts/pco/statistics/pop_major_cities/pop_major_cities.html.

207 Sabiah Askari, *Studies on Karachi: Papers Presented at the Karachi Conference 2013*. Newcastle upon Tyne, UK: Cambridge Scholars, 2015.

208 Atul Gawande, *The Checklist Manifesto: How to Get Things Right*. Gurgaon, India: Penguin Random House, 2014.

208 « Au Pakistan, Safeguard était un savon de haute qualité » : toutes les citations dans cette partie proviennent d'une conversation effectuée par e-mail avec Stephen Luby le 28 mai 2018.

209 Stephen P. Luby et al., « Effect of Handwashing on Child Health: A Randomised Controlled Trial », *Lancet 366*, n° 9481 (2005), doi:10.1016/s0140-6736(05)66912-7.

209 Anna Bowen, Mubina Agboatwalla, Tracy Ayers, Timothy Tobery, Maria Tariq et Stephen P. Luby. « Sustained improvements in handwashing indicators more than 5 years after a cluster-randomised, community-based trial of handwashing promotion in Karachi, Pakistan », *Tropical Medicine & International Health 18*, n° 3 (2013): 259-267. https://www.ncbi.nlm.nih.gov/pmc/articles/PMC4626884/.

210 Mary Bellis, « How We Have Bubble Gum Today », *ThoughtCo*, 16 octobre 2017, https://www.thoughtco.com/history-of-bubble-and-chewing-gum-1991856.

210 Jennifer P. Mathews, *Chicle: The Chewing Gum of the Americas, from the Ancient Maya to William Wrigley*. Tucson: University of Arizona Press, 2009, 44-46.

210 « William Wrigley, Jr. », *Encyclopædia Britannica*, https://www.britannica.com/biography/William-Wrigley-Jr, consulté le 8 juin 2018.

210 Charles Duhigg, *Le Pouvoir des habitudes. Changer un rien pour tout changer*. Flammarion, 2016, Traduit de l'anglais par : Johann-Frédérik Hel Guedj, chap. 2.

211 Sparkly_ alpaca, « What Are the Coolest Psychology Tricks That You Know or Have Used? », *Reddit*, 11 novembre 2016, https://www.reddit.com/r/AskReddit/comments/5cgqbj/what_are_the_coolest_psychology_tricks_that_you/d9wcqsr/.

212 Ian Mcdougall, Francis H. Brown et John G. Fleagle, « Stratigraphic Placement and Age of Modern Humans from Kibish, Ethiopia », *Nature 433*, n° 7027 (2005), doi:10.1038/nature03258.

212 Le néocortex… était quasiment identique : certaines recherches indiquent que la taille du cerveau humain a atteint les proportions modernes il y a environ trois cent mille ans. Bien entendu, l'évolution ne s'arrête jamais, et la forme de la structure semble avoir continué à évoluer de manière significative jusqu'à atteindre sa taille et sa forme modernes il y a entre cent mille et trente-cinq mille ans. Simon Neubauer, Jean-Jacques Hublin et Philipp Gunz, « The Evolution of Modern Human Brain Shape », *Science Advances 4*, n° 1 (2018): eaao5961.

213 La société a évolué vers une prédominance de l'environnement à retour différé : la recherche initiale sur ce sujet utilisait les termes « sociétés à retour différé » et « sociétés à retour immédiat ». James Woodburn, « Egalitarian Societies », *Man 17*, n° 3 (1982), doi:10.2307/2801707. La première fois que j'ai entendu parler de la différence entre les environnements à retour immédiat et les environnements à retour différé, c'était lors d'une conférence de Mark Leary. Mark Leary, *Understanding the Mysteries of Human Behavior*. Chantilly, VA: Teaching, 2012.

213 Les changements environnementaux rapides des siècles derniers ont largement dépassé notre capacité biologique d'adaptation. En moyenne, il faut environ vingt-cinq mille ans pour que des changements génétiques significatifs soient déterminés dans une population humaine. Pour en savoir plus : Edward O. Wilson, *Sociobiology*. Cambridge, MA: Belknap Press, 1980, 151.

214 Daniel Gilbert, « Humans Wired to Respond to Short-Term Problems », entretien avec Neal Conan, *Talk of the Nation*, NPR, 3 juillet 2006, https://www.npr.org/templates/story/story.php?storyId=5530483.

214 La maladie et l'infection ne se manifesteront pas avant des jours, des semaines, voire des années : les thèmes du comportement irrationnel et des préjugés cognitifs sont devenus très populaires ces dernières années. Cependant, de nombreuses actions qui semblent globalement irrationnelles ont des origines rationnelles si l'on tient compte de leur résultat immédiat.

214 Frédéric Bastiat, *Ce qu'on voit et ce qu'on ne voit pas*. Romillat, 2005.

215 Merci à l'économiste comportemental Daniel Goldstein, qui a dit : « C'est une bataille inégale entre le moi actuel et le moi futur. Soyons pragmatiques, le moi actuel est présent. Il contrôle. Il est au pouvoir en ce moment. Il vous permet d'effectuer toutes vos tâches quotidiennes. Et le moi futur n'est pas présent. Il est dans le futur. Il est faible. Il n'a rien pour le représenter dans le présent et rien pour défendre son futur. Ainsi, le moi actuel peut piétiner tous les rêves du moi futur. » Pour en savoir plus : Daniel Goldstein, « The Battle between Your Present and Future Self », *TEDSalon NY2011*, novembre 2011, vidéo, https://www.ted.com/talks/daniel_goldstein_the_battle_between_your_present_and_future_self.

216 Walter Mischel, Ebbe B. Ebbesen et Antonette Raskoff Zeiss, « Cognitive and Attentional Mechanisms in Delay of Gratification », *Journal of Personality and Social Psychology 21*, n° 2 (1972), doi:10.1037/ h0032198 ; W. Mischel, Y. Shoda et M. Rodriguez, « Delay of Gratification in Children », *Science 244*, n° 4907 (1989), doi:10.1126/science.2658056 ; Walter Mischel, Yuichi Shoda et Philip K. Peake, « The Nature of Adolescent Competencies Predicted by Preschool Delay of Gratification », *Journal of Personality and Social Psychology 54*, n° 4 (1988), doi:10.1037//0022-3514.54.4.687 ; Yuichi Shoda, Walter Mischel et Philip K. Peake, « Predicting Adolescent Cognitive and Self-Regulatory Competencies from Preschool Delay of Gratification: Identifying Diagnostic Conditions », *Developmental Psychology 26*, n° 6 (1990), doi:10.1037//0012-1649.26.6.978.

CHAPITRE 16

221 Trent Dyrsmid, e-mail échangé avec l'auteur, 1er avril 2015.

223 Benjamin Franklin et Frank Woodworth Pine, *Autobiography of Benjamin Franklin* (New York: Holt, 1916), 148. 197 Ne brisez pas la chaîne de la création quotidienne : Merci à mon ami Nathan Barry à qui revient la paternité de ce mantra : « Créer chaque jour ».

223 Benjamin Harkin et al., « Does Monitoring Goal Progress Promote Goal Attainment? A Meta-analysis of the Experimental Evidence », *Psychological Bulletin 142*, n° 2 (2016), doi:10.1037/bul0000025.

224 Miranda Hitti, « Keeping Food Diary Helps Lose Weight », WebMD, 8 juillet 2008, http://www.webmd.com/diet/news/20080708/keeping-food-diary-helps-lose-weight ; Kaiser Permanente, « Keeping a Food Diary Doubles Diet Weight Loss, Study Suggests », *Science Daily*, 8 juillet 2008, https://www.sciencedaily.com/releases/2008/07/080708080738.htm ; Jack F. Hollis et al., « Weight Loss during the Intensive Intervention Phase of the Weight-Loss Maintenance Trial », *American Journal of Preventive Medicine 35*, n° 2 (2008), doi:10.1016/j.amepre.2008.04.013 ; Lora E. Burke, Jing Wang et Mary Ann Sevick, « Self-Monitoring in Weight Loss: A Systematic Review of the Literature », *Journal of the American Dietetic Association 111*, n° 1 (2011), doi:10.1016/j.jada.2010.10.008.

224 Greg McKeown a formulé cette phrase en ces termes : « Les recherches ont montré que, de toutes les formes de motivation humaine, la plus efficace est le progrès. » Greg McKeown, *Essentialisme*. Éditions Contre-dires, 2018, Traduit de l'anglais par : Elisa Guenon.

228 La première erreur n'est jamais celle qui vous fait tort : en fait, des recherches ont montré que le fait d'échouer à instaurer une habitude n'a pratiquement aucun impact sur les chances de développer une habitude à long terme, quel que soit le moment où l'erreur se produit. Tant que vous revenez sur la bonne voie, tout va bien. Voir : Phillippa Lally et al., « How Are Habits Formed: Modelling Habit Formation in the Real World », *European Journal of Social Psychology 40*, n° 6 (2009), doi:10.1002/ejsp.674.

228 « Si vous manquez une séance, ce n'est pas bien grave. En revanche, si vous manquez une séance à deux reprises, vous commencez à prendre une nouvelle (mauvaise) habitude. » Je suis sûr que j'ai lu ces lignes quelque part ou que je les ai peut-être paraphrasées à partir d'un contenu similaire. Malgré tous mes efforts, mes recherches de source ont été vaines. Je les ai peut-être inventées, mais la meilleure hypothèse, c'est qu'elles reviennent plutôt à un génie non identifié.

231 Lorsqu'un élément d'évaluation devient un objectif : cette définition de la loi de Goodhart a initialement été formulée par l'anthropologue britannique Marilyn Strathern. « "Improving Ratings": Audit in the British University System », *European Review 5* (1997): 305–321, http://conferences.asucollegeoflaw.com/sciencepublicsphere/files/2014/02/Strathern1997-2.pdf. Goodhart lui-même aurait avancé cette idée vers 1975 et l'avait officiellement écrite en 1981. Charles Goodhart, « *Problems of Monetary Management: The U.K. Experience* », Anthony S. Courakis

(ed.), *Inflation, Depression, and Economic Policy in the West* (London: Rowman and Littlefield, 1981), 111-146.

CHAPITRE 17

236 Roger Fisher, « Preventing Nuclear War », *Bulletin of the Atomic Scientists 37*, n° 3 (1981), doi:10.1080/00963402.1981.11458828.

238 Michael Goryl et Michael Cynecki, « Restraint System Usage in the Traffic Population », *Journal of Safety Research 17*, n° 2 (1986), doi:10.1016/0022–4375(86)90107–6.

238 Le New Hampshire, où la ceinture de sécurité n'est obligatoire que pour les enfants, fait exception. « New Hampshire », *Governors Highway Safety Association*, https://www.ghsa.org/state-laws/states/new%20hampshire, consulté le 8 juin 2016.

238 « Seat Belt Use in U.S. Reaches Historic 90 Percent », *National Highway Traffic Safety Administration*, 21 novembre 2016, https://www.nhtsa.gov/press-releases/seat-belt-use-us-reaches-historic-90-percent.

239 Bryan Harris, conversation par e-mail, 24 octobre 2017.

241 Courtney Shea, « Comedian MargaretCho's Tips for Success: If You're Funny, Don't Do Comedy », *Globe and Mail*, 1er juillet 2013, https://www.theglobeandmail.com/life/comedian-margaret-chos-tips-for-success-if-youre-funny-dont-do-comedy/article12902304/?service= mobile.

241 Thomas Frank, « How Buffer Forces Me to Wake Up at 5:55 AM Every Day », *College Info Geek*, 2 juillet 2014, https://collegeinfogeek.com/early-waking-with-buffer/.

CHAPITRE 18

249 « Michael Phelps Biography », Biography, https://www.biography.com/people/michael-phelps-345192, dernière modification : 29 mars 2018.

249 Doug Gillan, « El Guerrouj: The Greatest of All Time », *IAFF*, 15 novembre 2004, https://www.iaaf.org/news/news/el-guerrouj-the-greatest-of-all-time.

249 Les informations sur les tailles et les poids de Michael Phelps et d'Hicham El Guerrouj ont été trouvées dans leur profil d'athlètes lors des jeux olympiques d'été de 2008. « Michael Phelps », ESPN, 2008, http://www.espn.com/olympics/summer08/fanguide/athlete?athlete=29547l ; « Hicham El Guerrouj », *ESPN*, 2008, http://www.espn.com/oly/summer08/fanguide/athlete?athlete=29886.

249 David Epstein, *Le Gène du sport, La science explore les performances extraordinaires des athlètes*. Talent Sport, 2014, traduit de l'anglais par : Olivier Bougard.

250 Alex Hutchinson, « The Incredible Shrinking Marathoner », *Runner's World*, 12 novembre 2013, https://www.runnersworld.com/sweat-science/the-incredible-shrinking-marathoner.

250 Alvin Chang, « Want to Win Olympic Gold? Here's How Tall You Should Be for Archery, Swimming, and More », *Vox*, 9 août 2016, http://www.vox.com/2016/8/9/12387684/olympic-heights.

252 Gabor Maté, « Dr Gabor Maté— New Paradigms, Ayahuasca, and Redefining Addiction », *The Tim Ferriss Show*, 20 février 2018, https://tim.blog/2018/02/20/gabor-mate/.

252 Dire que « tous les traits sont héréditaires » est un peu exagéré, mais pas tant que ça. Les traits de comportement concrets qui dépendent manifestement du foyer et/ou de la culture dans lesquels on évolue ne sont bien sûr pas héréditaires : la langue que vous parlez, la religion que vous pratiquez, le parti politique auquel vous appartenez. Toutefois, les traits de comportement qui reflètent les talents et les tempéraments sous-jacents sont héréditaires : votre maîtrise de la langue, votre religion, votre tendance à être libéral ou conservateur. L'intelligence générale est héréditaire, de même que les cinq manières principales selon lesquelles la personnalité peut varier : ouverture à de nouvelles expériences, souci du travail bien fait, extraversion-introversion, rivalité-amabilité et neuroticisme. Et des traits étonnamment spécifiques s'avèrent également héréditaires, tels que la dépendance à la nicotine ou à l'alcool, le nombre d'heures passées devant la télévision et le risque de divorce. Thomas J. Bouchard, « Genetic Influence on Human Psychological Traits », *Current Directions in Psychological Science 13*, n° 4 (2004), doi:10.1111/j.0963-7214.2004.00295. X ; Robert Plomin, *Nature and Nurture: An Introduction to Human Behavioral Genetics*. Stamford, CT: Wadsworth, 1996 ; Robert Plomin, « Why We're Different », *Edge*, 29 juin 2016, https://soundcloud.com/edgefoundationinc/edge2016-robert-plomin.

252 Daniel Goleman, « Major Personality Study Finds That Traits Are Mostly Inherited », *New York Times*, 2 décembre 1986, http://www.nytimes.com/1986/12/02/science/major-personality-study-finds-that-traits-are-mostly-inherited.html?pagewanted=all.

252 Robert Plomin, appel téléphonique avec l'auteur, 9 août 2016.

221 Jerome Kagan et al., « Reactivity in Infants: A Cross-National Comparison », *Developmental Psychology 30*, n° 3 (1994), doi:10.1037//0012-1649.30.3.342 ; Michael V. Ellis et Erica S. Robbins, « In Celebration of Nature: A Dialogue with Jerome Kagan », *Journal of Counseling and Development 68*, n° 6 (1990), doi:10.1002/j.1556-6676.1990.tb01426.x ; Brian R. Little, *Me, Myself, and Us: The Science of Personality and the Art of Well-Being*. New York: Public Affairs, 2016 ; Susan Cain, *Quiet: The Power of Introverts in a World That Can't Stop Talking*. London: Penguin, 2013, 99-100.

253 W.-G. Graziano et R.-M. Tobin, « The Cognitive and Motivational Foundations Underlying Agreeableness », M. D. Robinson, E. Watkins et E. Harmon-Jones, eds., *Handbook of Cognition and Emotion*. New York: Guilford, 2013, 347-364.

254 Mitsuhiro Matsuzaki et al., « Oxytocin: A Therapeutic Target for Mental Disorders », *Journal of Physiological Sciences 62*, n° 6 (2012), doi:10.1007/s12576-012-0232-9 ; Angeliki Theodoridou et al., « Oxytocin and Social Perception: Oxytocin Increases Perceived Facial Trustworthiness and Attractiveness », *Hormones and Behavior 56*, n° 1 (2009), doi:10.1016/j.yhbeh.2009.03.019 ; Anthony Lane et al., « Oxytocin Increases Willingness

to Socially Share One's Emotions », *International Journal of Psychology 48*, n° 4 (2013), doi:10.1080/00207594.2012.677540 ; Christopher Cardoso et al., « Stress-Induced Negative Mood Moderates the Relation between Oxytocin Administration and Trust: Evidence for the Tend-and-Befriend Response to Stress? », *Psychoneuroendocrinology 38*, n° 11 (2013), doi:10.1016/j.psyneuen.2013.05.006.

254 J. Ormel, A. Bastiaansen, H. Riese, E. H. Bos, M. Servaas, M. Ellenbogen, J.-G. Rosmalen et A. Aleman, « The Biological and Psychological Basis of Neuroticism: Current Status and Future Directions », *Neuroscience and Biobehavioral Reviews 37*, n° 1 (2013), doi:10.1016/j.neubiorev.2012.09.004. PMID 23068306 ; R.-A. Depue et Y. Fu, « Neurogenetic and Experiential Processes Underlying Major Personality Traits: Implications for Modelling Personality Disorders », *International Review of Psychiatry 23*, n° 3 (2011), doi:10.3109/09540261.2011.599315.

254 Par exemple, nous disposons tous d'un système cérébral qui réagit aux récompenses, mais chez différents individus, ces systèmes réagissent avec une intensité différente à une récompense particulière, et le niveau moyen de réponse des systèmes peut être associé à un trait de personnalité. Pour en savoir plus : Colin G. Deyoung, « Personality Neuroscience and the Biology of Traits », *Social and Personality Psychology Compass 4*, n° 12 (2010), doi:10.1111/j.1751-9004.2010.00327.x.

254 Les recherches menées dans le cadre d'essais cliniques randomisés majeurs ne montrent aucune différence entre les régimes pauvres en glucides et les régimes faibles en gras pour la perte de poids. Comme avec beaucoup d'habitudes, il y a plusieurs façons d'obtenir des résultats si vous vous y tenez. Pour en savoir plus : Christopher D. Gardner et al., « Effect of Low-Fat vs Low-Carbohydrate Diet on 12-Month Weight Loss in Overweight Adults and the Association with Genotype Pattern or Insulin Secretion », *Journal of the American Medical Association 319*, n° 7 (2018), doi:10.1001/jama.2018.0245.

255 M. A. Addicott et al., « A Primer on Foraging and the Explore/ Exploit Trade-Off for Psychiatry Research », *Neuropsychopharmacology 42*, n° 10 (2017), doi:10.1038/npp.2017.108.

257 Bharat Mediratta et Julie Bick, « The Google Way: Give Engineers Room », *New York Times*, 21 octobre 2007, https://www.nytimes.com/2007/10/21/jobs/21pre.html.

258 Mihaly Csikszentmihalyi et David Servan-Schreiber, *Vivre, la psychologie du bonheur*. Pocket, 2006, Traduit de l'anglais par : Léandre Bouffard.

259 Scott Adams, « Career Advice », *Dilbert Blog*, 20 juillet 2007, http://dilbertblog.typepad.com/the_dilbert_blog/2007/07/career-advice.html.

CHAPITRE 19

264 Steve Martin, *Born Standing Up: A Comic's Life*. Leicester, UK: Charnwood, 2008.

265 Nicholas Hobbs, « The Psychologist as Administrator », *Journal of Clinical Psychology 15*, n° 3 (1959), doi:10.1002/1097-4679(195907)15:33.0.co;2-4 ;

Gilbert Brim, *Ambition: How We Manage Success and Failure Throughout Our Lives*. Lincoln, NE: IUniverse.com, 2000 ; Mihaly Csikszentmihalyi et David Servan-Schreiber, *Vivre, la psychologie du bonheur.* Pocket, 2006, Traduit de l'anglais par : Léandre Bouffard.

265 Robert Yerkes et John Dodson, « The Relation of Strength of Stimulus to Rapidity of Habit Formation », *Journal of Comparative Neurology and Psychology 18* (1908): 459-482.

266 Steven Kotler, *The Rise of Superman: Decoding the Science of Ultimate Human Performance*. Boston: New Harvest, 2014. Dans cet ouvrage, Kotler cite : Chip Conley, AI, septembre 2013. Le rapport réel, selon les calculs effectués par [Mihaly] Csikszentmihalyi, est de 1:96.

267 « Une des premières choses de l'homme, c'est sa fureur pour la nouveauté » : Machiavel.

270 C. B. Ferster and B.-F. Skinner, « *Schedules of Reinforcement* », 1957, doi:10.1037/10627-000. Pour en savoir plus : B. F. Skinner, « A Case History in Scientific Method », *American Psychologist 11*, n° 5 (1956): 226, doi:10.1037/h0047662.

270 La loi de l'ajustement démontre que les moments où les récompenses interviennent ont un impact sur le comportement : « *Matching Law* » [Loi de l'ajustement], *Wikipedia*, https://en.wikipedia.org/wiki/Matching_law.

CHAPITRE 20

276 K. Anders Ericsson et Robert Pool, *Peak: Secrets from the New Science of Expertise*. Boston, Mariner Books, 2017, 13.

278 Pat Riley et Byron Laursen, « Temporary Insanity and Other Management Techniques: The Los Angeles Lakers' Coach Tells All », *Los Angeles Times Magazine*, 19 avril 1987, http://articles.latimes.com/1987-04-19/magazine/tm-1669_1_lakers.

279 Le livre de MacMullan affirme que Riley a commencé son programme CBE au cours de la saison 1984-1985 de la NBA. Mes recherches montrent que les Lakers ont commencé à suivre les statistiques de chaque joueur à cette époque, mais le programme CBE, tel qu'il est décrit ici, a été utilisé pour la première fois pendant la saison 1986-1987.

279 Larry Bird, Earvin Johnson et Jackie MacMullan, *Quand le jeu était à nous*. Talent Sport, 2017, Traduit de l'anglais par : Olivier Bougard.

281 Pat Riley et Byron Laursen, « Temporary Insanity and Other Management Techniques: The Los Angeles Lakers' Coach Tells All », *Los Angeles Times Magazine*, 19 avril 1987, http://articles.latimes.com/1987-04-19/magazine/tm-1669_1_lakers.

282 Cathal Dennehy, « The Simple Life of One of the World's Best Marathoners », *Runner's World*, 19 avril 2016, https://www.runnersworld.com/elite--runners/the--simple--life-of-one-of-the--worlds--best--marathoners. « Eliud Kip-choge: Full Training Log Leading Up to Marathon World Record Attempt », *Sweat Elite*, 2017, http://www.sweatelite.co/eliud--kipchoge-full--training--log--leading-marathon--world--record--attempt/.

282 Yuri Suguiyama, « Training Katie Ledecky », *American Swimming Coaches Association*, 30 novembre 2016, https://swimmingcoach.org/training--katie--ledecky-by-yuri--suguiyama--curl--burke--swim--club--2012/.
282 Peter Sims, « Innovate Like Chris Rock », *Harvard Business Review*, 26 janvier 2009, https://hbr.org/2009/01/innovate--like--chris--rock.
283 Je tiens à remercier Chris Guillebeau, qui m'a encouragé à effectuer mon premier bilan annuel en partageant avec vous ce bilan tous les ans sur la page https://chrisguillebeau.com.
285 Paul Graham, « *Keep Your Identity Small* », février 2009, http://www.paulgraham.com/identity.html.

CONCLUSION

289 Érasme, *Éloge de la folie* (Robert Laffont, 1992). Merci à Gretchen Rubin. J'ai appris cette parabole dans son livre, *Ma vie en mieux ! : Parce que je le veux bien !*, puis je suis remonté aux origines de cette parabole. Pour en savoir plus : Gretchen Rubin, *Ma vie en mieux ! : Parce que je le veux bien !*. Flammarion, 2016, Traduit de l'anglais par : Laurence Decréau.

PETITS ENSEIGNEMENTS TIRÉS DES QUATRE LOIS

295 Caed (@caedbudris), « Le bonheur est l'espace entre un désir qui se réalise et un nouveau désir qui se forme », Twitter, 10 novembre 2017, https://twitter.com/caedbudris/status/929042389930594304.
295 La citation complète de Frankl est la suivante : « Ne visez pas le succès. Plus vous visez le succès, plus vous en faites une cible, plus vous allez le manquer. Car le succès, comme le bonheur, ne peut être poursuivi ; il doit être une conséquence, sous forme d'effet secondaire involontaire de son dévouement personnel pour une cause plus grande que soi ou comme conséquence d'un abandon à une autre personne que soi. » Pour en savoir plus : Viktor E. Frankl, *Découvrir un sens à sa vie avec la logothérapie*. J'ai lu, 2013, traduit de l'anglais par : Clifford J. Bacon, Louise Drolet.
296 « Celui qui possède un "Pourquoi" qui lui tient lieu de but peut vivre avec n'importe quel "Comment" » : Friedrich Nietzsche, *Le Crépuscule des idoles*. Flammarion, 2017, Traduit de l'allemand par : Henri Albert.
296 Daniel Kahneman, *Système 1 / Système 2 : Les Deux Vitesses de la pensée*. Flammarion, 28 septembre 2012, Traduit de l'anglais par : Raymond Clarinard.
297 « Si vous souhaitez convaincre, faites appel à l'intérêt plutôt qu'à la raison. » (Benjamin Franklin).
299 Satisfaction = Aimer – Vouloir : Cette équation s'apparente à la cinquième loi sur les entreprises de services de David Meister : Satisfaction = Perception – Attente.
299 « Le pauvre n'est pas celui qui a peu, mais celui qui en veut toujours plus » : Sénèque, *Lettre à Lucilius*. Milles et Une Nuits, 2002, Traduit du latin par : Joseph Baillard.

301 Cette citation d'Aristote fait l'objet de discussions sur sa paternité. La citation lui est attribuée depuis des siècles, mais je n'ai pas trouvé de source fiable l'attestant.

Remerciements

Un grand nombre de personnes m'ont soutenu pendant la rédaction de cet ouvrage. Avant tout le monde, je dois remercier ma femme, Kristy, qui a été indispensable tout au long de ce processus. Outre son rôle d'épouse, elle a été une amie, une fan, une critique, une rédactrice, une thérapeute, elle a également mené des recherches. Il est évident que ce livre ne serait pas le même si elle n'avait pas été à mes côtés. Il pourrait même ne pas avoir vu le jour. Comme tout dans notre vie, nous l'avons fait ensemble.

Je remercie également ma famille non seulement pour son soutien et ses encouragements dans la rédaction de ce livre, mais aussi pour croire en moi, quel que soit le projet que j'entreprends. Mes parents, grands-parents, mes frères et sœurs m'ont toujours soutenu. Je souhaite particulièrement dire à mes parents que je les aime. C'est un privilège de savoir que mes parents sont mes plus grands fans.

Je tiens également à remercier Lyndsey Nuckols, mon assistante. La somme colossale de travail qu'elle a fournie défie l'entendement. On lui a demandé de faire quasiment tout ce que l'on pourrait imaginer pour une petite entreprise. Heureusement que ses compétences et ses talents remarquables sont plus efficaces que ma façon de diriger plutôt discutable. Certaines parties de ce livre reviennent autant à elle qu'à moi. Je lui suis profondément reconnaissant pour son aide.

Concernant le contenu et l'écriture du livre, j'ai une longue liste de gens à remercier. Pour commencer, il y a quelques personnes auprès desquelles j'ai tellement appris que ce serait leur faire offense que de ne pas les nommer : Leo Babauta, Charles Duhigg, Nir Eyal et B. J. Fogg ont tous eu une influence considérable sur mes réflexions sur les habitudes. Leur travail et leurs idées sont cités ou illustrés tout au long du livre. Si vous avez apprécié cet ouvrage, je vous encourage à lire également leurs publications.

À différentes étapes de l'écriture, j'ai bénéficié des conseils de nombreux éditeurs, relecteurs et rédacteurs renommés. Merci à Peter Guzzardi de m'avoir accompagné pendant les premières étapes du processus d'écriture et d'avoir su me bousculer pour avancer quand j'en avais vraiment besoin. Je remercie Blake Atwood et Robin Dellabough d'avoir transformé mes premières lignes lourdes et incroyablement longues en un manuscrit concis et lisible. Je remercie également Anne Barngrover d'avoir ajouté une touche d'élégance et de poésie à mes écrits.

Je voudrais remercier les nombreuses personnes qui ont lu les premières versions du manuscrit, notamment Bruce Ammons, Darcey Ansell, Tim Ballard, Vishal Bhardwaj, Charlotte Blank, Jerome Burt, Sim Campbell, Al Carlos, Nicky Case, Julie Chang et Jason Collins, Debra Croy, Roger Dooley, Tiago Forte, Matt Gartland, Andrew Gierer, Randy Giffen, Jon Giganti, Adam Gilbert, Stephan Guyenet, Jeremy Hendon, Jane Horvath, Joakim Jansson, Josh Kaufman, Anne Kavanagh, Chris Klaus, Zeke Lopez, Cady Macon, Cyd Madsen, Kiera McGrath, Amy Mitchell, Anna Moise, Stacey Morris, Tara-Nicholle Nelson, Taylor Pearson, Max

Shank, Trey Shelton, Jason Shen, Jacob Zangelidis et Ari Zelmanow. Vos retours ont été précieux.

À l'équipe d'Avery et de Penguin Random House qui a fait de ce livre une réalité : merci. Je tiens à remercier particulièrement mon éditrice, Megan Newman, pour sa patience infinie alors que je repoussais sans cesse l'échéance. Elle m'a donné le temps dont j'avais besoin pour créer un livre dont je suis fier et a défendu mes idées à chaque étape. Merci à Nina, pour sa capacité à transformer mes écrits sans modifier le sens de mon idée initiale. Merci à Lindsay, Farin, Casey et au reste de l'équipe PRH d'avoir fait la promotion de ce livre pour toucher un public que je n'aurais jamais pu atteindre seul. Merci à Pete Garceau d'avoir imaginé et créé la jolie couverture de ce livre.

Et merci à mon agente, Lisa DiMona, pour ses conseils et sa perspicacité à chaque étape du processus de publication.

Merci aux nombreux amis et membres de la famille qui m'ont souvent demandé : « Alors, ce livre ? Tu en es où ? Ça avance ? », qui me glissaient un petit mot d'encouragement, et à qui je répondais, non sans quelque abattement : « J'avance doucement, mais sûrement. Merci pour les encouragements. » Tout auteur est confronté à des moments difficiles lorsqu'il écrit un livre ; un seul mot peut suffire à vous redonner confiance.

Je suis sûr que j'ai oublié quelques personnes, mais j'ai conservé une liste à jour de tous ceux qui ont profondément influencé ma réflexion sur cette page : jamesclear.com/thanks.

Et pour finir, merci à vous, lecteurs. La vie est courte et vous avez partagé avec moi une partie de votre temps précieux en lisant ce livre. Je vous en remercie.

Mai 2018

Table des matières

La 2e loi

La 3e loi

La 4e loi

Tactiques élaborées

Direction de la publication : Isabelle Jeuge-Maynart
et Ghislaine Stora
Direction éditoriale : Élodie Bourdon
Édition : Mélissa Lagrange
Couverture : Paul Godot
Mise en pages : CGI
Fabrication : Donia Faiz / Marina Dartigues Plum

Les Éditions Larousse utilisent des papiers composés de fibres naturelles, renouvelables, recyclables et fabriquées à partir de bois issus de forêts qui adoptent un système d'aménagement durable. En outre, les Éditions Larousse attendent de leurs fournisseurs de papier qu'ils s'inscrivent dans une démarche de certification environnementale reconnue.

Fabriqué par les Éditions Larousse
21, rue du Montparnasse
75006 Paris
France

livres-larousse@larousse.fr

Fabriqué et importé
par Les Éditions Larousse
Imprimé en RPC par TPN
Dépôt légal : avril 2025
338669/01 - 11057644 - mars 2025